Lagartija sin cola

Alfaguara es un sello editorial del Grupo Santillana

www. alfaguara.com

Argentina
Av. Leandro N. Alem, 720
C 1001 AAP Buenos Aires
Tel. (54 114) 119 50 00
Fax (54 114) 912 74 40

Bolivia
Avda. Arce, 2333
La Paz
Tel. (591 2) 44 11 22
Fax (591 2) 44 22 08

Chile
Dr. Aníbal Ariztía, 1444
Providencia
Santiago de Chile
Tel. (56 2) 384 30 00
Fax (56 2) 384 30 60

Colombia
Calle 80, 10-23
Bogotá
Tel. (57 1) 635 12 00
Fax (57 1) 236 93 82

Costa Rica
La Uruca
Del Edificio de Aviación Civil 200 m al Oeste
San José de Costa Rica
Tel. (506) 220 42 42 y 220 47 70
Fax (506) 220 13 20

Ecuador
Avda. Eloy Alfaro, 33-3470 y Avda. 6 de
Diciembre
Quito
Tel. (593 2) 244 66 56 y 244 21 54
Fax (593 2) 244 87 91

El Salvador
Siemens, 51
Zona Industrial Santa Elena
Antiguo Cuscatlan - La Libertad
Tel. (503) 2 505 89 y 2 289 89 20
Fax (503) 2 278 60 66

España
Torrelaguna, 60
28043 Madrid
Tel. (34 91) 744 90 60
Fax (34 91) 744 92 24

Estados Unidos
2105 N.W. 86th Avenue
Doral, F.L. 33122
Tel. (1 305) 591 95 22 y 591 22 32
Fax (1 305) 591 91 45

Guatemala
7ª Avda. 11-11
Zona 9
Guatemala C.A.
Tel. (502) 24 29 43 00
Fax (502) 24 29 43 43

Honduras
Colonia Tepeyac Contigua a Banco Cuscatlan
Boulevard Juan Pablo, frente al Templo
Adventista 7º Día, Casa 1626
Tegucigalpa
Tel. (504) 239 98 84

México
Avda. Universidad, 767
Colonia del Valle
03100 México D.F.
Tel. (52 5) 554 20 75 30
Fax (52 5) 556 01 10 67

Panamá
Avda. Juan Pablo II, nº15. Apartado Postal
863199, zona 7. Urbanización Industrial
La Locería - Ciudad de Panamá
Tel. (507) 260 09 45

Paraguay
Avda. Venezuela, 276,
entre Mariscal López y España
Asunción
Tel./fax (595 21) 213 294 y 214 983

Perú
Avda. Primavera 2160
Surco
Lima 33
Tel. (51 1) 313 4000
Fax. (51 1) 313 4001

Puerto Rico
Avda. Roosevelt, 1506
Guaynabo 00968
Puerto Rico
Tel. (1 787) 781 98 00
Fax (1 787) 782 61 49

República Dominicana
Juan Sánchez Ramírez, 9
Gazcue
Santo Domingo R.D.
Tel. (1809) 682 13 82 y 221 08 70
Fax (1809) 689 10 22

Uruguay
Constitución, 1889
11800 Montevideo
Tel. (598 2) 402 73 42 y 402 72 71
Fax (598 2) 401 51 86

Venezuela
Avda. Rómulo Gallegos
Edificio Zulia, 1º - Sector Monte Cristo
Boleita Norte
Caracas
Tel. (58 212) 235 30 33
Fax (58 212) 239 10 51

ALFAGUARA

José Donoso

Lagartija sin cola

Edición al cuidado de Julio Ortega

S

ALFAGUARA

© 2007, Herederos de José Donoso
© Del texto establecido: Julio Ortega
El manuscrito dé esta novela se encuentra en el archivo de
José Donoso de la Biblioteca de la Universidad de Princeton,
Estados Unidos.

© De esta edición:
2007, Aguilar Chilena de Ediciones S.A.
Dr. Aníbal Ariztía, 1444
Providencia, Santiago de Chile
Tel. (56 2) 384 30 00
Fax (56 2) 384 30 60
www.alfaguara.com

ISBN: 978-956-239-532-8
Inscripción N° 165.651
Impreso en Chile - Printed in Chile
Primera edición: octubre 2007

Diseño:
Proyecto de Enric Satué

Diseño de portada:
Paula Montero sobre una imagen de ImageGroup.

Noticia

José Donoso (1926-1996) empezó a escribir *Lagartija sin cola* en enero de 1973, en el pueblo catalán de Calaceite, donde había adquirido una casa antigua, cuya reparación le sería más costosa. Su hija Pilar descubrió el manuscrito de la novela entre los papeles que su padre vendió a la Biblioteca de la Universidad de Princeton. Ese gesto demuestra que renunciaba a revisar la novela y que, literalmente, la abandonaba. Sólo logró revisar el primer capítulo, que situó después como tercero. Eliminó varias páginas del comienzo, tachó unos párrafos luego, anotó algunas indicaciones, enmendó pocas frases y corrigió una que otra palabra. Buena parte del libro quedó sin corregir, en su estado de primera redacción. Sin embargo, tal vez porque se desprendía del texto, quizo imaginarlo como libro: lo ordenó en secuencias alternas, lo dividió en partes, trazando la ruta de su lectura. En una libreta de notas, reconoció la dificultad de la forma final: «es dificilísimo coger el cabo de la madeja para poder ovillar»; se propone, dice, «fundirlo todo rápidamente en orden (o desorden)»; y no le parece mala la idea de «comenzar con año siete, y volver al año uno». Sin embargo, no llegó a culminar esa articulación y dejó varios hilos sin anudar. De modo que esta es una edición recuperada de la novela: he hecho una leve revisión del manuscrito, sobre todo de la prosodia, para aliviar reiteraciones o tropiezos y facilitar su extraordinaria fluidez. Varias veces discurre aquí la distintiva prosa de Donoso, su liviana nitidez, que reverbera a la luz y la sombra de sus obsesiones. Pero esta vez, además, Donoso se propuso una fábula tan irónica como melancólica de la pérdida de España bajo las hordas del turismo. Sólo que esa historia es paralela a la de un artista que renuncia al arte, decepcionado por su comercialización. Ese abandono del desvalor de un arte al que el éxito convierte en residual, quizá hacía inevitablemente irresuelto el proyecto de la novela. Pocas veces el lector puede asistir a la intimidad gozosa de una obra que, en pleno despliegue de su promesa, no encuentra salidas en un mundo que ya no reconoce un valor sin precio.

JULIO ORTEGA

Primera parte

Esta mañana llamó Luisa diciendo que esta tarde, al venir a visitarme, me traería buenas noticias. ¿Pero qué pueden ser, ahora, para mí, buenas noticias? ¿Que ha resucitado Bartolo, que nada de lo de Dors sucedió? ¿Que Lidia no está convertida en un harapo, a los veintinueve años, perdida en algún sitio de la megalópolis de Los Ángeles de California? ¿Que la crítica, por fin, y los marchantes despachan a Cuixart y Tàpies y Saura y Millares como impostores de la pintura, como imitadores, y que entre todos era yo, en el fondo, el único que valía? ¿Que de alguna inconcebible manera voy a tener mucho dinero, muchísimo? No, que se desengañe la pobre Luisa, incurablemente optimista: para mí ya no hay noticias buenas ni alegría posible. Luisa me dice, y mi hijo también, que salga alguna vez del piso, que cuando haga sol, en la mañana, salga a dar una vuelta, que entre a una librería, a un supermercado a comprar algo que me apetezca y después a estirar las piernas un poco, afirmado en mi bastón. Pero claro, no, es imposible. Quebrar el ciclo necesario que va, desde la mañana y la conciencia de haber despertado en el infierno de este piso, que tal como yo quiero está aislado de todo y donde no puede suceder nada, hasta caer al transcurrir el día y aproximarse la oscuridad, en el sobresalto, el miedo, el terror; luchar, al fin de la luz, cuerpo a cuerpo, contra el atardecer para que así nada suceda, para impedir que sobrevenga la tiniebla, esa tiniebla de que ellos hablaban allá como la iniciadora de la vida verdadera, ese atardecer que era el pórtico de la muerte, la hora de los sacrificios y la sangre con que celebraban la muerte del día y el advenimiento de la noche, porque lo que sucede en la noche después de la muerte del día es lo que sucede en la otra vida, la verdadera vida, la vida que no sucede aquí, en esta calle, entre estos coches, entre estas señoras que han dado a luz y creen que por eso ya no pueden conocer la tiniebla que lo hace todo posible y atreverse a entrar a ella por el pórtico del atardecer... Bruno, el italiano, sentado a la mesa de su café en la plaza de Dors frente a la iglesia de San Hilario con su campanario de bíforas románicas que se elevaban más y más alto, me lo explicaba todo, y entonces yo sólo sonreía diciéndome que éste era un carota que se quería aprovechar de la situación y la ingenuidad para dominar a todos los jóvenes y llegar a ser, como sucedió, en dos años, el centro, la figura dominante y más poderosa de Dors. Yo, claro, jamás tuve ese miedo y amor casi religioso al atardecer que los jóvenes de Dors tenían. Pero aquí me ha sucedido este extraño fenómeno —en Barcelona, a dos cuadras de Vía Augusta, a una cuadra de Muntaner, no muy lejos de donde nací y de donde fui al colegio y de donde tenía mi estudio de pintor cuando todos estábamos descubriendo el informalismo como religión, como pasión—; aquí, sí, aquí comprendo lo que el italiano decía y mi lucha diaria es por no pasar por el umbral del atardecer, por no entrar en el mundo de la noche y del sueño que, ellos decían, era y es la verdadera vida, la prolongación perpetua de la muerte.

A veces, sí, me dan ganas de salir: siento, a veces, que lo que quizás podría devolverme mi facultad de sentir placer, mi posibilidad de exaltación y de entusiasmo, no sería tanto una relación programada con una mujer, ni con un amigo, sino, más bien, una relación con una ciudad: pienso en las que he conocido: Madrid, París, Buenos Aires, Nueva York, Munich, Roma... pero Barcelona esta aquí y yo soy de aquí y me gustaría salir a caminar, en la mañana, y sin temor en las tardes, y rehacer esa vieja relación.

Es absurdo, claro: mi adhesión al grupo no se prolongó hasta el momento en que sus rostros comenzaron a salir en las revistas y en los periódicos, cuando hicieron aquella exposición conjunta que produjo pasmo y escándalo y durante unos cuantos años fueron los admirados de todos los continentes. No. Yo los abandoné antes. Mi rostro no es conocido. Pero salir a la calle es exponerme, sin embargo, a que alguien diga: es él, pobre; que se conmisere, que reconozca mi rostro de entonces, que por una de esas casualidades haga la conexión entre mi rostro y los cuadros que pinté, y se acerque a mí y me diga que siente tanto que yo haya abandonado la pintura en el momento culminante del triunfo de los informalistas, que yo era el mejor de todos, el de más talento, que la escuela se sostenía por mí y que cuando yo apostaté todo se vino abajo y se transformó en algo comercial, burdo, pobre... Señor Muñoz-Roa, señor Muñoz-Roa, no huya, no huya, yo tengo un cuadro suyo, me haría un honor tan grande, usted no debía haber dejado nunca... Y sería, claro, como si me estuvieran desollando vivo y aplicando sal y ají y pimienta a mi carne desnuda, sería horrible que alguien me recordara y me dijera, por ejemplo, que tiene la esperanza de que yo vuelva... esperanza es una palabra infernal, el comienzo del horror, de lo imposible. Hay que evitar la esperanza. Hay que evitarlo todo. Por eso nunca salgo de este piso que Luisa me ha prestado, ya que ahora no tengo dinero ni siquiera para pagarme un piso propio, ni con qué comer ni vestirme, y es posible que ya nunca saldré más que, como dicen en el campo, con los pies por delante.

¿Y cómo, entonces, Luisa tiene esperanza, vive de ella, y la esperanza no la destruye completamente? No entiendo cómo es posible que ella no vea la vida como un infierno: o quizás porque acepte que la vida es un infierno no tema a la muerte. Quizás yo tema tanto a la muerte —el atardecer, ese umbral, la vida verdadera después de la oscuridad, el tiempo del sacrificio, y del amor y de los sueños y de las orgías y de los cuerpos— justamente porque, aunque no lo sepa, no me parezca que la vida sea un infierno, sino al contrario. Y espero sentado, aquí, en la luz

artificial que me fabrico después que afuera ha anocheci-
do, y duermo lo menos que puedo, y duermo con todas
las luces del piso encendidas. Pero pienso siempre en mí,
nunca en ella. Y, claro, ahora me doy cuenta, la noticia
buena que ella me va a traer esta noche es que si pasa este
Papanicolau quiere decir, por fin, que está libre del cáncer
y no morirá, no morirá jamás y será siempre luz y siempre
día para ella. Esa es la buena noticia que me trae.

Pero pensándolo bien, no, no es esa la noticia. Jamás, ni siquiera en un caso así, haría tanta alharaca para
algo que se refiriera a ella —no por generosidad, ya que su
matrimonio falló por su increíble egoísmo y crueldad, sino por vitalidad—, porque auténticamente eso no le importa y no lo considera «noticia». Es otra cosa, algo que
se debe referir a mí, aunque no se me ocurre nada bueno
que se pueda referir a mí. Al fin y al cabo, si le tengo tanto miedo a la muerte, es porque sé lo que es, lo horrible
que es, porque me he suicidado. Sí, fui valiente una vez, y
me suicidé. ¿Qué otra cosa fue, entonces, el escándalo que
produje hace seis años cuando públicamente renegué de
todos ellos, cuando públicamente, en una carta abierta
publicada en *Destino* decía que el informalismo español
era una superchería que se había transformado en un inmundo negocio de pintores, marchantes y críticos? Juré
no volver a pintar ni a dibujar más, también públicamente: y
aquí estoy, con Tàpies, el gran gato negro capado sentado
en mi falda ronroneando, sin hacer nada, con las luces de
este piso extraño encendidas alrededor mío, esperando
que se escurran las horas, y sabiendo que podría estar pintando, que quizás debía estar haciéndolo, porque me pro-
curaría ese placer, placer, placer... oh, qué olvidado lo tengo en todo, qué difícil es tocarlo de alguna manera y qué
fácil sería si tomara ese papel blanco que tengo en mi escritorio, y un lápiz, o quizás, sí, sí me gustaría más un po-

co de tinta china negra y una pluma, y un pincel, y hacer una tinta sensacional... placer, hacerlo por placer. Pero no. Renacería la esperanza, con ella el miedo, otro miedo distinto a éste que ya llevo tan conocido, y no quiero. Quizás haya sido heroico al hacer una pública autocrítica, declarándome mediocre y pobre al contestar las cartas airadas de los otros pintores y de los marchantes y de los periodistas. Envidia, dijeron, naturalmente, porque el nombre de Muñoz-Roa es el menos brillante de todo el grupo, el que menos atención ha recibido, cosa que, debo declararlo inmediatamente, era totalmente inexacta. Envidia. ¿Que me suicidé por envidia? ¿Que me retiré del ruedo, que colgué el hábito, que me castré, en realidad, por envidia, por miedo a la competencia? No lo creo. Luisa sabe que no es verdad. No he sentido envidia por nada ni por nadie en toda mi vida. Fue francamente estar asqueado. Ver en el informalismo, tan apasionado, tan viril y fuerte en su primer momento, decaer hasta un decorativismo seguro de sí mismo y sin carácter después, hasta llegar a ser sólo una escuela que producía una mercancía fácil de vender aquí y en el extranjero, muebles para la burguesía con pretensiones de sensibilidad, algo terriblemente sin compromiso, sin vitalidad... y, claro, la historia me ha probado que tengo razón, porque se apagaron completamente; llegó el pop y el op, y ¡zas! Señaló su mayor relación tanto con la vida como con la inteligencia y los dejó al descubierto: inservibles, todos, todos quizás menos Tàpies, todos quizás menos yo si hubiera seguido pintando, pero no quise, preferí no hacerlo, y me suicidé: asco, asco, yo no estaba para producir desvitalizados muebles para gente rica, litografías para libros, para millonarios, yo era pintor, pintor —aunque jamás había tenido un entrenamiento académico y me podrían matar antes de poder dibujar un retrato, una naturaleza muerta, un gato—..., sí, era pintor, creaba cuadros, producía obras de arte, no materia prima para mantener en movimiento las grandes maquinarias burguesas y filisteas de las galerías, los marchantes, las exposiciones, los *vernissages*, los aficionados, los coleccionistas, los decoradores, toda esa raza inferior, todos los chupasangre que terminaron por prostituir y liquidar aquellos que en un momento fueron pintores pero que hoy, para seguir pintando, tienen que negarse sus planteos y *cambiar*, y cambiar significa no evolucionar sino adherirse a otras ideas y escuelas que ellos no inventaron como nosotros inventamos el informalismo, y mentir, falsearse para poder vender, para poder mantener en cartelera su nombre, sus nombrecitos... hace seis años que no veo mi nombre impreso en ninguna parte, lo que es un placer. Primero mi gran autocrítica pública, después, durante un par de meses, cartas polémicas, protestas, insultos, mi nombre y mi retrato por todas partes, para bien o para mal, y generalmente más para mal, y después el silencio total, el meterse en la guarida, el borrarse como ser público para crecer como ser privado en el caldo de cultivo de mis terrores enfrentados, y así reponerme sin dar la espalda a mi esencia, así resucitar ayudándome de todo, aun de los insultos de los amigos que perdí. Quizás recordar —más bien sentirme marcado para siempre por lo que entonces hice— y estar viviendo sus duras consecuencias en esta soledad y en esta pobreza y en este presente desarticulado, es mi gran y mi buen consuelo: hice algo, aunque en ello maté toda una mitad de mi ser, algo que no estuvo mal hecho.

La experiencia de Dors, que se inició inmediatamente después de aquello, naturalmente me hizo engañarme, de modo que al comienzo no me di cuenta que en realidad había perdido toda una parte de mi ser —como la lagartija, que ante el terror y amenaza se desprende voluntariamente de su cola—, que no fue un suicidio parcial, cuya llaga aún me duele, una mutilación, sino que Dors me hizo creer que me encontraba por primera vez ante la posibilidad de una vida total. Luisa estuvo conmigo todo el tiempo, día y noche, durante todo ese amargo tiempo que siguió a mi pública autocrítica y a mi impugnación de los valores de los demás y mi llamada a que se autocriticaran. Una noche, a la salida de un cine con Luisa y con Alberto Mármol, su amante de entonces, unos pintores jóvenes me atacaron con gritos y pedradas desde la acera de enfrente. Luisa estuvo a mi lado... Alberto también, pero no tiene importancia: como todos los amantes de Luisa, fue sólo un apéndice, un efímero objeto suyo. Fue inmediatamente después que se hizo necesario que operaran a Luisa y le arrancaran el pecho izquierdo —somos, los dos, seres mutilados, y esto, supongo, nos une en una especie de confabulación— y me encerré con ella a cuidarla, a velar por ella día y noche como ella había velado por mí, porque su hija no quería tener nada que ver con ella, ya que estaba casada burguesamente en Madrid y aborrece todo lo que su madre representa. Por lo demás, le pareció a Luisa, la operación fue un poco vergonzosa: perder uno de sus bellos pechos era perder parte de su feminidad, era dejar de ser la Luisa de Noyá, poderosa, aceitunada, agitanada, que a los cuarenta años, con una minifalda de Dior y una rama de albahaca detrás de la oreja, podía enloquecer a cualquier muchacho, y a cualquier hombre, al bailar con él en algún night club de Cadaqués o de Marbella. Ahora —me lo dijo— eso quedaba liquidado: era necesario buscar otra existencia, como yo debía buscarla, y nadie, que lo entendiera bien —y era una de las razones por las que sólo yo la cuidé y sólo yo supe de su operación—, que nadie supiera de su vergüenza para que no la compadecieran. Cuando convaleció ya había pasado *the sound and the fury signifying nothing* que se armó alrededor de mi persona y el escándalo que promoví. La gente ya no me reconocía ni en el café ni en la calle. ¿O simulaban no reconocerme? En fin, no importa. Me sentí tan solo que marqué el teléfono de Ramón y

Raimunda Roig como para tomar la temperatura de lo que ellos, tan afectuosos durante un tiempo y admiradores de mi obra, y los que ellos veían, que era mi mundo en Barcelona, estaban sintiendo ahora con respecto a mí. Marqué el número: escuché dos segundos y colgué. No. No podía exponerme a baraturas como esa. Había que hacer algo, abrirse, no cerrarse. Y aunque yo sabía que la marea contraria a mí no era unánime en su dirección, que quizás había encontrado adeptos que incluso me felicitaran por mi actitud, preferí aislarme. Le dije a Luisa:

—Me gustaría hacer un viaje.

—Hagámoslo.

—¿No estás débil?

—Estoy estupendamente.

—Yo estoy muy pobre, eso lo sabes.

—No importa, te convido.

—Pero no un viaje complicado, con idiomas que no entiendo.

—No, un viaje por aquí cerca... largo... lento...

—Bueno, un viaje lento, para poder mirar.

Hicimos nuestras maletas y partimos en el coche de Luisa por la costa hacia el sur, en dirección a Tarragona. Sin formularlo, tanto Luisa como yo nos habíamos figurado largas playas solitarias junto a dormidas aldeas de pescadores por las que poder pasear largamente. Pero a medida que íbamos avanzando hacia el sur nos dimos cuenta que nuestra fantasía no era más que el recuerdo de una costa mediterránea de hacía diez, o quince años, no la bastarda comercialización del turismo que deja divisas pero destruye toda identidad. La prostitución total: pancartas anunciando hoteles obliteraban el paisaje; los campings con nombres holandeses y franceses se sucedían unos a otros; si los turistas vinieran en verano, y después partieran con todo el aparato horriblemente ordinario y superfluo que se ha construido para albergarlos, bueno, quizás no estaría mal; pero esta afrenta comercial del gusto más vulgar al paisaje, a lo natural, y que los nativos creen que significa «progreso», bueno, era asqueroso, simplemente repugnante: la mala calidad de la comida, los parques talados, la invasión de las masas del norte que los nativos, aun los burgueses que debían tener cierta discriminación, toman como modelo estético y moral e intelectual... la contaminación del agua, todo, todo, a medida que avanzábamos hacia el sur, se iba agudizando, tanto, tanto, que ya no hablábamos de nosotros, de nuestros problemas y de nuestras luchas y nuestras penas y nuestros temores, sino de eso, de eso que veíamos, del insulto de no ver un solo toro, más que el toro de Osborne, y la posibilidad horrorosa de que un niño, por ejemplo, conozca primero el toro Osborne, desfigurando agresivamente el perfil de todas las colinas, que un toro de verdad. Preguntamos en algún restorán, a uno de los simpáticos meseros jóvenes que nos atendían:

—¿De dónde eres?

—De Horta de San Juan.

—¡Horta!

—¿La conoce?

—No, pero ahí vivió Picasso.

—No conozco a ese señor.

—¿Y te gusta esto?

—Sí, mucho.

—¿Y no quisieras regresar a tu pueblo?

—No, es muy atrasado.

—¿Y aquí estás contento?

—Sí, aquí se ve el progreso. Dicen que más al sur, por Benidorm y Alicante, es mucho mejor, a ver si el año que viene voy para allá, es más moderno todavía. Mucho belga por aquí, son buenos los belgas. Los alemanes no. Los holandeses sí, y los franceses, pero los alemanes no. Los peores son los españoles. ¡Uf!

Y arriscó la nariz. Esto fue en Salou, pasando un poco hacia el sur de Tarragona, donde almorzamos. Su promesa de que la costa se ponía «más y más moderna» y llena de chalets hacia el sur nos pareció horrible. Sin embargo, montamos en el coche y seguimos. Cambrils, campings, pancartas, y el mar y su mediterráneo resbaloso del aceite, en la gasolinera nos dijeron que habían descubierto petróleo en San Carlos de la Rápita, y que toda la costa, dentro de muy pocos años más, sería una usina de refinerías, con toda la estructura de hierro, de vastas refinerías alumbradas por antorchas, por luces como ciudades encantadas, pero que echan humos venenosos: el progreso, y la gente disfrazándose de lo que no es, y los chalets, y los snacks, y las discotecas, a medida que uno se alejaba de Barcelona, poniéndose más y más ordinarias, más y más pequeñas, y más y más feas, hasta que hubo un momento en que nos dimos cuenta que nuestra ira y nuestra frustración nos había impedido hablar ni siquiera una palabra de uno mismo —que, en el fondo, esos chalets y estos snacks eran sólo una extensión a nivel más bajo de las galerías de arte y de los marchantes y de los pintores fabricantes de cuadros informalistas y la prostitución que todo eso significaba—, que toda esta fealdad nos estaba robando el alma, impidiendo enfrentarnos con nuestros propios y verdaderos problemas, y que nuestros recuerdos —cómo era Masnou hace diez años, cómo era Tossa hace veinte, como era Calella de Palafrugell o Estartit hace diez— eran inútiles, impotentes, que esto, esta masa humana que descendía del norte en busca de sol y precios bajos y absolutamente nada más, era lo que primaba y lo que imponía su forma a este pobre Mediterráneo que se estaba vendiendo a tan bajo precio, y estaba eliminando a los seres humanos, aun a nosotros, que éramos al fin y al cabo una élite. Bajamos a Hospitalet del Infante, y sentimos una repulsión violenta: en este mes de julio, en las pésimas playas, corría un aire cargado no de olor a sal y de olor a pescado fresco, sino olor a aceite para tostarse al sol. Subimos de nuevo a la carretera de Valencia. Poco a poco, en los sitios en que habíamos ido parándonos, yo había probado vino, vino del lugar pedíamos, y me tomaba media, una botella: tanino, colorante, borra, todos iguales, unos más ásperos que los otros, y todos traídos de otros lugares. Estaba un poco borracho, quizás, y al subir a la carretera de Valencia, nos quedamos mucho rato frente al STOP esperando que pasara la larga caravana de coches, indecisos, o seguir hacia Valencia, o regresar, asqueados, a Barcelona, para encerrarnos en el piso.

De pronto, una tercera posibilidad se abrió ante nosotros. Frente al coche, al otro lado del camino, un pequeño signo decía: MORA LA NUEVA, TIVISA, DORS. Nos miramos, Luisa y yo, ella, que conducía en esta etapa, como consultándome. Yo me alcé de hombros y asentí casi antes de saber a qué estaba asintiendo, Luisa pisó el acelerador después de mirar hacia ambos lados, y el coche marchó derecho, por el pequeño camino que indicaba la dirección de Mora, Dors y Tivisa, montaña adentro.

Recién pasada la excitación de cruzar la carretera nacional, nos miramos y nos reímos. Ni Barcelona, ni Valencia, ni Sitges, ni Peñíscola. Otra cosa. Quizás diez minutos de conducir ya nos indicó que se trataba de algo completamente distinto, que estábamos rompiendo terreno nuevo. Dejamos atrás una monstruosa urbanización con frescos de Quijotes pintados en las paredes blancas para beneficio de obreros belgas hambrientos de sol y exotismo durante veinte días en verano, y ya comenzamos a subir, subir, a adentrarnos por los cañones de la montaña, a ver terrazas de piedra escalonando los flancos para alimentar a un par de olivos quizás milenarios, y pequeños plantíos de avellanos, con su verde aterciopelado, táctil y su sombra azul y su forma de manantial. Una que otra masía de piedra dorada jalonaba la montaña de vez en cuando, pero nada más, nada más, y uno que otro labrador en su moto, o en su tartana con su perro atado debajo, nos sonreía, dejándonos el paso. A diez kilómetros de la costa ya no quedaban ni señales del «progreso» de que nos hablara el muchacho en el bar de Salou, y era tan simple y tan directo todo lo que veíamos, que casi no lo veíamos, y sin comentar las bellezas del panorama que a cada curva del camino se abría ante nosotros, volvimos a nosotros, a enfrentarnos con nosotros mismos, a ser nosotros mismos, como si hubieran levantado una esclusa.

Ella desechó al primo guapo, cetrino como ella, que montaba a caballo a la inglesa y qué risa nos daba, qué cursi, vaya, no se puede ser como Manuel Ibáñez, que además es de Madrid. Y luego, su matrimonio con Manuel Ibáñez y renegar de mí y desecharme y todo lo que yo quería y era, porque yo quería y era a pesar de que en mi familia no lo creían, y no podía ser pintor, no, debía terminar el colegio y como no lo terminé, a un banco, sí, señor, a un banco y se acabó, y años y años en el banco mientras Luisa estuvo años y años en Madrid junto a su marido también en un banco, pero como director de una rama del banco que pertenecía a unos tíos marqueses por el lado de su padre, mientras yo, en mangas de camisa, sacaba cuentas o atendía a la ventanilla, y «hacía carrera» en Barcelona, lentamente, odiando la carrera. Hasta que ya no pude más y me rebelé y dije me voy de la casa, me voy del banco, me voy a trabajar como obrero en Londres, en París, y viví allá, y no trabajé más que para poder comer, y viví, y viviendo olvidé a Luisa completamente; transformándola en una caricatura, el amor juvenil, una viñeta romántica y risible, nada, nada, el olvido y la cosa nueva de los pintores y los bares y las mujeres nuevas y la nieta de Hardí, o bisnieta majestuosa, inconforme, rebelde sin necesidad de rebeldía porque en su familia hacía mucho tiempo que se habían rebelado y habían ganado la rebeldía, y vivimos juntos, y tuvimos a Miles; y luego sus padres nos aconsejaron que sería preferible que nos casáramos y tuvimos a Miguel, y después algo se rompió, no, no se rompió, sólo la necesidad de regresar a España y ella imposible vivir en España, odia España, país sucio, retrasado, las mujeres gordas y llenas de hijos, enlutadas, dueñas de casa, no tengo con quien hablar, me creen loca porque quiero estudiar, porque estudio a pesar de que me creen loca; y tú no haces nada y vives de mi dinero un poco, todos vivimos un poco de mi dinero pero no importa, y a medida que vivimos de su dinero yo busco y no encuentro, y me aburro y ya no existen los amigos de siempre, hablan de la guerra y nada más que de la guerra; y yo era muy pequeño y los años malos los pasé en París y en Londres por pura casualidad, pero allí los pasé, y Diana dice que ya no, nada, ni en la cama, ni en la vida, nada, para qué engañarnos, mejor separarnos ahora para que yo me haga una vida, dice, y los niños no tengan la falta de un padre, y se los lleva y a mí no me importa, en realidad que se los lleve, y lo peor es que a ella no le importa en realidad llevárselos pero es mejor que estén con ella porque ella podrá darles más, no sólo materialmente, sino también emocional e intelectualmente; y si se quedan conmigo, en cambio, qué horror, educado a la española, con problemas religiosos cuando ya nadie en el mundo tiene problemas religiosos, y problemas sexuales cuando ya nadie en el mundo tiene problemas sexuales; y sobre todo, el gran peligro de que sean una carga para mí, tienes treinta y dos años y no te has realizado en nada, vagas, un poco de decoración, un poco de propaganda, y te tienen que buscar a ti mismo, sí, sí, ya sé que es un cliché de lo peor, pero qué le vamos a hacer, las cosas que tienen actualidad y vigencia como problemas en España son muchas veces clichés si se ven desde el extranjero y eso es lo que pasa: buscarte a ti mismo. Eso. Y si te dejo a los niños —me daría pena dejártelos, pero si te ayudara con ello te los dejaría sin duda— van a ser un peso. El descanso cuando se fueran. Vivir de prestado en una ciudad que no era la mía:

recorrer las calles y encontrarme con amigos y amigas, y saber que en Barcelona, aunque quisiera, no podría morirme de hambre, ni aunque lo intentara porque todos me conocían y todos me querían desde siempre. Y pintaba, un poco, no mucho: había visto a Soulages y a Bram van Velde, y a los de las escuela de París, y a Minieux, y a los de la escuela de Nueva York en París, y sabía que no era necesario saber pintar para pintar, que no era necesario saber academia para ser un artista; y pinté bastante, mucho, en esa época. Y me encontré con Luisa en un cine club que daba *Juegos prohibidos* después de un milenio, y tomamos café en una terraza ya no me acuerdo dónde, cerca de la Plaza de Cataluña en todo caso, y ya no vivía con Manuel... uf... hacía años que no vivía con Manuel. La hija se había quedado con él. Era una chiquilla burguesita, completamente Ibáñez, sin nada de nosotros, de la locura de La Garriga, de los monstruos que como en Bomarzo poblaban semiderruidos el parque, de las balaustradas desmoronadas y de las ánforas que de tanto en tanto las adornaban, y los pararrayos destruidos, y los bisabuelos, y los abuelos muertos, y los padres que morirían qué sé yo cuándo, pronto sin duda, y nosotros sin ir a La Garriga, por qué no íbamos, la casa estaba en venta, pero que fuéramos: y encontramos todo devorado por la hierba, y una muñeca de loza tirada entre el laberinto de boj, y no encontramos a la cuidadora, de modo que escalamos la reja y rompimos una ventana, y adentro ya no quedaba nada, espacio, nada más, y las secciones de muros descoloridas por los armarios y por los cuadros, y una pila de libros pudriéndose en un rincón —buscamos *Los Borgia* pero no lo encontramos—, y un amoblado de salón completamente desportillado, pero sin embargo cubierto con sus fundas blancas que no protegían nada, nada, porque la podredumbre venía desde el centro mismo del relleno, la carcoma desde el centro mismo de la madera, y todo eso se estaba destruyendo y sólo quedaban las sucias fundas en algún tiempo blancas, sin nada más que ruinas que durarían muy poco más. Estuvimos poco rato. Ni siquiera subimos al segundo piso, ni a las buhardillas de las mansardas. Entramos y salimos: querían venderlo entonces, la casa y el parque, para hacer un barrio nuevo, como estos que se llaman Miami, que íbamos viendo en la costa, chalets como los de Salou quizás, casitas con frescos como los de Don Quijote en Cambrils, sin duda. Y no lo han hecho todavía, esperando que suba y que suba el precio: mi primo, que sabe mucho de negocios dice —y está diciendo desde hace años— que conviene esperar unos pocos años más, que todo está subiendo increíblemente, y que los veintidós primos que tenemos derecho a parte de esto, todos menos Luisa y menos yo, están de acuerdo en esperar. Luisa también, en realidad. Ella, ahora que su marido —y su amante, el dueño de otro banco, no me acuerdo cuál, rival del suyo— la han abandonado, se dedica a reconstrucciones y decoraciones y le va muy bien y nunca le viene mal un capitalcito extra, aunque a ella no le darían la urbanización porque tiene demasiado buen gusto, un gusto muy puro y querrá seguramente preservar cosas, árboles centenarios, crecidos de semillas traídas por el bisabuelo desde Cuba junto con sus faltriqueras bien llenas, y eso era anticomercial, de modo que Luisa no se hiciera ilusiones. Ella me comentó esa tarde en el tren que nos trajo de vuelta desde La Garriga a Barcelona:

—Me las puedo arreglar. Viví cinco años con Tenreiro: tengo el orgullo de decir que cuando me harté de él y lo planté, salí de la casa absolutamente con nada más que lo puesto.

Le manifesté mi admiración. Pero ella agregó, para que la cosa no se transformara en un romanticismo pegajoso:

—Claro que resultó que, entre las cosas que tenía puestas el día de la pelea definitiva, cuando me marché de la casa para siempre, llevaba un anillo de brillantes enorme, dignos de una puta de alto vuelo, y claro, desde entonces

vivo de ese anillo que causalmente llevaba en el dedo...
Claro que lo he aumentado muchas veces en su valor...

Le mostré mis cosas, poniendo un cuadro tras otro
en el caballete, bajo la luz, ella sentada en el sillón de raí-
do terciopelo verde con flecos y canutones, que tanta gracia le hizo, que coloqué frente al caballete. No hizo co-
mentarios. Pareció no pestañar mientras iba cambiando
según me indicaba, los cuadros sobre el caballete. A medida que lo hacía, sentí que iba cambiando la atmósfera en
la habitación, que se iba alterando la relación ente nosotros: de nuevo, recordé La Garriga y mi estudio en las buhardillas ardientes del verano, ella se había transformado
en gato —ella, que con su chic agresivo tenía tan poco de
gato—, se había enrollado sobre sí misma en el sillón de
pana, y estaba gozando del calor que emanaba de mí, del
fuego que mis cuadros le proporcionaban: pero no sólo el
fuego de mis cuadros, sino que, como cuando éramos niños pero con distinto poder, el fuego mío, de mi cuerpo
que sentía envolviéndola y transformándola, revelando
ese cuerpo acariciable, esa cara triangular, todo lo que de
ella emanaba y me envolvía, queriendo —no para repetir
un acto encerrado en el bien resguardado jardín de la in-
fancia, en que la experiencia sólo tiene el carácter de un
descuido— este presente que yo había tenido y estaba teniendo la facultad de forjar, en este presente que ambos
estábamos ocupando, ahora no como cómplices, sino como dos seres envueltos, como en el hueco caluroso de dos
manos juntas, en el amor. Pero, claro, hablar de amor no
se podía. Había que hablar de demasiadas cosas antes. Sin
embargo, yo me acerqué por detrás de su sillón, atrapado
por este calor mutuo y reflejado, y le metí la mano en el
pelo. Ella me tomó la mano. Y sin retirármela, me dijo:

—No. Espera.

Le pregunté qué había que esperar. Ella me respondió que, por desgracia, a ella sólo la atraían los hombres triunfantes, y yo no lo era: sí, veía mi poder, estaba

escrito en todos mis cuadros, la visión era personal, el mundo mío, teñido de amargura, de rabia, estaba allí, expresado en esas distintas capas de trabajoso esmalte (Kiko Zañartu), y mi ira y mi amargura tenían una valencia positiva que era poder, expresado en esos verdes ácidos, en esas distancias engendradas por las distintas capas de esmalte que, chorreando unas sobre otras, unas laboriosamente sobre otras, creaban un ambiente como de lluvia entre los cerros, separándolos, dejando sólo las distancias como realidad entre los cerros, eliminando cruelmente el detalle y la vida, y sobre esto, dibujada con un punzón, a veces teñido de negro, otras de marrón, la caligrafía hermética de mis significados imposibles de desentrañar, el misterio, el secreto, que permanecía en la tela y no se revelaba.

Ahora, era ella el calor, yo el gato que ronroneaba: y ronroneaba no sólo por el placer de oír a alguien analizar tan libremente mi pintura, y apreciarla, sino porque su cuerpo mismo emanaba, como si lo que sentía no lo sintiera con su inteligencia, sino con su piel, tan morena, tan suave, tan cerca de la mía, tan envuelta en el bello vestido de punto color castaño que vestía: por primera vez, arrancándome con un esfuerzo del ungüento que su presencia emanaba para unirme a ella, la miré: era toda de un color, marrón la cara, marrón el vestido, marrón toda la piel, marrón luminoso e inteligente los enormes ojos rasgados: sólo las pestañas tupidas, no curvas sino absolutamente rectas como un alero, y el pelo lacio, grueso, espeso, liso, metálico, partido al medio y cayéndole hasta los hombros, eran negros, como la pupila alrededor del centro luminoso del marrón de sus ojos. Sentado a sus pies le pregunté si no le bastaba ese poder, el poder de la cosa en sí que evidentemente tanto la había conmovido, el poder que significaba tener la fuerza para crear un mundo que la conmovía. Fumando me contestó que no. Que estaba equivocado. Que con la ingenuidad de los artistas, creía que eso era suficiente. Y no era. No era: era un importantísimo ingrediente, sin duda, pero no todo, no todo: faltaba el otro poder, el poder negativo, el poder despreciable, abyecto, faltaba traducir ese poder de creación artística pura en poder en el mundo y para el mundo y frente a los seres y sobre los seres, ella es mujer de mundo, faltaba el increíble, terrible poder que es el éxito que eleva no sólo ante los ojos de ella, mujer privada, al hombre, sino ante los ojos de todos. Era, entonces, necesario adquirir éxito: yo tenía lo principal, el talento —¿por qué no dijo el genio, por qué no?— y eso era mucho. Ella sabía. Ella conocía galerías, ella conocía a Juana Mordó en Madrid, que le debía mucho en cuanto a relaciones públicas, y conocía a Gaspar en Barcelona, que no le debía nada, sólo el haberle presentado a Tàpies, y muchas galerías en la mayor parte de las capitales del mundo. ¿Éxito? Nada más fácil de conseguir. Era algo que podía ser artificial —ella lo reconocía—, pero era algo artificial que ella necesitaba en un hombre: Manolo Ibáñez lo tuvo desde el comienzo... cómo saltaba las vallas en su caballo blanco, por ejemplo, cómo hacía el *dressage*, algo que a ella no le interesaba absolutamente nada, pero que lo hacía triunfador, sin duda el más bello, y el más triunfador de todos los muchachos de su juventud, y fue tanto lo que la atrajo esto, que se dejó arrastrar a sabiendas a un matrimonio condenado desde la primera noche, y antes, al fracaso; y luego, el otro, el otro banquero, era simplemente cuestión de dinero, de millones, simple, claro, pero complejo: era feo, y un poco gordo, pero verlo entrar a su banco, y cómo subrepticiamente iban levantando las cabezas los cajeros y los jefes de sección y cómo se ponían en pie los directores sobre sus alfombras persas y bajo sus cuadros abstractos franceses —todavía no se hablaba de los españoles— y sus escritorios de caoba erizados de teléfonos y citófonos... él no necesitaba ninguno de estos signos exteriores de poder, él era él, y bastaba; y claro, como su relación con Manolo, ésta también estuvo condenada desde el principio. Pero nosotros...

Comenzó entonces la farándula: Luisa organizó mi primera exposición en Gaspar, con asistencia del *tout* Barcelona relacionado con la pintura, con invitaciones a los grandes de Madrid, a algún crítico de París, y coordinando la exposición de modo que coincidiera con el paso por la ciudad del director del Museo de Arte Contemporáneo de Nueva York. Todo perfecto: asistió hasta Tàpies, que no salía jamás de su casa, lo que llamó mucho la atención, también los menores, Cuixart, Tharrats, los madrileños, todos, y al día siguiente de la inauguración estaba vendida la exposición entera. Un éxito, clamaron las revistas y los diarios, una revelación, un autodidacta se pone a la cabeza de los informalistas españoles. A la cabeza de los informalistas españoles. Era ya algo, no mucho todavía porque todavía no eran muchos los informalistas españoles. Pero mis cuadros formaron parte, al poco tiempo, de la gran exposición que viajó por todas las capitales europeas, que fue a América, a México, a Buenos Aires, y las críticas fueron soberbias: Tàpies derivaba de Dubuffet; yo, en cambio, tenía mis raíces en un pasado muchísimo más antiguo, con mis barnices dorados y mis transparencias, era como si algún miembro de la escuela internacional, de la pintura gótica flamenca o catalana, se hubiera vuelto loco, y hubiera resucitado en nuestro tiempo. Era mucho. Mucho, tanto, que Luisa y yo nos hicimos amantes. Y podía haber sido algo largo y feliz que durara hasta ahora, pero duró poco, feliz y corto: no, dijo Luisa al cabo de un tiempo, todo esto es falso, todo lo que te he exigido para quererte es falso, postizo, no pertenece a tu esencia, te lo he fabricado y exigido yo, y tú lo has hecho para ganarme y para complacerme. No resulta. Ha sido un año estupendo, pero no puedo, no puedo, no creo que quede en el mundo un ser con quien tenga una relación más fuerte y más definitiva que contigo, ni mi hija —no me quiere—, nadie en este mundo de gente de paso de un país a otro, de una clase a otra, de una casa a otra, de un barrio a otro, de una profesión a otra, en este mundo de improvisaciones que odio y del que sin embargo formo parte, mis urbanizaciones, mis decoraciones, al fin y al cabo no son más que improvisaciones, pero puedo vivir con ellas mientras son mías, pero no cuando se trata de una fama improvisada del hombre con que estoy, es un poder falso el que tienes, tu fama es falsa, así como no es falso tu talento. Pero tu talento me interesa y no me produce amor: tu poder en el mundo, si fuera real, como era real el poder de Manolo para dominar a su caballo blanco, o el de mi amante banquero para dominar su imperio, que pertenecían a la esencia de sus personalidades, eso sí, eso sí que me enamoraría; sin embargo, tu talento, lo admiro, pero no me hace, aquí adentro, donde reside el amor, ni fu ni fa, no, ha sido un año bueno, pero el amor que te tengo no es verdad; es verdad otra cosa que hay entre nosotros...

Sí. Yo lo sabía. Y Luisa se fue a América durante un tiempo y yo me quedé. Me quedé en la posición en que ella me había dejado, rey de mi éxito espurio y postizo y gozándolo. Postizo. Artificial. Sin pertenecer a la esencia de mi personalidad, como el purísimo y odiado caso de Tàpies, por ejemplo, en quien no podía dejar de reconocer que la calidad iba a parejas con el éxito y uno era el complejo revés de una y la misma cosa y de lo otro, pero sí, ahora que Luisa me había iniciado en él, necesario, imposible de vivir sin él, leyendo histéricamente las críticas, las crónicas para ver si alguien me había excluido, a ver si alguien se había olvidado nombrarme, intencionalmente o por descuido o porque mi pintura era negligible, *fortering* todas las infinitas posibilidades paranoicas que dormían dentro de mí, hambriento de poder, de capacidad para cambiar la corriente, de dictaminar y mandar, de que me miraran para arriba con admiración, a ver si podía vender mis cuadros más caros que los demás, si el museo de Amsterdam me llamaba a exponer solo, si São Paulo me invitaba a una sala para mí solo, si Kassel se interesaba, si Amsterdam, si California. Nunca logré entender por qué a Cuixart y no a mí el Gran Premio de la Bienal de São Paulo. Curioso, sí, estaba de acuerdo con Luisa: estas cosas, este hambre de poder no pertenecían a mi esencia, pero era como sí haberlas tocado, como si conocerlas me hubieran desollado vivo y dejado vulnerable a toda esa región; sí, así como estaba seguro que mi pintura no era vulnerable a nada, sólida, buena, cada día más sabia pero, desgraciadamente, cada día más secundaria a la vulnerabilidad de la fama, del éxito y del poder.

El desastre fue corto y definitivo. No puedo creer que esto haya sucedido hace sólo seis años: era el momento en que el informalismo, ya pasada su primera cohesión, no formaba escuela, sino que cada uno por su lado seguía empleando, cada uno a su manera, las técnicas aprendidas. Yo, entonces, buscando fórmulas nuevas, comienzo a pintar cuadros que a pesar de que se mantienen en el informalismo, tienen algo de figurativo. Una gran exposición internacional de formalistas españoles, que debía ser, en Nueva York, como el grito de batalla, quería poner de nuevo al día el formalismo después de tanto pop y tanto op, y tanto arte pobre y tanto constructivismo, y en este momento de infinito vacío en la pintura, proponer de nuevo el informalismo español como lo más serio de los últimos decenios y lo más coherente. El señor Gaspar, de la galería, hacía la selección; y al llegar a considerar mis cuadros, los rechazó de plano: habló mucho, se trataba de presentar una «escuela», deslindar de nuevo una postulación plástica que reanime a la crítica y al mundo. —No me mienta, señor Gaspar, es demasiado transparente su proposición: usted, que es el marchante de todos los informalistas españoles, quiere volver a darles el realce que tuvieron hace quince años, sí, sí, y sobre todo, que suba el precio de los cuadros y que vuelvan a tener el renombre internacional que una vez tuvieron, es un sucio gambito comercial, no el reanimar una escuela, y deslindarla como usted pretende que es—, y por lo tanto tú, Muñoz-Roa, con lo que ahora estás haciendo, tienes que quedar excluido. Las voces de los demás pintores —de todos los que fueron mis amigos y mis pares en otra época— están de acuerdo con Gaspar: sí, Muñoz-Roa, nuestra salvación está en la limitación, si queremos reanimar el mercado —¡el mercado!— para nuestros cuadros, bueno, no nos queda otra cosa que limitarnos y ser estrictos, se trata de intentar un *revival*, y un *revival* con tus manzanas y con tus manos flotando en un mar de informalismo, realmente bueno, nos derrotaría de partida, ya no tendríamos límites, trata de entender... Pero no entendí. Y mientras la exposición informalista española efectúa un *revival* en USA, y un interés nuevo por sus planteamientos después de quince años de derrota más que parcial, yo organicé una exposición en Barcelona: la crítica, unánimemente, me condenó, cuando no se rieron de mí, diciendo lo que jamás habían dicho antes: que en el fondo, era de esperarse mi fracaso, ya que al fin y al cabo, yo había sido siempre el más débil, el más insignificante de los pintores del grupo. ¡Pero si eran los mismos críticos que, hacía quince años, me habían alabado hasta las nubes, llamándome poco menos que genio, poniéndome en el mismo escalón que a Tàpies! En vista de lo cual, yo escribo una carta a la revista *Destino*, en la cual digo, exactamente eso, que los mismos críticos que ahora me condenan como el más débil, me pusieron hace quince años en el escalón más alto. Doy nombres, cito párrafos: en un restorán, me enfrento con uno de los críticos, y de mesa a mesa pasan palabras gruesas, hasta que nos vamos a los puños, y en medio del escándalo y de los flashes de los fotógrafos, nos llevan a la cárcel. Al otro día, la fotografía del crítico agarrándome por la barba y yo dándole con un puño en el ojo. *Cause celebre*, en la gran tradición de la pintura, desde los románticos hasta hoy. Pero yo estoy convencido. Lo que quieren no es un *revival*, no es la convicción de un planteamiento que justifica una posición en la pintura: es algo artificial, fabricado por los marchantes, esos cerdos, sí, cerdos, que lo falsean todo por razones comerciales —este año se lleva el informalismo, hay que pintar entonces informal; el año que viene, pintura pobre; el próximo, las maquinitas eléctricas que hacen colores en el muro; después... en fin—. Y para vender nuestros cuadros a los buenos burgueses que quieren «invertir» dinero, que quieren que su dinero «invertido» no se desvalorice porque si gastaron cien mil en un Tàpies, y la pintura informalista se desprestigia, bueno, entonces, claro, se desvaloriza su inversión en el Tàpies colgado sobre su chimenea... ¿Sí o no? Ese era el juego, y había que decirlo, y ahora que había sido agredido, y que estaba en la primera plana de los diarios, bueno, entonces era el momento... y escribí mi gran, mi terrible artículo de autocrítica en *Destino*: No, yo no pintaría más, dije, porque la pintura estaba acabada, porque no era más que un instrumento de la burguesía comercial, porque todo era falso, porque yo no me prestaba más para estas cosas, esta inmundicia, esta superchería que mistificaba al mundo sobre la esencia de lo que es la pintura, de lo que es el arte: la pintura de caballete estaba muerta, entonces; y yo, voluntariamente, me mataba artísticamente para continuar siendo puro, para buscar otras formas de creación, para no venderme. A los pintores jóvenes —a quienes en ese artículo ataqué por seguir las recetas y no buscar sus esencias— se los reprocho, y ellos me atacan a la salida de un cine: barbudos de última hora, hippies que tienen que dejar de serlo, marihuaneros, imbéciles, analfabetos... también recogieron los diarios esta apedreada a la salida del cine, esta vez riéndose de mí sin misericordia, y por última vez. Después, el olvido... El olvido necesario, en realidad, porque en ese momento Luisa tuvo su tumor al pecho, y día y noche, durante meses, estuve junto a ella en su horrible mutilación, en la humillación que sufrió al ver que su cuerpo que ella tanto amaba, al que todos tanto habíamos amado, había quedado tan horrorosamente mutilado... ese cráter, al principio, rojo, que poco a poco se fue cerrando y palideciendo, que me mostraba, que a veces me hacía acariciar para ver si ese cráter había quedado sensible como su pezón, que sí le serviría para el amor, que no se lo dijera a nadie —lloró, esta vez, al pedirme esto, fue la única vez en mi vida que la he visto llorar, y no lloró, en cambio, cuando me dijo que, durante cinco años, no estaba completamente libre del peligro del cáncer, y que hasta que no se hiciera el quinto Papanicolau dentro de cinco años, siempre quedaban posibilidades de que el cáncer se regenerara en alguna otra sección de su cuerpo con una monstruosa metástasis que la matara— porque no quería que la humillación a su cuerpo fuera pública, que ella todavía servía para el amor, sí, sí, servía, ya vería yo cómo serviría para el amor, cómo a pesar de todo iba a enamorar a los hombres más seductores, incluso a los muchachos, aunque no le gustaran, y todavía, a pesar de todo, ella sería la amada y no la amadora... porque siendo la amadora, era la humillación, lo que no quería. Después de esos meses, claro, de reclusión, ya nadie se acordaba de mí ni del escándalo que se levantó en torno a mí, y la «escuela» informalista de Barcelona se deshizo como escuela, pero persistieron los valores individuales, aunque no apoyados en el aparato publicitario de la escuela de moda. No había un bando, entonces, que me atacara, ya que los individuos, ahora dispersos, no podían atacar en nombre de nada: y yo, claro, con mi mínimo de sensatez, no podía atacar a individuos, así como me fue tan posible atacarlos cuando estuvieron alineados juntos, postulando una posición y formando una escuela. Cada uno se metió en su mundo individual para seguir pintando —y me precio de que quizás mi ataque, y mi crítica a ellos como grupo, haya tenido un efecto tónico en este sentido—, o dejar de pintar completamente, como yo, automutilándome, o mejor aún, suicidándome:

alguien dijo «uno se suicida por respeto a la vida, cuando la vida deja de ser digna de uno», y la vida, que era la pintura, que eran los marchantes que querían op y pop y arte pobre ahora, ya no era digna de uno: la muerte de uno como pintor entonces, el acto voluntario, la elección, la posición moral del hombre fuerte que dice esto sí, aunque me mate, y esto no. Por eso, quizás, aunque en el tiempo que siguió a mi abandono de la pintura el dolor y el desconcierto eran horribles, pero cualquier cosa menos humillación, porque yo había triunfado: era simplemente como la paralización de todo un sector de mi cuerpo, un sector importantísimo, paralización que, finalmente, terminaría por matar el resto de mi ser.

Segunda parte

Cruzamos, entonces la carretera Tarragona-Valencia, y nos adentramos en la sierra de Pàndols o sus estribaciones. Al poco andar desaparecieron las sórdidas urbanizaciones con chalets mínimos con Quijotes pintados y ágaves y una polvorienta buganvilia nominal para atraer a los turistas de latitudes donde el color de la buganvilia es imposible, y entramos en un paisaje más viejo, los cerros abruptos cubiertos de pinos, los vallecitos profundos albergaban, junto al río, al arroyuelo, al hilo de agua, unas cuantas hileras de productos de hortalizas, y cuando eran más grandes estos vallecitos, las filas de avellanos, de follaje de terciopelo, de sombra azul, de forma naturalmente disciplinada, y jalonando los cerros, terrazas de piedras, no muy grandes, que nutrían dos, cuatro, diez olivos quizás milenarios, y labradores vestidos de negro, también milenarios, limpiaban el terreno a su alrededor, mirando su follaje de plata para asesar la cosecha de aceitunas de este año, de este invierno: esa mirada de ese labrador a ese follaje, me hizo pensar que el invierno, quizás, no estuviera demasiado lejos y tuve miedo. ¿Dónde ir, qué hacer, cómo vivir? Estoy poniendo todo esto a manera de pensamiento, pero debo decir que todo se dio, entonces en forma de diálogo con Luisa, trenzando nuestros pensamientos y nuestras intimidades: yo le propuse ir a vivir con ella. Ella conducía y paró el coche al iniciarse una avenida de plátanos que se escurría detrás de una curva.

—Sabes muy bien que no.

—¿Por qué?

—Sabes muy bien que no estoy enamorada de ti.

—Sí.

—Y tú tampoco estás enamorado de mí.

—No.

—Y lo que buscas es un refugio, junto a alguien a quien sientes tan mutilado como tú.

—Sí.

—Puedes dormir y vivir cuanto quieras en mi casa, eso lo sabes, siempre que no haya la superchería de un amor que no existe entre tú y yo. Tú y yo, ahora, hemos doblado un recodo... lo veo así... y tenemos que buscar algo nuevo...

Le tomé la mano sobre el asiento del coche, como queriendo aferrarme a algo, sentir o recobrar algo de mi facultad de sentir emoción y placer. Pero nada: la mano era inerte, conocida, como si tocara mi propia mano, no una mano distinta a la mía que me diera cosas que yo no tenía... esa mano me daba consuelo y ayuda, sí, pero no placer, no emoción. Para continuar con la experiencia me incliné sobre Luisa y la besé en la boca, como si la amara, como si la deseara, y ella se dejó, pero no la amaba ni la deseaba, ni ella me amaba ni me deseaba a mí. Faltaba la intimidad apasionada, el sentirse diferente y que esa pasión acercara la diferencia sin jamás unirla, y sentí, al tenerla en mis brazos y mientras ella me acariciaba dulcemente la nuca, que no, que no, que quería a alguien joven, a alguien distinto, a un ser desconocido... no quería retroceder, que era lo que estaba haciendo y dándome cuenta que quería hacer, sino avanzar para no morir, y deseé horrible, apasionadamente la juventud, lo nuevo, lo que no era La Garriga, lo que no era la pintura, lo que no estaba chafado de tanto usarse.

Cuando nos soltamos de nuestro prolongado abrazo, quieto, tierno, quizás hasta sereno, estaba comenzando a anochecer. Un crepúsculo convencionalmente rojizo teñía las nubes barrocas que revelaban la uve del cañón de cerros, que a medida que avanzábamos por la avenida de plátanos, se iba ensanchando, y el cielo, un instante, alcanzó a enrojecerse totalmente, justo antes de lo que —sabíamos— sería la penumbra y la noche que se anunciaba. Dije:

—Yo tuve una amante que, frente a cualquier crepúsculo, sentía la obligación de hacerse besar por mí, y cerraba los ojos y suspiraba.

—¿Y con la luna llena también?

—Sí.

—¿Y con el mar?

—Sí.

—Yo también he tenido amantes así. Los despa-
chaba inmediatamente porque me parecía intolerable.

Avanzábamos rápidamente, y la penumbra se ponía
más y más negra, y las nubes, no amenazadoras, estaban todas como del color que se ponen las brasas en la chimenea
cuando se las ha dejado apagar. Seguía la avenida de ancianos plátanos, hasta que después de rodear un cerro, salimos
de la garganta, y vimos, semiiluminado, anudado en las la-
deras de un cerro cónico al cual ceñidas, a un pueblo coro-
nado por un castillo y por una catedral. Dije:

—Gótico, parece.

—Sí, gótico catalán.

—Sí, mira la amplitud de los arcos...

—Bonito.

—Muy bonito.

—Sobre todo porque me da la impresión de estar
tan vivo todo esto, rodeado de sus huertas con sus labradores vestidos de negro o de azul brillante, mira como
avanzan, es la hora, entran al pueblo en sus tartanas y
tractores, en sus mulas, a pie a veces, seguidos por sus perros... el retorno de los labradores en la tarde al pueblo es
más bonito, diría yo, que el retorno de los pescadores a la
playa o al puerto...

—Y parecido.

—Sí.

—¿Entremos al pueblo?

—Entremos.

No tuvimos que desviarnos, pues el camino bor-
deado de plátanos llevaba la dirección del pueblo mismo

—era evidente que la antigua carretera pasaba por el centro mismo del pueblo—, mientras que la nueva carretera, la que llevaba a Mora, abandonaba el camino de los plátanos. Seguimos lentamente, para no fastidiar a los labradores que nos saludaban, y que regresaban a sus casas después de la jornada de trabajo —todo muy Ángelus de Millet pero es distinto verlo cuando uno creía que esto ya no existía y que no existían más que los chalets de Tarragona y Salou y los muchachitos y muchachitas que en temporada emigran allá a servir, mira, aquí, entre toda esta gente que camina hacia el pueblo hay muchachos que vienen con la azada al hombro, increíble, dan ganas de preservarlo como ciertos gobiernos preservan las tribus primitivas de la edad de piedra para estudiar cómo se vivía hace cinco mil años, y éstos también habría que preservarlos como sobrevivientes de otra época y estudiarlos— y a comer, y a la cama.

El camino, entre las dos filas de plátanos, se puso recto al avanzar hacia el río, y por el arco inmenso del follaje, enmarcado en él, vimos, ahora, el pueblo perfectamente cónico que ceñía como un puño duro, compacto, el cerro, un puño de piedra, y allá arriba, el castillo y la catedral, y éstos, iluminados por reflectores, que animaban como si fuera carne viva y lozana aún, sus sillares dorados y sonrosados. Frente a nosotros, el puente, de lomo arqueado, con dos ojos, por el que pasaba el río que regaba la huerta, y rematando el puente, una puerta, estrecha, y las casas colgantes, de galerías cerradas o abiertas, con ropa colgada a secar, con viejas en la baranda, sobre el río mismo, y niños, en el atardecer, jugando en las islas pedregosas y los batros y juncos de sus islas. Avanzamos lentamente, sobrecogidos, como si fuéramos a entrar, o retroceder, a otra época completamente distinta. Dos leones de desgastada piedra con la pata delantera levantada, sostenían dos escudos, y en un nicho en forma de concha, San Roque y su perro, el peregrino, con su perro y su báculo y la concha en su sombrero, bendecían a los que entraban por la puerta estrecha. Al franquearla, descendimos unos metros, y llegamos a la plaza, lo que parecía la plaza central. Nos agachamos para mirar los edificios renacentistas, la Fonda del siglo XIII y decidimos dejar el coche allí y bajar y recorrer el pueblo a pie. Estábamos maravillados, el pueblo, visto a través de los árboles, con su forma cónica y su coronación de castillo, había sido una visión de sueño, cosas como las que uno creía que ya no existían.

La plaza era estrecha, sin perspectivas más que a través del arco que se abría sobre el puente, lo que atestiguaba su auténtica vejez, ya que en aquellas épocas no existían claras nociones de perspectivas y panoramas dentro de los pueblos; y todo, para defenderse de los elementos y de los enemigos, estaba hacinado, apretado, y esta plaza, pequeña, rodeada de edificios que parecían muy altos, era como un salón al aire libre, con un techo de estrellas; y si uno torcía mucho el cuello, hacia un lado, podía ver entre la oscuridad del hacinamiento de casas medievales que subían en empinada pendiente el escarpado cerro, la punta carnal, humana, iluminada, del castillo —puede ser que la iglesia—. La plaza misma, con una lonja renacentista de aleros lujosamente tallados en madera, de portales, tachonada de escudos, estaba cerrada. Al otro lado, la Fonda, un edificio de piedra dorada como la del castillo, pero oscura por la pobre iluminación, almenado, con un gran abanico de piedra sobre la puerta; y al frente, otro edificio parecido, sólo que con portales que, según vimos, continuaban por la oscura calle para abajo, y albergaban una infinidad de mesitas donde un mozo, de paño blanco enrollado a la cintura, servía café y carajillo. Luisa exclamó:

—Esto es extraordinario.

Lo mirábamos todo, no con ánimo arqueológico, no tratando de identificar los escudos ni de ubicar en épocas las fachadas y las refacciones, sino gozándolo, gozándolo todo. Los niños pedaleaban sus bicicletas en la plaza y gritaban encaramándose a los hierros de una ventana, tan macizos que deben haber pertenecido a una cárcel en época medieval, y un grupo de niñas con castañuelas en la mano, esperaban a su profesora de flamenco. Les preguntamos por qué flamenco, no sardanas:

—Porque sale en la tele.

Fue una pequeña trizadura en la superficie perfecta del ambiente. Luego, sobre las arcadas, entre dos gárgolas de piedra y sobre una fachada evidentemente medieval, vimos, con horror, un balcón saledizo, con vidrieras, adornado con trozos de cerámica, moderno, horrible, como los que habíamos visto en la costa. Se lo señalé a Luisa. Ella cerró los ojos, horrorizada, y se cubrió la vista con la mano.

—Salou, at it's worst.

—O Torredembarra... ven, sentémonos aquí en los portales, en una de estas mesas, desde aquí por lo menos no veremos ese horrible balcón.

Pedimos nuestros carajillos al propietario del Bar La Flor del Ebro y nos los sirvió, sobre los veladores. La algarabía en la plaza era grande, pero no una algarabía como la de las ciudades, ya que, a pesar de los coches que de pronto pasaban, y pese a la televisión que atronaba no sólo en La Flor del Ebro, con numerosos parroquianos vuelta la espalda a la calle, que en el interior del bar la contemplaban, tenía un carácter apacible, tremendamente provinciano, bellísimo, con los dos taludes concluyentes que bajaban del cerro en el medio de la plaza, poblada de chiquillos que se resbalaban por las pulidas piedras; y desde donde nosotros estábamos, por una calle escarpada hacia arriba, se divisaba la fachada de la iglesia con su roseta enorme en medio de la frente, como un mandala cristiano, español, europeo, que invitara a la meditación. Dijo Luisa:

—Mañana tenemos que visitar la iglesia y el castillo.

—¿Nos quedamos, entonces?

—¿No habíamos quedado en eso?

—Ni hemos hablado del asunto. Pero nos quedamos, estoy feliz aquí, y tengo una curiosidad.

Le preguntamos al dueño de La Flor del Ebro si creía que encontraríamos cama en la Fonda.

—Sí, pero no es muy buena.

Le dijimos que tenía buen aspecto.

—¡Qué se van a meter ahí! Al otro lado del pueblo, en la parte moderna que ustedes no vieron porque entraron por el puente de Santiago Apóstol, que viene de la sierra, y no por la carretera buena, moderna, que viene de Tivisa y Mora, hay un hotel bueno, moderno, y es mejor, me parece, que busquen allá...

Nos congratulamos de la suerte que tuvimos en no ver el pueblo «moderno» de Dors, al otro lado del río, cruzando un puente de fierro según nos dijo, un poco después, el dueño de la Fonda, que no tenía nombre —ni Miami, ni Copacabana, ni Mónaco, sino simplemente la Fonda—, mientras nos mostró nuestras dos habitaciones, una al lado de la otra, y que se abrían sobre una galería que daba al río, en el tercer piso de la construcción del siglo XIII. No es que las habitaciones tuvieran nada del siglo XIII, ni nada de noble, pero con sus cromos enmarcados y sus sábanas limpias y tiesas, con sus peinadores con cubiertas de mármol y sus jarras de agua, señalaban un modo de vivir, y unas necesidades rudimentarias, pero que —por lo menos ahora, cuando duraba aún el calor veraniego— eran suficientes. Estábamos cansados: la transición desde La Garriga, en la mañana, a través de la mezquina fealdad y cursilería de la costa prostituida para el turismo más ordinario, hasta aquí, hasta la tranquilidad del balcón sobre el río que casi no se movía, era mucha, y preguntamos a qué hora podían servirnos la comida. Dijeron dentro de una hora. Sacamos nuestros crujientes sillones de mimbre al balcón, sacamos nuestros libros —yo uno de cartas, Luisa una novela latinoamericana de las últimas— y nos pusimos a leer, porque habíamos hablado demasiado durante el trayecto hasta llegar, por fin, a Dors.

Porque, de alguna manera, sentí que, realmente, habíamos «llegado»: que toda la estructura del día había sido planeada por «alguien», para «algo». Comentó Luisa, ambos con nuestros libros sobre las rodillas, mirando las luces lentas de los tractores que transcurrían por el camino del otro lado del río:

—El tipo de cosa que cree tu hijo Miles, en Londres, y que soluciona tocando la flauta y fumando marihuana.

—Quizás tenga algo de razón.

—Quizás haya «algo», y «alguien», y quizás haya por fin una estructura... el mandala... mira dónde nos vinimos a encontrar con él, allá en la frente misma de una iglesia perdida en un poblacho del sur de Cataluña... ese es el tipo de cosas de que hablan los jóvenes ahora. Me siento muy fuera de todo eso. A veces siento que mi hija, por suerte, le gusta leer el *Hola* a ver cuántas de sus amigas figuran en la revista, y jugar al golf con su marido... Hasta que comience, supongo, a jugar al golf con los amigos de su marido, y entonces se haga amante de uno de ellos, por aburrimiento, como en esas novelas norteamericanas todas iguales que leíamos antes, ¿te acuerdas...?

Pero el paisaje tenía un embrujo especial, como si ese lunar inmenso en medio de esa frente tan vasta que vimos desde el café de la plaza, fuera, de alguna manera, la meta después de un largo viaje. Leímos otro rato. Pero yo no leía. Después de mucho tiempo, después de años y años, desde quizás el momento mismo en que comencé a pintar, sentí que había «llegado» a algún lugar definitivo. De alguna manera, pasarme todos mis días aquí afuera en este balcón, todas las tardes mirando la espesa hilera de plátanos al otro lado del río, y más allá de la huerta, los cerros con sus escalones, sus terrazas donde el hombre, desde hacía quizás milenios, cultivaba el mismo olivo heredado de generación en generación, eso me daba una paz enorme, me lavaba la envidia, la necesidad de tener un gato que se llamara Tàpies, la angustia de que las cosas terminaran innoblemente, que fracasaran, como mi pintura, como mi paternidad, como mi facultad de sentir placer, ya —me había parecido hasta ahora— perdida, eternamente vulnerable a los Salou, a lo comercial, a mi propia incapacidad de tomar acción que no fuera totalmente castradora para mí. ¿Y si volviera —quizás— a sentir la capacidad de enamorarme? ¿De algo... de alguien? Luisa, con sus pies encaramados en la balaustrada, tenía el sillón apoyado con las dos patas traseras, y el libro alzado, y el perfil alzado contra lo que quedaba de claridad, muy poca, en el cielo. Amistad: algo, algo nos envolvía a los dos, éramos cómplices, éramos aliados, éramos socios: en fin, eso quedaba del amor, y no estaba mal, y uno no podía quejarse verdaderamente, pero eso, claro, no tenía nada que ver con el placer... con esa sangre completamente oxigenada que uno, de pronto, porque sí, sentía latir y correr por las venas y alimentarme... la pintura... alguien alguna vez: sí, alguien, pero era un hecho que no podía dudarse que la fidelidad, y el amor, por algo, por una ciudad, por ejemplo, que una pasión por algo durara muchísimo más que la pasión que uno puede sentir por alguien. Sentía el cuerpo, el olor casi del cuerpo de Luisa junto al mío en el atardecer delicioso pero sin magia, pero sentía su presencia, ahora, como un perro siente la alfombra frente al fuego en la que tiene costumbre echarse. Comparo ese atardecer ingenuo, claro como una campana, en la terraza que daba sobre el río en la Fonda de Dors, ese primer atardecer de mi nueva vida, con los atardeceres de ahora, después que ha pasado tanta agua debajo de los ojos del puente —y tanta sangre y que estoy aquí en el piso que Luisa me ha dejado por un tiempo esperando que fluya más sangre aún—, después que en Dors, a la sombra del castillo y mientras los labradores impertérritos volvían con sus carros y sus machos y sus perros y sus sacos, en fila india, bajo los plátanos del trabajo, se celebraban los ritos del umbral con que, bajo la dirección de Bruno, el italiano, esc inmundo *xarnego* que instaló el Onassis en el local de La Flor del Ebro, el día se transformaba en noche, la irrealidad de la luz en la realidad de la oscuridad, la claridad de la conciencia se borroneaba en una inconsciencia tachonada de mitos, de una especie de *fricasé* de Jung y Zen y filosofía hippie nunca bien entendida, de Nietzsche jamás leído —en realidad no hay necesidad de leer a Nietzsche para entenderlo, tan lleno de platitudes y clichés universales está—, y de un deseo de poder, un hambre de dominación tan inmenso, que es sólo comparable, en otro sentido, al que surgió en mí: ese primer atardecer ingenuo, plácido, cuando creí haber llegado por fin, haberme remansado, no fui acosado por los gritos, los alaridos de placer y de dolor, de música, de lenguas multiformes que se entendían dentro del cascarón del viejo castillo al iniciarse la noche, que antes creí oír, sino que desde mi terraza contemplaba el rostro sonrosado por la iluminación, la piedra dorada de su mole tachonada de bíforas, adosada a la iglesia, adosada a la religión, a la iglesia de frente nítido en el medio del cual se veía el mandala de la roseta.

Lo primero que hicimos, al levantarnos al día siguiente, fue salir a recorrer el pueblo. Subimos las callejuelas medievales, empinadas, abruptas, empedradas que, partiendo de la plaza —la Plaza Vieja, como supe más tarde que le decían—, remontaban apretadas y duras, el cerro. Las casas eran modestas, con las ventanas o alguna fachada teñida de azulete aplicado directamente sobre la piedra dorada y sonrosada de la región, esa arenisca tan viva que, después supe, vive y muere como un ser humano, como la carne misma, se deteriora. Pilas de leña, atados enormes de sarmientos, burros con sus cargas se encontraban, de vez en cuando, al salir de una puerta de arco de medio punto labrado en un suntuoso abanico de piedra. Los balcones de madera torneada, en los pisos altos, daban al pueblo un aspecto alpino, montañoso. Se sentía la abundancia de la piedra en todas las fachadas, la de la madera en los balcones, en los montones de leña a las puertas sobre las cuales dormitaba algún gato, en las gordas vigas rústicas que, a través de alguna ventana abierta, veíamos sostener con la bovedilla catalana, los interiores de los techos —que no eran más que la manera de sostener el suelo del piso de arriba—. Pero la sensación de estrechez, de calles donde apenas cabía un mulo, de balcón tocándose con balcón, de tortuosidad, de apretazón, de densidad nos iba agobiando y exhilarando a medida que remontábamos el cerro; y si bien las calles eran oscuras y las casas estrechas, arriba, desde el segundo piso y en las algorfas, el sol era estrepitoso y amarillo. Dijo Luisa:

—Buenas casas para vivir.

—¿Y cómo llegas hasta aquí en coche?

Yo me opuse a ella porque ya lo estaba pensando. Seguimos cerro arriba, hasta que de pronto las calles se abrieron, y una larga escalinata remataba, allá en lo alto, en la entrada a la iglesia, un pórtico ojival con estatuas de los cuatro evangelistas, y arriba, una roseta de piedra —vidrios blancos, los antiguos cayeron cuando la guerra—; y la ojiva parecía, vista desde la base de la escalinata prolongada, como dos manos unidas en oración o meditación, bajo el mandala que, solitario en el frente de la iglesia, invitaba a la meditación y a la oración. Cuando terminamos de subir, Luisa dijo:

—Entremos.

—Espera.

—¿Por qué?

—Todavía no.

—¿Por qué? Quiero ver, es una maravilla...

—Subamos hasta la cima del cerro para verlo todo.

Comprendió, y me siguió. Era sólo un poco trecho más, entre matorrales que rodeaban las paredes derrumbadas en torno al castillo, y luego el castillo mismo, aposentado en la planicie más alta del cerro: una mole dorada y sonrosada, de arenisca gastada por el tiempo, de modo que algunos de sus ángulos estaban con el canto matado, y otros bloques, los más débiles, habían sido carcomidos por el tiempo, y mostraban la nervadura del interior, los huesos, por decirlo así, el esqueleto de los sillares que no pudieron resistir. La mole era inmensa, cuadrada, con unas cuantas bíforas góticas, y en la cima, una arquería que recorría todos los costados del castillo. Pero por el momento no era lo que más me interesó. Eso, después: por el momento, había que reconocer, y encaramándome a la ruina más alta de un trozo de pared, donde estaba oculto el *spot* que iluminaba la fachada de noche, contemplé el valle.

El pueblo estaba colocado en una posición estratégica, en el seno diseñado por el río que nos rodeaba por tres lados. Nosotros, me fijé, habíamos llegado desde las montañas —las vi, ocre y verde, grises de olivos y azules de avellanos, abruptas, abriéndose, después en la huerta en medio de la cual se encontraba enclavada la colina de Dors—; y vi la hilera de plátanos y el lomo arqueado del puente que remataba en la plaza que no veía, tan abrupta era la subida al pueblo. Luego miré hacia el otro lado, hacia el camino que llevaba a Mora: allí, en una carretera evidentemente principal, se aglomeraba el pueblo nuevo: edificios modernos de tres y cuatro pisos, una calle con un parco comercio, una plaza «modernosa», me fijé: el estanque en forma de riñón, los arbustos decorativos que nada tenían que ver con la región, un monumento al parecer de los rotarios —vi algo como una rueda—; y todo desconectado y con otra vida que la vida de este Dors, medieval, encerrado, aglomerado alrededor del castillo: ese con sus gasolineras y sus fábricas incipientes y sus criaderos de cerdos; éste, a lomo de burro, lento, vertical. En fin, si existía la plaza en que habíamos tomado nuestros carajillos la noche anterior, si existía el puente de piedra, la colina y el río que la defendía, uno podía estar contento: tres cuartas partes del paisaje estaban y permanecían puras...

una parte, la minúscula parte de Dors nueva, estaba estropeada. Pensé, sin embargo, en el balcón que afrentaba la construcción medieval del Café La Flor del Ebro en la plaza, y sentí un nudo en el estómago, una repulsión que era igual a la que había sentido cuando me di cuenta que los marchantes estaban comerciando con los pintores y éstos se dejaban estar, y me suicidé, y corté todo, abandoné porque no quería estar mezclado con todo eso: la batalla que quise dar no tuvo éxito. Y aquí se presentaban los rudimentos de otra batalla. Llegando de su paseo, Luisa me dijo:

—Castillo de guerreros, castillo de monjes, ciertamente no castillo de un señor feudal... qué raro... no lo comprendo.

—¿Entraste?

—No. Hay una sola puerta y está con candado.

—La iglesia estaba abierta. Vamos...

Bajamos entre las matas y los escombros, y llegamos a la puerta de la iglesia. Ya habíamos escuchado los golpes de picapedreros, y al entrar en la iglesia nos dimos cuenta que en alguna parte, cerca, estaban trabajando dentro del recinto. La nave era simple, pura, y había sufrido —o gozado de— una restauración discreta y reciente, que había dejado la estructura gótica pero sin elevación —siglo XIII—, desnuda, y de un aspecto totalmente contemporáneo. Ya nos había extrañado ese castillo inmenso, de aspecto más bien institucional que privado o gubernamental, coronando ese pueblo insignificante que, sin embargo, mostraba algunos rasgos de cierta nobleza. Esta iglesia, adosada al castillo como si perteneciera a él y fuera su necesaria prolongación, nos pareció, también, desproporcionada para el pueblo. Y más aún cuando nos dimos cuenta que la nave central había sido cortada por un muro de piedra poco más atrás de la puerta de entrada. En ese tosco muro de piedra, distinto a los muros de piedra tan pulimentada del resto de la iglesia, había una minúscula puerta. Como la iglesia había sido despojada de todo ornamento que mereciera examinarse, y sólo ofrecía su estructura para el goce y la admiración de los ojos de los hombres y los ojos de Dios, no había mucho que nos detuviera allí, y abrimos la pequeña puerta en el muro de piedra improvisado —si es que es posible improvisar algo con piedra— y entramos. O salimos. Afuera, había un patio, eso nos pareció al principio, repleto de capiteles rotos, de trozos de gárgolas y escudos de armas, de arcos adornados de hojarasca medieval, en trozos, y de piedra virgen, en la que trabajaban, en un extremo del «patio», dos hombres, cuyos martillos y cinceles sonaban en el recinto; mirando hacia arriba, sin embargo, vimos que se trataba del transepto de la antigua iglesia, terminado en dos naves en cruz, con un trozo de muralla al final sosteniendo —oh, prodigio— una roseta. Sólo el esqueleto de piedra, al parecer milagrosamente alzada como una hostia al aire por lo que quedaba del alto muro. A un lado, una capilla casi completa, con sus nervaduras y su clave, daba el modelo para la otra, idéntica, pero derruida, al otro lado, que estos picapedreros, ayudados por los modelos y los trozos que de ella quedaron después de la guerra, estaban reconstruyendo, con andamiajes complicadísimos en los cuales subían las piedras. Nos acercamos a ellos. No alzaron la vista de su trabajo: vi una fila de demonios alados, todos iguales, que iban a servir de capiteles para unas nervaduras tan sutiles como las de sus alas de murciélago. Estuvimos largo rato mirándolos trabajar —quizás un padre con su hijo al que le había transmitido este olvidado y casi extinto oficio—, y a medida que trabajaban, al son del martillo y el cincel, a medida que transcurrieron las horas, vi que el bigote y el pelo del padre se iban poniendo más y más blancos, convirtiéndolo en un anciano, como si el espacio de cinco minutos que duró nuestra contemplación se hubiera extendido enormemente, hasta dar cabida a la transición desde la juventud hasta la vejez de un hombre: me pareció inclinado ahora, débil, anciano y vencido. Había terminado una gárgola y la puso junto a las otras. Aprovechamos la suspensión del trabajo para saludarlo. Contestó:

—Buenos días.

Pero su salutación no invitaba a proseguir la conversación. Sin embargo, ese brujo, ese mago, parecía tener el secreto del tiempo, y de todas estas ruinas, en sus manos: de ellas, de nuevo, iba a surgir la realidad recreada de este castillo y de esta iglesia medio en ruinas. Le ofrecimos un cigarrillo, lo que pareció de pronto disolver su ceño adusto, y dejó a un lado su cincel y su martillo, dispuesto a hablar. No limpió su rostro del polvo que lo cubría, ni su pelo, y daba la curiosa impresión de estar hablando con Dios Padre Todopoderoso. Sin embargo, en sus ojos arrugados —no por la edad, era un hombre a lo sumo de mis mismos años, sino por fruncir los ojos contra el polvo, lo que dejaba las huellas claras de las arrugas—, empequeñecidos en defensa de algo, había un humor, un enfoque preciso, que pareció reconocernos.

Hablamos un rato con Salvador —era de Horta de San Juan, donde todos se llaman Salvador—, que después tan buen amigo nuestro sería, y nos explicó que, en efecto, estaban restaurando y reconstruyendo la iglesia de Dors. Donde estábamos ahora, y bajo la enorme roseta esquelética, se alzó en otro tiempo el altar, con sus dos alas, una de las cuales él estaba reconstruyendo; de modo que la iglesia tenía, primitivamente, la forma de una cruz. Ahora, eso sí, mientras se terminaba la reconstrucción, en el ábside inferior, la cruz quedaba invertida, y la cabeza de Cristo, la misa, el sacrificio, quedaban en los pies de la iglesia. Nos miró, como para saber nuestra reacción, pero nosotros, poco afectos a cosas de ocultismo y de religión, aparentemente no reaccionamos como quizás debiéramos haber reaccionado. Salvador continuó:

—Algo de hechicería, sí, estos curas son ahora hechiceros, magia negra, con el Cristo invertido cualquier cosa puede pasar en este pueblo.

—¿Y usted cree en eso?

Entonces comenzó a sacudirse, y de debajo del polvo surgió un hombre joven y vigoroso, realista y bien vestido, que respondió:

—No. No creo en nada. Pero es divertido pensarlo, sobre todo porque me sirve como instrumento...

—¿Instrumento para qué?

Se sentó en un capitel entre el pasto a terminar de fumar su cigarrillo. Luisa se sentó en su banco de madera, cruzando una pierna sobre otra, con los rayos del sol atravesando el esqueleto de la roseta y cayendo sobre su rostro, y yo me apoyé contra la pared.

—Bartolomé, el paleta que más trabajo tiene en este pueblo, es muy católico. Era de los otros durante la guerra. Yo lo tengo convencido de que mientras la iglesia se diga así, invertida, habrá pobreza y no habrá progreso en el pueblo. Él quiere progreso, él quiere que se construyan hoteles y vengan turistas. Él construyó ese hotel horroroso junto a la carretera de Mora al cual no va nadie, y quiere hacer chalets, y quiere destruir las casas antiguas de aquí del Castillo —este cerro se llama el Castillo— para transformarlas en horrorosos chalets. Como las cosechas de olivos y avellanas no han sido buenas durante el último tiempo, el pueblo nuevo, con su plaza nueva, está un poco detenido, y nadie hace chalets, de modo que, a lo sumo, hay alguien que le pide que le arregle la fachada de sus casas aquí en el castillo y él las reconstruye —y las destruye— modernizándolas...

En efecto, al subir al castillo, habíamos visto con desesperación, dos o tres casas de aspecto moderno, que nos habían hecho cerrar los ojos para no verlas.

—A mí me odia porque yo prefiero quedarme pobre como soy, y viviendo en la casa de mis abuelos aquí al lado del castillo, que hacer las cosas que él hace. Soy solo. No tengo necesidades. Y me gusta el trabajo de piedra, que era el trabajo de mi abuelo y mi bisabuelo, que vivieron siempre en la casa junto al olmo, a una cuadra de aquí. Él opina que lo que se debía hacer es arrasar con el castillo de los señores de Calatrava, y con esta iglesia, y llenar las colinas de chalets para turistas... como si vinieran turistas aquí. ¿A qué van a venir? A veces vienen excursiones de señores amigos de los castillos, esa sociedad que usted conocerá, pero son señores, no turistas, y pasean y hablan de este castillo de Calatrava...

Yo pregunté:

—¿Llegaron hasta aquí los Calatrava?

—Sí, este es el principal castillo de la región. Montsegur, se llamaba...

—Montsegur... el Santo Grial...

—No sé: Montsegur, ese es el recuerdo que queda en la región, dicen que los escudos con castillos que hay a la entrada de casi cada una de las puertas del castillo es de la familia Segura, ya que el Gran Maestre que construyó el castillo en el siglo XII, fue un señor de la familia Segura...

—Pero la similitud es demasiado grande: Montsegur...

Luisa, que me había estado observando con atención, rompió en una carcajada:

—Caíste. Te conozco como si te hubiera parido. Ya estás haciendo conexiones con los Templarios, con Galahad y la Mesa Redonda y qué sé yo qué extraños ritos...

—Pero si a mí no me interesan esas cosas.

—No. Pero te divierten.

—Sí, claro que me divierten. ¿A ti no? Mira que haber encontrado Montsegur y el Santo Grial.

—Divertido.

—Sí, divertido.

Y dirigiéndome al picapedrero, le pregunté:

—¿Y se puede visitar el castillo?

Una nube oscureció el rostro del obrero, como si de nuevo hubiera empleado su cincel y se hubiera cubierto de polvo, inutilidad y tiempo. Respondió:

—No, señor. Sólo con permiso del jefe de la provincia. Está en muy mal estado, y temen que se puedan caer piedras, y deteriorarse más. Yo lo conozco, desde antes que lo cerraran. No es verdad que está tan deteriorado... le faltan los suelos y los techos, pero la piedra está toda buena. Bartolomé, que es amigo del alcalde, ha conseguido que lo clausuren, para que nadie lo vea, porque encuentra que es una vergüenza esa ruina para un pueblo que debía ser progresista como éste, incluso quiere conseguir con el alcalde que construyan un horrible muro de ladrillos que «oculte» esta vergüenza, ya que claro, la iglesia es distinto porque es iglesia.

Luisa y yo manifestamos nuestra enorme desilusión ante el hecho de que fuera imposible visitar el interior del castillo de los señores de Calatrava... este Montsegur trasladado de su Pirineo natal, a esta sierra catalana, junto al Ebro, en este extraño pueblecito de Dors. En fin, había mucho que ver en el pueblo, ambular por las callejas, mirar mulas y machos y burros cargados; y sentarnos, por fin, después del estupendo almuerzo de la Fonda, a tomar café bajo los arcos de la plaza en el Café La Flor del Ebro. Hablamos poco, como si el lenguaje principal del momento —contrario a lo que acostumbraba suceder entre nosotros, que lo formulábamos todo— fuera el de las cosas, el de la luz, el de la tibieza primaveral, el de la caricia del sol en las piedras, en las gárgolas gastadas cuya sonrisa, de pronto, se tornaba menos diabólica y era meramente decorativa. Dimos un paseo, por el puente, por el río, subimos a la colina otra vez, nos asomamos al abortado proyecto de Dors nueva con su hotel cerrado, desierto, y volvimos al café, y luego, cansados, a nuestros cuartos sobre el río, y sacamos nuestros libros para leer un rato en el crepúsculo. No hablábamos de irnos, de partir. Era como si nos hubiéramos establecido para siempre allí. Y sentí que la voz de Luisa, como haciendo eco a mis pensamientos que no eran ni siquiera pensamientos sino apenas emociones, sensaciones, sin dejar en su falda su libro en el cual tenía fijo el perfil, sin bajar las piernas de la balaustrada, me preguntó suavemente, como si su voz viniera desde mi interior:

—¿Y si te quedaras aquí?

Yo dejé mi libro, pero no la miré, sino que miré el río, el verde de los avellanos, obsesionante sobre el ocre de las estribaciones de los cerros de enfrente, el plácido atardecer transparente de ese verano que comenzaba.

—¿Qué quieres decir?

Ahora ella dejó el libro, pero no me miró. Yo sabía exactamente lo que iba a decir, porque durante nuestros paseos de la tarde por el pueblo, ya había visto casas, puertas, ventanas que me gustaban de una manera distinta a la forma en que le gustan las cosas que uno contempla desde afuera, sin ligazón más que estética a ellas.

—¿Por qué no te quedas a vivir aquí?

No la interrumpí, para que formulara toda mi teoría: si lo hacía, quería sin duda decir que era lo lógico, lo correcto:

—Cómprate una casa... dijo Salvador que todos los dueños de estas maravillosas casas medievales, o qué sé yo de cuándo, todas de piedra, con sus entradas en arco, los dueños lo único que quieren es vender, vender, para construir casitas en la carretera, con balcones vidriados como el del café, con hierros pintados con asquerosa purpurina, o para comprarse un piso en uno de los cuatro o cinco edificios de pisos que locamente se han hecho y que se han ido vendiendo tan poco a poco... una casa vieja, noble, de piedra, de vigas de madera gruesas como un árbol entero, de paredes encaladas... por nada... y no es como si esto quedara a miles de kilómetros de Barcelona, en tres horas estás allá... o están aquí...

—¿Quiénes?

—No sé... los que quieran venir a verte... yo, tus amigos... Miles...

—Miles... le gustaría.

—Enloquecería.

—¿Te puedes imaginar lo que podría llegar a dar el loco de Miles aquí, con su castellano chapurreado, su pelo largo —¿te fijaste que unos niños me gritaron solapadamente Fidel, por mis barbas? Aquí no se conocen—, sus sandalias de hippie, su flauta en que toca Mozart...?, me da terror pensar...

—Y su marihuana.

—Y su marihuana.

—¿En qué estará metido ahora?

—¿No te ha escrito?

—No escribe nunca. Cada seis meses, cuando lo veo, está con algo nuevo, y es una persona completamente distinta. ¿Qué pasaría si Miles viniera a Dors, y se instalara junto a mí?

—¡Qué horror...!

—No sé: es mi hijo y lo quiero.

—Yo no quiero a la mía.

—Es igual a Manolo, cómo vas a quererla.

—Y juega golf.

Después de cenar decidimos salir. Eran las diez y media y todo el pueblo estaba silencioso, recogido, desierto, apenas, junto a una u otra ventana, se veía algún rostro inclinado sobre la costura en la mesa-camilla, o tres o cuatro nucas se dibujaban contra el azul de una televisión. El olor a pienso, a mulo, por todas partes en el aire fresco y preciso como el filo de un cuchillo, cuando daban ganas de tocar las cosas con nuestras manos que guardaban aún el calor de la buena comida y del buen vino de la cena. Arriba, desde la Plaza Vieja, arriba en el promontorio, pesada, omnipresente, pesando sobre el pueblo, torcido y achaparrado, y surto y cerrado sobre la colina, la masa turgente de piedra rosa, iluminada, de la iglesia y del castillo de los señores de Calatrava. El camino y el programa eran obvios: subir hasta allí, ahora que el pueblo dormía, enredándonos en las callejuelas, trepando en medio del silencio helado de las calles, de las subidas estrechísimas, hasta desembocar en la amplia escalera que lleva hasta la catedral, y hasta el castillo.

A esta hora, contra el cielo transparente como un vidrio azul, la masa sonrosada de la iglesia y el castillo parecía más impresionantemente carnosa, carnal, que en el día, y uno tenía la impresión que, como el cuerpo de la compañera de lecho, esa piedra tenía la facultad de responder, de reaccionar, de recogerse o vibrar si uno la tocaba dulcemente, o la acariciaba con la yema de los dedos. Luisa iba silenciosa a mi lado, y porque no habíamos llegado a la piedra que quería tocar todavía, la tomé del brazo. Reaccionó mirándome sorprendida, sin detener nuestra subida, y sentí que bajo mis dedos la piel de su antebrazo desnudo reaccionaba, se unía a la mía. Es curioso que, tomados del brazo y por mutuo acuerdo, no nos acercáramos a la iglesia, al portal de las dos manos unidas en oración bajo el misterioso mandala de la roseta, sino que doblando hacia la izquierda, subimos, trepamos por el talud, entre la hojarasca y los capiteles destrozados, hasta la explanada frente al castillo. Allí, los reflectores lanzaron nuestras sombras unidas sobre la pantalla vacía del muro enorme, vacío, de la planta baja del castillo, que se fueron poniendo más y más pequeñas a medida que nos acercábamos a la puerta, al muro, hasta casi hermanarnos con nuestras sombras. Y los dos, Luisa y yo, como buscando lo mismo, tocamos la superficie de piedra rosa, que no reaccionó a nuestro tacto, y frustrados y mudos, apretamos más y más nuestro abrazo, hasta que yo puse el brazo alrededor de su hombro y ella me ciñó la cintura con la mano, y sentimos nuestros cuerpos juntos, reaccionando, sintiéndonos como no nos había interesado sentirnos desde hacía años. Dije:

—Pero tiene que haber manera de entrar.

—Busquemos, me encantaría ver el interior del castillo en la noche, en una noche tan clara como ésta...

—Busquemos.

Sin separarnos, como si al separarnos nos perderíamos, o nos extraviaríamos para siempre, rodeamos el castillo, por fosos, por ruinas y escombros, buscando entrada, entrada que parecía no tener: toda la planta baja inexpugnablemente cerrada, hermética, de sillares de piedra sin abertura, y por ninguna parte era posible levantarse hasta las bíforas enormes, vacías, a través de las cuales, de vez en cuando, se veían salir las ramas de un árbol que crecía adentro, entre los arcos rotos y las columnas truncadas, y entrar por ella. Sin embargo, dimos vuelta tras vuelta alrededor del castillo, como si a cada vuelta fuera más fácil entrar, hacer reaccionar ese castillo muerto, yerto, con su aspecto, sin embargo, lozano, pero que no reaccionaba. De vez en cuando yo la veía tocar el muro, como para implorar, como para ver si había posibilidad de que se derritiera o reaccionara; y yo, por mi lado, sin que ella lo viera, también de vez en cuando tocaba la piedra, y cada vez que lo hacíamos, cada vez que nos rechazaba la piedra, nos uníamos más, buscando más y más la intimidad, la emoción reflejada, el diálogo de lo animado que busca calzar; hasta que, al ayudarla a cruzar una fosa de un salto, Luisa cayó en mis brazos, y contra el muro rosa y dorado que no respondía a lo que buscábamos, se reflejaron nuestras siluetas unidas en un abrazo como hacía tiempo —años, quizás ocho— que no nos uníamos; y en un beso que nos dábamos, y que poníamos uno a la disposición del otro toda la vulnerabilidad y el calor que no encontrábamos en otra parte. Hicimos el amor allí mismo, sobre la hierba rasada a la entrada del castillo, en la plena luz del foco, y cada uno de nuestros movimientos se reflejaba, magnificado por la luz en la muralla del castillo en que no encontrábamos respuesta. No dijimos nada, como si quisiéramos guardar este episodio y protegerlo de nuestras palabras y de nuestro análisis, pero tuvo que ser ahí y en ese momento, no diez minutos después, al bajar el cerro, en nuestros cuartos contiguos en la Fonda. Nos levantamos, y el abrazo que nos unió, después de sacudirnos el polvo, fue más apretado que el de antes —pero no hubo beso ahora—, y quedamos, como antes, enlazados, yo con mi brazo sobre su hombro, ella con su brazo ciñéndome el talle.

Nos sentamos así sobre los contrafuertes que quedaban de la muralla, las luces de las calles desordenadas como las de un árbol de Navidad de la piña del pueblo que caía desde el castillo, ordenándose, después, al transformarse en las calles derechas y las cuadras numeradas de la parte nueva del pueblo. Nos corrimos hacia el otro lado, para no ver las calles cuadriculadas del pueblo nuevo, y ver, en cambio, el paisaje bravío de la montaña, el río, la Plaza Vieja, que era lo nuestro. Un aire cada vez más frío nos tocaba el rostro: sí, pensé, me tengo que quedar aquí. Lo debo haber dicho en voz alta, porque Luisa dijo:

—Me quedaría aquí para siempre.

Yo dejé que pasaran unos minutos, de modo que ella no pensara que lo que yo le iba a decir tenía nada que ver con su deseo de permanecer en Dors, que no era, por lo demás, yo lo sabía, más que un deseo pasajero, ya que Luisa era una mujer a quien la movida vida mundana barcelonesa le venía más que la paz secular de Dors. Luego dije:

—Me compraría una casa.

Ahora ella no contestó, quizás, seguramente porque se dio cuenta que su deseo expresado en voz alta no era más que una invocación retórica a una felicidad a la cual no tenía acceso porque ya no le divertía, simplemente. Pero yo quería que reaccionara y continué:

—Y tú podrías refaccionarla y decorarla...

Ella respondió:

—No. Las cosas que yo hago son muy puta...

—¿Cómo muy puta?

—Bueno, muy *House and garden*, lo que la gente rica e ignorante ve en las revistas buenas norteamericanas, y quieren inmediatamente aplicarlo aquí... o en las revistas de diseño italiano, sabes, como la casa de Marina Agnelli, como la casa de la duquesa de Windsor... eso es lo que yo hago: adaptaciones a precio a nuestra altura, y a nuestra altura cultural, de las casas de la duquesa de Windsor, de la Kennedy, de la Agnelli... en fin. No tendrían nada que ver con este pueblo.

—No.

Y después de un rato dije:

—Además quisiera estar solo.

—¿Quieres que me vaya?

Lo pensé un minuto, mirando el paisaje, extrayéndole las posibilidades, y tocando con mi mano la carne escondida bajo su cuello:

—Sí.

—¿Cuándo?

De nuevo lo pensé. La posibilidad era una posibilidad, pero era necesario resolverlo inmediatamente, y con urgencia:

—Ahora.

—¿Esta noche?

—¿Estás muy cansada para manejar el coche?

Ella lo pensó un instante.

—No.

El amor que habíamos hecho no la había cansado. El amor que habíamos hecho no había dejado huella en ella, ninguna. No había hecho, entonces, el amor con ella, sino con las piedras del castillo, del pueblo entero, de la noche inmensa; había tomado posesión porque ella declaraba que no le importaría nada irse inmediatamente y manejar —eran las once de la noche— tres horas a noche traviesa hasta llegar a Barcelona. Quizás quisiera al menos meditar en el significado de lo que habíamos hecho. Y le pregunté:

—¿No te va a resultar muy aburrido el viaje?

—Sí, pero en fin...

Podía haber dicho «no», podía haber dicho «tengo mucho que pensar»; al fin y al cabo, después de su operación, no era raro tener que replantearse la vida; pero dijo que sí, que se iba a aburrir. Eso me dejaba solo. Y tranquilo. Pero sentí que le debía explicar:

—Quiero quedarme solo. Quiero pensar. Quisiera ver algunas casas para comprar, elegir una... si tú te quedaras seguramente tú, que tienes más sentido y mejor gusto que yo me dominarías y, aunque comprara una casa sugerida por ti, nunca sería mía... quiero cometer mis propios errores, no los tuyos... Y luego, es posible que mañana encuentre este pueblo horroroso y la gente insoportable y bruta... no quiero que te quedes.

Se desprendió de mí casi con hostilidad.

—Pero si te digo que no quiero quedarme.

—Bueno, entonces.

—¿Bajemos?

—Bajemos.

Bajamos juntos, pero esta vez sin tocarnos, completamente distanciados, como para borrar lo ocurrido arriba. Yo me quedé sentado en el brocal del puente mientras ella subía a su cuarto a buscar su neceser y las llaves del coche, y cuando bajó, yo le abrí la puerta y yo le acomodé el neceser en el asiento trasero. Se sentó al volante y me preguntó por dónde, ya que era cosa sabida entre nosotros que ella era totalmente incapaz de orientarse, y había que indicarle, en cada camino, hacia qué lado seguir. Le indiqué que diera la vuelta por el lado del río, y que saliera por la carretera nueva, por la ciudad nueva, por donde el castillo y el pueblo viejo no estaban separados de la tierra por el río, y siguiera hacia Tivisa y Mora, de modo que allá encontraría señales que le indicaran el camino a Reus, Tarragona, Barcelona, y el mundo conocido. La miré en el volante. Estaba ocupada haciendo funcionar uno tras otro los distintos botones del tablero, como comprobando si todas las piezas funcionaran, como si tuviera la esperanza —pensé— que algo en el coche anduviera mal y tuviera que quedarse, por lo menos hasta mañana. Pero yo, me di cuenta, no podía soportar ahora que me había posesionado del pueblo en su cuerpo, que ella se quedara aquí ni un minuto más. Esto ya era mío. Ella no era más que una redundancia, un estorbo, porque ella era el pasado y esto era el presente y el futuro, y quizás, incluso, otro pasado.

—Adiós, entonces. Que tengas suerte.

Eso me dijo.

Y yo le dije:

—Ten cuidado... es de noche...

Poniendo el motor en marcha, ella se rió un poco. Y en su risa me di cuenta que ella, quizás, se había dado cuenta que, al decirle yo que tuviera cuidado al manejar en la noche, había sentido, sin formularlo más que ahora, el deseo de que tuviera un accidente y se matara —sí, por qué no confesarlo ahora que el coche se perdía por la calle y me dejaba solo en el pueblo desde el cual no sabía cómo ni cuándo iba a volver—, para que mi soledad en Dors fuera total y definitiva, y que por lo menos no compartiera conmigo el día de mañana, pegajosamente, desdibujándome la experiencia con todos sus recuerdos de La Garriga, de nuestro amor, de los informalistas insatisfactorios y que me quedaban ahora tan terriblemente cortos, sino que era una jornada completa y totalmente nueva.

Esperé hasta que desaparecieron, parpadeando, las luces rojas por la estrecha calle medieval. Luego subí a mi cuarto, y sentándome un rato en la mecedora en la terraza, miré el paisaje, ese paisaje que yo reconocería sólo al día siguiente, y que esta noche, junto con cerrar mi libro para entrar en mi cuarto a dormir, cerraba, clausuraba hasta mañana —cosa que no hubiera sucedido si hubiera permanecido Luisa conmigo— para mirarlo con los ojos tan inocentes como los primeros ojos que miraron el mundo.

Pero no entré a mi cuarto, ni leí, sino que cerré mi libro y me quedé allí pensando que tener a Luisa entre mis brazos esa noche había tenido el carácter casi oficial, casi institucional, que pese a la atracción y pese al amor incluso, había estropeado mi amor con mi mujer. Algo en el tacto de la carne en ambos casos, algo de las respuestas esperadas... pero no, no podía engañarme, contándome el cuento de que mi matrimonio fracasó por una insatisfacción sexual, aun una insatisfacción amorosa como tal. Era la prueba fehaciente de que no es el amor lo que mantiene unidos a los matrimonios. Diana era nieta de Charles Dickens, y pertenecía a un mundo sofisticado, y de hecho liberado desde hacía muchas generaciones: su abuela había luchado por los derechos femeninos y había sido encarcelada. Su madre había sido una de las *bright young things* que en las páginas de Huxley y de Evelyn Waugh bailan el shimmy, se cortan el pelo a lo garzón, y se emborrachan con gin. Ella ya no tenía nada de qué liberarse, y se casó conmigo después del nacimiento de Miles, nuestro primer hijo, y su abuela sufragista actuó de madrina nuestra llevando a nuestro hijo en sus brazos durante la íntima ceremonia nupcial, que se llevó a cabo porque mi padre, agonizante en Puigcerdà, me escribió pidiéndomelo, que quería verme casado por las dos leyes antes de morir. Nos casamos y murió. Y Miles creció y yo viví en Inglaterra cuatro años mantenido por el dinero de Diana que decía: «¿Pero por qué eres tan puritano, por qué vas a tener que trabajar en nada si yo tengo dinero? Goza la paz y la holganza que muchos quisieran gozar teniendo la suerte de estar casados con una mujer con dinero y sin prejuicios», comenzando a pintar, pero sin que Diana tomara muy en serio mi pintura como no tomaba en serio ninguna manifestación artística si no producía placer y entonces sí que valía la pena y resultaba, y a mí la pintura no me producía placer, era una manera bastante pobre de justificarme, y después de cuatro años de matrimonio, de justificar mis frecuentes viajes a París a ver la pintura de los de la escuela informalista de París, porque aunque sexualmente y amistosamente nuestra unión funcionaba, algo estaba seco. Diana siempre decía, y le decía a Miles, que tenía seis años, y a Miguel, que tenía cuatro:

—La pasión por una cosa, por algo, es mucho más importante que la pasión por alguien, por una persona, y dura muchísimo más...

Era bella, Diana: con su cabeza prerrafaelista, con su cuello un poco grueso, con su melena que la moda y ninguna moda jamás llegó a domar, y su cuerpo aletargado, que sólo funcionaba bajo otro cuerpo —el mío— y el de sus hijos. Decía: «Qué le voy a hacer. Creí que era una mujer moderna y lo único que me interesa son mis hijos, ser madre: estoy atrapada por el vicio milenario de las mujeres, la maternidad. Sé que está mal, qué le voy a hacer... supongo que voy a mimar en forma horrible a estas dos criaturas y que jamás llegarán a nada...». Y así fue, exactamente. Nos separamos cuando llegó el momento en que era totalmente inútil seguir viviendo juntos. No me llevé yo a los niños porque era claro —eso lo decidimos de mutuo acuerdo— que era absurdo educar a los niños en España pudiendo hacerlo en Inglaterra, y además ella no quería que yo me sintiera con ninguna obligación económica frente a ellos; yo, ella decía, era encantador, pero era como un niño un poco retrasado y no me había desarrollado espiritualmente en forma total todavía, no me había encontrado: no, que los niños se quedaran con ella. Y se quedaron, sobre todo porque las experiencias que con Diana hicimos de vivir en España fueron cortas y atroces para ella, que no se podía ver reducida a una «señora de su casa» vestida de oscuro, yendo a misa, conformista; y también la horripilaba el otro cliché, el de la mujer «libre», que tiene amores un día con uno o con otro, que no tiene ningún amor si no se le antoja, y todo esto se transforma en material que debe justificarse y explicarse de alguna manera, y ella no estaba dispuesta a caer en ningún cliché que necesita explicación y justificación, ella era ella, y sólo podía ser ella en Londres, donde nadie preguntaba nada y el suministro de conversación era interminable, ya que, al envejecer, le interesaba más la conversación y las personas libres, irónicas, atrevidas, que el amor. Miguel creció odiando a Inglaterra, y se trasladó a vivir conmigo a los dieciséis años, y terminó el colegio aquí, y al entrar en la universidad a estudiar Arquitectura —después se salió para entrar a la Escuela Massana de Diseño— dijo que quería vivir solo, como se estilaba en los países civilizados, y que con el dinero que su madre le enviaba se las podía avenir muy bien: lo había tenido todo desde chico, de modo que le era muy fácil prescindir de todo: y de hecho prescindía, y vivía muy modestamente, pero muy ordenado, hasta terminar los estudios, siempre acompañado por alguna chica —temporalmente intercambiable y que yo jamás reconocía— buena, moderna, que lo acompañaba en la cama, en los estudios y en la ayuda a mantener la casa limpia y ordenada. De cuando en cuando me viene a visitar, hablamos seguido por teléfono, y después del asunto de Dors, se ha portado magníficamente, sin jamás echarme en cara que «él me lo advirtió» con su criterio recto y realista. Miles, el guapo, el romántico, mi preferido quizás porque sólo lo veía muy de tarde en tarde, se quedó en Inglaterra junto a su madre, en ese caserón tremendamente desordenado, siempre repleto de gente que estaba haciendo algo, y que él y sus amigos de pelo largo, de sandalias, de vincha en el pelo, inundaban con sus guitarras y sus marihuanas y sus amigas y sus hijos, todos los cuales eran cuidados y mantenidos por Diana en papel de madre universal, cómica, con su pelo frisudo, a su edad, peinado también estilo afro y luciendo guirnalditas de flores, encantadora, interesada en todo, reclinada siempre en una *chaise longue* junto a una ventana que daba sobre Regent's Park, llena de diarios, de revistas subversivas a las que se abonaba para proteger, de niños recién nacidos que vomitaban o se hacían pis encima de ella, y entonces chillaba hasta que la madre correspondiente venía a quitarle

el crío durante un rato; leyendo, leyendo interminable-
mente mientras los demás, las amigas de Miles, las amigas
de los amigos de Miles que ahora ocupaban la casa, limpiaban el caserón inmenso, cuando se les ocurría limpiarlo, lo que no era muy frecuente, y hacían de comer,
que era cuando alguien tenía hambre y pedía unos huevos
o algo, o las compras, cuando alguien se acordaba... Y mientras tanto, se tocaba la flauta, Mozart, casi siempre, inter-
minablemente Mozart, y cuando el advenimiento de las
guitarras y los amigos guitarristas, Mozart y cosas pop, de
los Rolling Stones, y encima de las paredes tendidas con
seda gris habían colocado con chinchetas pósters de Mick
Jagger, junto al gran espejo dorado Adams del saloncito
donde Diana dirigía las operaciones, leía, y recibía el interminable rosario de amigos, de amigos de amigos, de hijos de amigos que acudían a hacerle compañía porque ella casi nunca salía de su casa y le gustaban las ventanas
bien cerradas, invierno y verano, mirando la gente que corría hacia Regent's Park, dos pisos más abajo, en el lecho
del río, donde crecían los chopos —con sus hojas nuevas
los vi rojizos al atardecer, en el trasluz, carmín— y trans-
curría el agua y el tiempo tan distinto al tiempo de Diana.
Pero no la echaba de menos. Nos escribíamos con frecuencia —tenía la manía inglesa por las cartas intermina-
bles—; y cuando lo de mi dimisión de los informalistas y
mi carta, ella me llamó por teléfono para felicitarme y decirme que estaba orgullosa de mí, y si quería algo, dinero
o algo; y yo le dije que no a pesar de que lo necesitaba tan
desesperadamente, y esa misma tarde me llamó Miles, sin
haber hablado con su madre, que lo había visto en el pe-
riódico y estaba tan orgulloso, no, no sabía que mamá me
había llamado por teléfono ese mismo día, casi nunca veía a
mamá ahora, comía a horas tan distintas, y como él pasaba casi todo el día tocando la flauta con sus amigos en un
cuarto de atrás para no molestar a los vecinos y en la noche salían, sí, salían a oír música, o a cualquier parte, pero

salían, no, mamá no quedaba sola, siempre había alguien en la casa, demasiada gente en realidad que se quedaba entreteniéndola... no, la veía poco, y por eso mamá había llamado temprano, y él ahora, pero en fin, felicitaciones, papá, lo hiciste bien.

¿Lo hice bien? ¿He hecho algo bien en mi vida? Probablemente no. Probablemente lo único bueno que podría hacer sería, pensé entonces, quedarme para siempre mirando el río transcurrir en el anochecer, desde esta ventana, en este pueblo perdido en la sierra de Caballa, sin hacer nada para tratar de justificarme, al fin y al cabo la existencia es gratuita, es dada gratuitamente, y también, qué bien lo sabía yo, se puede quitar gratuitamente. Esto, vivir aquí, encerrarse aquí en forma total, prescindir de los placeres más codiciados de la civilización, del trato con amigos de la misma categoría, del cine, de las exposiciones, de las mujeres bellas y sofisticadas, era, de cierta manera, quitarse la vida gratuitamente, una forma de suicidio. ¿No sería en el fondo llevar hasta sus últimas consecuencias el semisuicidio de haber apostatado de la pintura? Si esa apostasía mía de la pintura tenía algún significado más allá del gesto, ¿no debía desaparecer, y no era, entonces, Dors el sitio ideal para desaparecer?

A la mañana siguiente me levanté temprano y me fui a tomar desayuno en La Flor del Ebro. A pesar de que no lo veía porque quedaba justamente sobre mi cabeza, en los portales donde me senté, sentí que el balcón que afrentaba esa preciosa fachada del siglo XIII pesaba sobre mi conciencia. Miré alrededor mío en la plaza estrecha: la lonja, renacentista, tenía también unos pegotes que nada tenían que ver con su esencia ni con el ambiente de la plaza. ¿Y por qué los cables de la electricidad cruzaban, absurdamente —muy *Feinninger*—, como garabatos insensatos el pequeño cielo de la plaza, azul en esta mañana de principios de verano, y no estaban enterrados bajo el pavimento? De alguna manera esta pequeña plaza, este espacio noble o con posibilidades de nobleza se me estaba presentando como una materia viva, en la cual hundir mis manos para animarla, como la carne de Diana, hacía años, y la de Luisa, hacía menos, y como la pintura: y yo, como en contacto con esas materias, me estaba poniendo enhiesto, surgiendo, armándome, estaba resucitando: sí, había que hacer algo, el placer está en hacer algo, ponerme en contacto con este espacio, con este pueblo, era hacer algo. ¿Qué? Subiendo por las calles tortuosas, y contando las fachadas estropeadas que eran, al fin y al cabo, bastantes más de las que en una primera visita pareció, la respuesta fue clara: comprar una casa aquí, restaurarla, hablar con esta gente, darles una conciencia de la joya que poseían, enseñarles, y ayudarlos a recobrar la pureza y la nobleza originaria. La faena que me propuse, al llegar a la cima, al castillo, era simple y noble. Sobre la explanada que rodeaba al castillo di un paseo, lento, con el pequeñísimo viento en la cara, y todo el plano de la ciudad y la región se me aclaró en la mente. La gente, al fin y al cabo, tenía derecho a vivir como quisiera. Era horrible, y pobrísimo, y menguado, el pueblo nuevo, con su iglesita de ladrillos colorados y su torre sin forma, sus tres o cuatro chalets rodeados de jardines, su calle comercial en que los comercios de dos pisos alternaban con sitios eriazos, y los dos o tres edificios de pisos: pero si lo quería, la gente podía vivir allí, tenía derecho a elección, y afortunadamente el pueblo nuevo, con su placita, con el estanque en forma de riñón, no molestaba en nada, ni deformaba en absoluto, la ciudad vieja, dura, de piedra, apretada en el cerro junto al recodo del río defensivo. De una parte, mirando por la huerta y la ciudad nueva hacia la carretera que llevaba a Mora, la vista era lamentable. Pero por tres cuartas partes del panorama, la vista era soberbia, casi intocada desde aquí, con el estupendo panorama de la sierra, con sus acantilados abruptos abriéndose, de pronto, y descansando en suaves pendientes de olivares, en viñas, en avellanos, hasta llegar a la carretera de los plátanos y el puente viejo de lomo arqueado por donde habíamos venido. Se podía decir que era perfecto, casi perfecto, como todo en la vida es casi algo, pero suficiente, más en realidad que lo que jamás osé esperar de un lugar. No es que jamás esperara mucho de un «lugar». Jamás he tenido una sensibilidad demasiado fina, ni demasiado alerta ni preparada, para hundirme, a lo D.H. Lawrence, con la belleza de los lugares y de las cosas, a no ser que esas cosas hayan sido fabricadas por el hombre: mi sensibilidad está más comprometida con el mundo del diseño, de las calles, de las vitrinas, de las luces artificiales, que la del gran aire y el paisaje que se extiende y que se yergue en él. Aquí, sin embargo, como si me hubieran pegado un bofetón, toda esa sensibilidad vieja me pareció de pronto agotada de un solo violento golpe, y sustituida por este violento amor al paisaje que veía, que no significaba una «preferencia» por un tipo de paisaje especial, ya que era un problema que jamás me había planteado, sino una conciencia recién nacida que sí, que sí en realidad existía el paisaje; y con ese admitir, desde aquí desde la plataforma que en la cima del cerro aguantaba al castillo y a la iglesia, al recibir el amplio y vibrante paisaje que veía, recuperé de golpe todos los otros paisajes de mi pasado, que mi sensibilidad no les había dejado lugar: este sitio, entonces, este lugar, era todos mis sitios, todos mis lugares, y a este presente se incorporaba todo mi pasado. ¿Cómo irme de aquí, entonces? Imposible. La sola idea de separarme de este paisaje, la de abandonar, aunque fuera por un corto tiempo, a Dors, con sus casas de piedra dorada, sus callejuelas, su altura frente al paisaje y frente al viento, me aterrorizó de repente, como la peor amenaza contra mi unidad de ser humano.

Tan abstraído estaba —curioso: la frase típica de los románticos frente a un paisaje cuando son repentinamente arrancados de su contemplación— que no me di cuenta que, detrás de mí, en la planicie al pie del castillo, un grupo de muchachos había traído, en un carro, una cantidad enorme de matas de romero y ramas de pino, y los estaban apilando: la fragancia se sumó, entonces, a las demás percepciones débiles que iba teniendo del paisaje, y se animó con ese sentido revivido. Me acerqué a los muchachos para preguntarles qué hacían.

—Esta noche, noche de San Juan, es la hoguera de los quintos que este año se van. Y en la noche, en la plaza, es el baile...

Ya me habían pedido dinero, en la plaza, para contribuir a la celebración de los quintos que se marchaban, y lo di gustoso. Esta era la noche. ¿Cómo se vería el rostro del castillo animado por una hoguera, como una tea inmensa, allá en la cima del pueblo? Bajé lentamente por las calles, examinando casi casa por casa, portal por portal, prometiéndome asistir a la verbena y a la hoguera esa noche, aunque ruido era lo que menos quería, ni multitud, en esos momentos, sin embargo se me hizo una fiesta poder asistir. Me sentía liberado de todo mi yo anterior, que naturalmente no hubiera gozado de una celebración como la que se preparaba para esta noche; y el nuevo yo, paisajístico —y lo sentí un poco absurdo e inconfesable—, en cambio, podía por lo menos gozar con la contemplación, ya que no con la celebración, de lo de esta noche. En una de las cuestas, trabajosamente, vi subir a un carro cargado con... ¿qué era? Me acerqué a ver. Eran columnas de madera labradas en un solo tronco y con restos de dorado, eran torsos sin brazos, o sin cabezas quizás de santos, quizás de ángeles, eran vigas labradas, trozos de retablos dorados o con restos de dorados, y un muchacho guiando el burro cantaba alegremente, mientras otro, montado en la cima de la madera, azuzaba. Les pregunté adónde llevaban todo eso.

—A la hoguera.

—¿De dónde lo han sacado?

—Lo encontramos en los sótanos del ayuntamiento.

—¿Y os lo dieron?

—Sí, para los quintos...

Me acerqué a mirar: los anticuarios barceloneses —ya para qué decir los anticuarios italianos— me hubieran dado millones y millones por esos trozos, esos torsos, esas columnas salomónicas, esas vigas doradas: era la materia bruta con que muchos de ellos «fabricaban» antigüedades de gran valor: la cornisa, un *dessu de porte*, una peana dorada, un torso sobre una pared de piedra, una mano laboriosamente labrada de madera sobre la colección de *L'Oeil*, sobre el *New York Review of Books* en la mesa de café, bueno, eran los clichés más usados de la decoración de la gran burguesía, y a veces, con resultados espléndidos, era el tipo de cosas que Luisa buscaba desesperadamente sin encontrar ya, desesperanzada de encontrarlas, y si las encontraba, eran carísimas y apreciadísimas. ¿Y, quién sabe, dentro de todo lo llevado si no se pudiera encontrar algo que tuviera un valor excepcional, un torso de Martínez Montañés, por ejemplo, quemado en la hoguera de los quintos de este mísero pueblo de Dors, escondido del civismo y lejano de la historia? ¿En cuántos pueblos del mundo, cuántas hogueras de los quintos, habrán quemado cuántas tallas de Martínez Montañés, de Berruguete? De pronto, al darme cuenta que estos restos de la destrucción de las iglesias y los conventos durante la guerra habían alimentado a las hogueras de los quintos durante treinta y seis años, me dio miedo, terror a la ignorancia; y darme cuenta que permanecer al margen de la historia es no sólo un peligro que puede destruir el futuro, sino también, como en este caso, el pasado: eran, de nuevo, los pueblos de la Costa Brava devorados por las voraces orugas del turismo, era el camino hasta Hospitalet poblado de toros Osborne, eran los chalets de Salou, eran, y me pareció ahora peligrosamente, las casas con fachadas estropeadas por el mal gusto de Bartolomé, de que me había hablado esta mañana el picapedrero de la iglesia: y, por la otra vertiente, eran también los informalistas vasallos de las galerías frente a los cuales yo me había rebelado, y era, también, Luisa buscando cosas en los Encants... era todo, y era necesario impedirlo.

Me dirigí al muchacho que, encaramado en la pila de santos rotos, iba cantando una canción. Al mirarlo, me pareció una extraordinaria visión de belleza: el pelo largo, negro, la tez blanca, los ojos negros, y toda la delicada proporción con que estaba fabricado lo hacían parecer, sin embargo, a esos santos y ángeles de madera que iban a sacrificar en la pira, pero con una entereza y una alegría muy distinta a ellos. Le dije:

—¿Los van a quemar?

—Sí.

—¿Por qué no me los venden?

Habíamos seguido, retornando por el camino cuesta arriba, hasta la planicie, donde los compañeros los acogieron. Eran unos veinte muchachones, que disponían la hoguera, los veinte que mañana partirían a los quintos. Le pregunté al arcángel que coronaba el carro lleno de restos cómo se llamaba:

—Bartolomé.

—¿Hijo de...?

—Sí. ¿Cómo sabe? ¿No es forastero?

—Es que ando buscando a alguien que me haga el trabajo en una casa... y me nombraron a Bartolomé.

Le dije, entonces, que les compraba la carretada de restos de iglesia. Se rieron todos. ¿Para qué los quería, para qué servían imágenes llenas de carcoma, columnas truncadas, trozos de santos... estaba loco? No, dije: yo sabré. Les doy por esto lo que les costaría dos carretadas de buena leña de primera, seca.

Bartolomé me preguntó:

—¿Más las horas de trabajo?

—Bueno. Más las horas de trabajo.

Todos rieron y Bartolomé respondió:

—Trato hecho. ¿Dónde le dejamos... esto?

—No sé... conozco poco por aquí.

—Bueno, entonces: lo voy a dejar en el corral de los materiales de mi padre, y a él se los puede reclamar. Le diré también que lo necesita para un trabajo...

Pagué, pedí la dirección del almacén de materiales de Bartolomé con el fin de ir a reclamar más tarde mis preciadas posesiones, y los muchachos, cantando y riendo, volvieron marchando junto al carro, cerro abajo. Dejé que se perdieran sus carcajadas, y luego bajé yo al ayuntamiento. Pedí hablar con el secretario y le propuse mi idea de comprar una de las casas del Castillo —así, ahora me di cuenta que llamaban a todo aquel barrio—, una casa antigua y que tuviera interesantes detalles arquitectónicos. El secretario era un hombrecillo pequeño, cetrino, calvo, al que le lagrimeaba un ojo y eternamente estaba enjugándose esa lágrima con un pañuelo de dudosa limpieza. Tenía modales cortesanos, evidentemente aprendidos como sacristán en algún colegio de curas, y una voz gangosa y dulzona. El ojo que no lagrimeaba, sin embargo, me pareció tremendamente penetrante, rapaz, como si, al proyectarse un poco más afuera que otro, tuviera un ángulo de visibilidad inmensamente mayor que el del común de los mortales y suplía con creces la ofuscación del otro ojo. Me invitó a sentarme bajo los porches, en La Flor del Ebro, a tomar un café mientras hablábamos. No quise inmediatamente preguntar el origen de la cantidad de trastos que aquella mañana había salvado del fuego, quise tener tino, y comencé a hablar de la extraordinaria belleza del pueblo, hablando con tal entusiasmo, con tal calor, que el mozo, que ya me conocía, con la bandeja en la mesa del lado, se quedó a escuchar mi acalorada y entusiasta perorata. Mientras hablaba, percibí que entre el mozo y el secretario se cruzaban miradas de complicidad, un poco irónicas, de las que yo era objeto. Al terminar de oírme, me dijo:

—Sí, casas hay muchas para vender en el Castillo. Yo no creo que nadie dejaría de vender, y comprar un piso, o una casa en el Barrio Nuevo. Estas casas del Castillo son muy grandes, muy antiguas, muy incómodas... ¿Por qué no se compra un terreno en el Barrio Nuevo, mejor, y que Bartolomé le construya su chalet?

Al oír esto, me bajó toda la furia, toda la indignación que había estado acumulándose dentro de mí durante el día, y poco menos que le grité que no, que me comprendiera, que yo estaba de vuelta de esas cosas, que el tal Bartolomé, estaba visto, era el culpable mayor de los destrozos que se estaban haciendo en el pueblo, del mal gusto, de la deformación de lo que debía ser declarado monumento histórico, por lo menos de interés turístico —siempre que no vinieran turistas— para preservarlo... claro, típico de los pueblos españoles: destruyen todo, modernizan todo con un criterio empobrecedor y sin altura, pero de lo poco que queda después de su vandalismo arquitectónico y estético, hacen tarjetas postales que dicen: RINCÓN PINTORESCO TIPÍCO DE... y son esos rincones pintorescos y típicos los que con más saña, sin embargo, destruyen. Por lo que había visto, Bartolomé era el culpable principal de los destrozos hechos en Dors. Dije:

—Esta tribuna, por ejemplo, sin duda es obra de Bartolomé...

Se había congregado un grupo alrededor nuestro, que saludaban al secretario, y cuyos rostros yo no veía. Respondió:

—Sí. De Bartolomé. Y mía: es mi casa.

No alcancé a ofuscarme ni sofocarme con la metida de pata, que no era tanta, tan enorme era mi furia contra estas faltas estéticas tan horripilantes. Y esos pecadores contra la estética que nos rodeaban, ni siquiera parpadeaban, sino sólo me miraban irónicos, llenos de risa, como si yo fuera un loco... y en efecto, en medio de mi diatriba oí que uno decía en voz baja al otro: «Es el loco que esta mañana compró...». No alcancé a sofocarme porque era tan inmenso el entusiasmo de mis palabras, con que hablaba de la belleza de las calles medievales del Castillo, de la maravilla que eran los pórticos con sus abanicos de piedra, sus balcones de madera, sus rincones, sus subidas y laberínticas bajadas, las solanas maravillosamente abiertas a la vista del valle... todo, todo, y tanta era la furia con que ataqué las obras de modernización emprendidas en el Castillo. Hasta que de pronto, cuando yo hablaba del balcón del secretario que estropeaba la plaza, alguien me interrumpió diciendo:

—Es su casa, y donde nació, y puede hacer lo que quiera con ella.

Estas palabras abrieron, al parecer, una enorme discusión entre los hombres que merodeaban, tocados con sus boinas, enrollando sus cigarrillos, desdentados, algunos jóvenes, todos con sus ropas de trabajo, alegando unos que era necesario modernizar y que yo estaba loco, alegando otros que lo que les convenía era conservar lo pintoresco para atraer a los turistas; ninguno, sin embargo, comprendiendo lo que yo quería decir, mi admiración y mi amor por las piedras venerables de ese pueblo. El secretario dijo:

—Claro que nos interesa el turismo. Este castillo dicen que es muy famoso... y la iglesia, bueno, los que entienden la encuentran muy interesante y para arreglarla sí que han dado dinero las autoridades de Madrid, de modo que sí, que debe ser buena, aunque a mí me gusta más la iglesia moderna, la de ladrillos de aquí abajo... Pero atraer al turismo...

Yo veía, claro, una hostilidad hacia mi intrusión en las vidas de todos ellos, eso sin duda, pero también, en esos rostros agudos como ratones, burdos, vi la codicia, el deseo de ser como los demás pueblos que gozaban de las ventajas del turismo; y ya que venían tan pocas personas aquí que pudieran levantar al pueblo desde ese punto de vista, que yo les abriera una puerta, una esperanza, bueno, si bien era el loco que había comprado los santos, también podía satisfacer su avaricia y su rapacidad pueblerina trayendo turistas... quién sabe... quién sabe si pudieran liberarse y vender, por fin sus viejos caserones del Castillo a los cuales se veían amarrados, y hacer que Bartolomé les vendiera uno de sus pisos en el Barrio Nuevo... un piso pequeño, sin ratones, sin goteras, sin arañas, fácil de limpiar, estrecho, manejable, cómo suspiraban todas las mujeres, me dijeron, por pisos así en vez de esos caserones, si pudieran vender, si alguien pudiera comprar... claro; desprecio por un lado pero avaricia, rapacidad por otro, y el secretario a la cabeza de todos, ofreciéndome otra copa de cognac, hablándome de casas que había para vender, buenas, grandes, todas de piedra, de sillería, con portal de piedra tallada, con algorfa, con vista, con luz... sí, todas las facilidades, vamos...

Pasamos la tarde mirando casas con el secretario. Pequeñas y grandes, humildes y de señores, totalmente abandonadas desde hacía generaciones, casas con una sola habitación habilitada donde vivía una vieja vestida de negro con su gato a la orilla del hogar, y otras repletas de chiquillos chillones y moquillentos que jugaban entre el estiércol de los asnos y de los sacos de pienso, y la paja, y los arneses con sus olores tan particulares, y la cantidad de cachivaches arrumbados junto a sacos y junto a toneles de vino rancio y de almendras y de avellanas...

Al atardecer, llamé a Barcelona por teléfono para hablar con Luisa: había visto demasiadas casas, los precios eran ridículamente baratos, estas magníficas casas de piedra se daban por nada, pero eran tantas, que yo no sabía elegir, no sabía por cuál decidirme, cuál me convenía... y ella, ¿me podría prestar el dinero para comprarla y arreglarla? Me gustaría quedarme a vivir en Dors.

—¿Para siempre?

Lo pensé y dije:

—Sí, para siempre.

Ella respondió:

—No puedo ir hasta el fin de semana: no compres nada, espérame, y si me apuras, me compro una yo también si cuestan tan poco como tú dices.

—Bueno. Iré mirando. Te espero entonces...

Al atardecer, después de tanto hablar con el secretario, después de tanto ver casas, me sentí totalmente agotado. Hubiera querido pedir la cena inmediatamente y meterme a la cama, sin siquiera leer una línea, y dormirme hasta mañana; pero cuando vi al hijo de Bartolomé, que me saludó sonriente e irónico, encaramado en una escalera, y poniendo sobre la plaza guirnaldas de papeles de colores y de luces de colores, recordé que esa noche, en el Castillo, sería la hoguera de los quintos, y que aquí en la plaza, más tarde, sería el baile social al que acudiría gente de todas partes. No podía dormir. Tenía que tomar parte en la función social, primera de todas las que se celebraran en mi nuevo pueblo, no podía escaparme, por muy cansado que estuviera. Luego, vi a un grupo de muchachos, especialmente a Bartolomé, reunidos alrededor de un Fiat Sport, blanco, con matrícula italiana, que estaba estacionado en un rincón de la plaza. Bartolomé se acercó a mí, preguntándome:

—¿Ve cómo usted no es el único turista?

—Ya lo veo.

—¿Es amigo suyo?

—No... ¿quién es?

—No sabemos... no los hemos visto.

—Deben andar por el castillo.

—Seguramente.

—Sí... a veces pasan turistas, pero no se quedan. De vez en cuando vienen, miran el castillo un rato y después se van... comen en la Fonda, toman un vaso de vino, y ya está, adiós...

Me pareció que Bartolomé lo decía con una especie de amargura. Como si quisiera que esos turistas se quedaran, no se fueran inmediatamente, y como si deseara que trajeran al pueblo aires de afuera. No era, sin embargo, en su caso, el vulgar deseo de lucro, el codicioso brillar de los ojillos primitivos y campesinos que guardan las monedas en una trampilla en las vigas, sino un deseo de mundos más amplios, de horizontes, de algo que él mismo no sabía qué era. Repitió:

—Se van.

Yo le pregunté:

—¿Y no vuelven?

—No, nunca más.

Esa noche, después de la cena, subí hasta el Castillo. Los vi encender la hoguera, mi leña, y durante una hora, los troncos pagados por mí, y el aroma a pino y a romero, aromó la noche translúcida de comienzos de verano. Los rostros se intensificaron alrededor de la fogata, la bota se pasó de mano en mano, y todos bebimos; y el secretario, que no se alejaba de mi lado ni un instante, me ofrecía silla, donde sentarme, más vino, hasta que por fin, descendimos a la plaza, que era donde todos querían estar cuando comenzara el baile. Al fin y al cabo, él partía para Zaragoza, y probablemente para Melilla dentro de dos o tres días... no, me dijeron, a la mañana siguiente. Y me preguntaron:

—¿Y para qué quiere vivir en este pueblo tan viejo y tan pobre, y tan feo, siendo que usted puede vivir en Barcelona?

—Estoy cansado.

—¿De qué?

Era difícil explicarles de qué: casi como explicarle a un ciego qué o cómo es el color rojo, por ejemplo, o a un sordo cómo es una sonata de Beethoven.

—Tan feo y tan viejo este pueblo...

Pero sentí que si lo hubiera dicho yo, se hubieran lanzado sobre mí para destrozarme como leones, si me perdonaban todo lo que decía, era porque estaba amándolos y respetándolos a ellos, por primera vez encarnados en las piedras de ese pueblo que querían cambiar y ver distinto, pero que les gustaba que alguien quisiera y admirara, aunque esto les pareciera cosa de un loco que es capaz de comprar un carro lleno de basura para la hoguera y cambiarlo por dos carretadas llenas de buena leña de primera. Alguien me preguntó:

—¿Usted es artista?

Titubeé antes de responder:

—No.

Dijeron:

—Ah, porque a veces vienen artistas aquí, muy de tarde en tarde, y pintan... pintan la plaza, pintan la iglesia, pintan el río... y después se van...

—Son raros, los artistas...

—Creíamos que era artista porque ellos siempre hablan, las raras veces que aparecen por aquí, ellos hablan de lo bonito que es este pueblo tan viejo... ellos y usted... usted será algo, entonces, periodista, o escritor...

No, no, no, hubiera querido decirles, nada de eso, no soy nada, no soy más que un hombre que está cansado con la vida moderna y que busca un refugio de paz en un sitio en que no todo esté a la venta, en que no se haya destrozado aún con la paga de todo, que haya tradición y belleza, que haya una estructura firme a la cual incorporarme. Pero claro, para incorporarse a cualquier cosa hay que tomar parte en esa cosa, y yo no podía incorporarme a la vida del pueblo, era un forastero de hecho y de alma —mi *ethos* no era el de ellos, era, incluso, quizás contrario y opuesto al de ellos—, como había sido incapaz de incorporarme a nada en toda mi vida: compartir la experiencia de una comunidad, formar parte de una comunidad era algo que no conocía, y admiraba y envidiaba, como envidiaba a estos pueblerinos el estar profundamente enraizados en su mundo, y hasta envidiaba a mis amigos catalanes el hecho de pertenecer a una minoría que tenía el privilegio de sentirse perseguida y por lo tanto esa comunidad los protegía, los envolvía, los guardaba; y no había pertenecido ni siquiera a la escuela de pintura informalista, de la cual recién me había desprendido como una lagartija se desprende de su cola, para que se muera la cola y ella siga viviendo: lo único malo era que no sabía muy bien, en este caso, si yo era la lagartija y los informalistas que aún formaban una escuela coherente la cola abandonada, o al contrario, yo la cola que moriría y ellos la lagartija a la cual pronto le crecería otra cola. Cuál sería mi destino como cola abandonada de una lagartija, era algo que no podía saber, como no sabía cuál era el destino de las colas abandonadas por las lagartijas más allá de esos momentos de estertor que estimulan aún un poco de vida.

Pero ya se había organizado el baile en la plaza: iluminada con bombillas de colores, adornadas con guirnaldas de papel, asumía todo su aspecto, todo su destino de oscura y remota plaza provinciana, escenario del más trivial acontecer cotidiano del destino de la gente que bailaba bajo las guirnaldas rosas y verdes, que entrecruzándose pobremente arriba, excluía la altura y la magnificación real del cielo del verano. Unas quince o veinte parejas de jóvenes bailando torpemente —los había visto moverse en su trabajo y con sus ropas de trabajo y me parecieron nobles y no torpes, graciosos, clásicos, eternos; bailes que yo había visto bailar con verdadera picardía, verdadera sofisticación, y ataviados con sus ropas domingueras, incluso, algunos, con el pelo lamentablemente recién cortado, parecían, en efecto, lo que eran: paletos, provincianos endomingados que destruían fatalmente su clasicismo y eternidad—; una orquesta bajo los porches del ayuntamiento, en un estrado, tocando los ritmos de moda; grupos de muchachas feas, de muchachas tímidas chinchoseando y riéndose entre ellas en los rincones como si nada les importara que nadie las sacara a bailar; los ojos de los grupos de madres vigilando sin vigilar; los hombres en el bar pretendiendo que no miraban y convidándose mutuamente vasos de vino o cognac; y el grupo de muchachos realmente señoreando el baile, en un rincón, que no bailaban porque no querían y preferían beber, y hablar entre ellos de las muchachas, los reales dueños de la situación.

Vi bailar a Bartolomé con una insignificante muchacha vestida de rosa, evidentemente enamorada de él. De todos los señores, era el más señor, y con su camisa azul clara y sus pantalones oscuros no se veía paleto: era un muchacho, el muchacho por antonomasia, dotado de la gracia y la belleza que, rara vez, se dan en el pueblo, y que uno piensa que, aun trasplantados y en otro contexto, seguirían sabiendo mantener esa gracia y esa belleza: el pelo negro largo, pero no exageradamente largo y como peinado al desgaire, los hombros no excesivamente atléticos pero fuertes y proporcionados; la medida, en suma, de su colorido, de sus facciones, de su porte, eran notables, y eran notables no para mí, intelectual y forastero, sino para todos, para las miradas de las chicas, para las bromas de los muchachos, para las invitaciones que le gritaban desde el bar mismo algunos hombres, que él contestaba con una sonrisa completa.

Me resultaba imposible que toda esa gente, que se conocía más o menos desde toda la vida, en la guerra estuvieron en bandos opuestos y mataron, mutuamente, a sus padres y abuelos y hermanos, ahora lo habían olvidado por la fuerza de la vida misma, o no lo habían olvidado y conservaban el rencor por esa misma razón; cómo esta gente que había crecido junta, jugado junta, podía de esta manera, producir, sin embargo, un aire de fiesta. Pero en realidad, no había aire de fiesta: sólo un apagado y consuetudinario llevar el ritmo del baile con los pies, sólo saludar o no saludar, sólo comer las masas de toda la vida, preparadas igual que siempre en la panadería de siempre con ocasión de alguna festividad pública o privada, sólo beber el vino de siempre y luego irse cada cual a su cama, a dormir.

Pero mi vista, que desde mi mesa en La Flor del Ebro recorría desapegadamente a la multitud que bailaba en la plaza, de pronto se pegó a una pareja: un hombre alto, muy moreno, con una rabiosa maraña oscura de pelo y cejas y brillo negro en los ojos, con la barbilla y la nariz clásicas, al bailar con una muchacha también insignificante, lo hacía con una gracia completamente distinta a la de Bartolomé, como un animal que sabía que iba a matar, con su conciencia, con su firmeza de propósito, y uno sentía que la chica, que se había abandonado a sus brazos, se había abandonado en realidad y corría peligro: sí, sobresaltadamente, sentí que la muchacha con quien reía —de una manera tan distinta a la que reía y bailaba Bartolomé— era su víctima y había venido aquí a cobrarla. Había venido, porque inmediatamente después de la sensación de que era verdugo y los demás víctimas, el único verdugo de la plaza, la sensación siguiente fue de que no pertenecía a ese pueblo, no pertenecía siquiera a esta tierra, y mi imaginación efectuó un salto e inmediatamente ligó a ese hombre que se estiraba y se movía y tenía esa escasez de carnes, pero al mismo tiempo justeza de ellas, como uno de esos gatos largos y negros cuya estructura se revela enteramente bajo el brillo de su piel al moverse o andar, lo ligó con el Fiat que en la mañana vi en la plaza, que ostentaba una matrícula exótica, y la del turista italiano. Sentí que me tocaban el hombro, di vuelta la cabeza con miedo, como si el hombre gato que bailaba en la plaza, el italiano, hubiera instaurado el reino del terror y todo, hasta el amistoso palmotazo del secretario en mi espalda, se transformara en algo peligroso: el secretario que se invitaba a mi mesa, y me presentaba a Bartolomé, padre, al que invité a sentarse, también, a mi mesa, y le pedí un cognac. No tenía nada de la belleza de su hijo, era un hombre maduro, colorado, tosco, torpe, con cuello y corbata que le apretaban demasiado y hacían rebalsar las carnes de su cogote congestionado, y con la fuerza sanguínea que estallaba de toda su cara, me espetó:

—¿Con que usted es el loco que anda suelto por aquí?

No había nada de bonhomía en su frase, que podía haber sido irónica, sino, al contrario, pura violencia, pura mala leche, pura seguridad. Al comienzo de la frase, su tono me había irritado, pero ya al terminarla me había aplacado porque había comprendido que éste era mi enemigo, la encarnación misma de todo lo que yo detestaba. No le pregunté qué quería decir. Y él tampoco se preocupó de explicarlo. El loco que andaba suelto era demasiado sin importancia para un personaje como él, y mientras el secretario y yo hacíamos planes para ver casas mañana, él reía, y le indicaba al barman que le sirviera una corrida de copas a los muchachos que reían en un extremo de la barra. Oyó parte de lo que hablábamos y me dijo:

—¿Por qué no se hace un chalet, allá a la orilla del río?

Le expliqué que no venía a este pueblo a vivir en un chalet, sino a vivir de otra manera. Bartolomé, entonces, ignorándome, se dirigió al secretario, para comentar:

—¿Ves, Eustaquio? Estos forasteros nos miran en menos, se ríen de nosotros, a eso vienen a «este pueblo...». Claro, ¿para qué vienen si se consideran tan gran cosa que nosotros no llegamos a su altura? ¿A qué vienen?

Traté de explicarme, que no había sido mi intención, pero a cada frase que decía, sin mirarme, Bartolomé le daba vuelta, y parecía tener una habilidad casi literaria para hacerlo, transformando cada frase que uno decía en un arma de ataque contra el que la decía, al glosarla, como en un semiaparte con el secretario; de modo que la conversación quedó en un perpetuo deshacerme las frases mías que, como en una maraña, me iba enredando más y más Bartolomé. Hasta que a una de mis frases para demostrar mi amor por la región, me referí a los terrenos que bordeaban el río con sus huertas, y a los plátanos, dijo:

—Los plátanos están plantados casi todos en terreno que me pertenece, y el año que viene los voy a talar. No voy a dejar ni uno: así, el camino de acceso al pueblo se verá por lo menos más ancho y más moderno, no esa boscosidad. Y en cuanto a los terrenos que bordean el río, son de mi propiedad, y en cuanto tale los plátanos y todo eso quede modernizado, voy a asociarme con unos alemanes y voy a hacer una urbanización de cincuenta chalets, de esos pequeños y de todos los colores que a usted no le gustan... bueno, de esos.

Bartolomé se paró:

—Me voy.

Pero antes de irse me dijo:

—Le advierto que se vaya con cuidado. Aquí nosotros somos los caciques y nosotros mandamos. No nos gusta que nos critiquen. Usted tendrá muy buen gusto, pero eso aquí no vale: la gente quiere casas nuevas, no vejestorios como los que usted busca, y que son una ridiculez. ¿Quién va a querer vivir en sitios como los que usted quiere? Un loco como usted, no más, un loco que es capaz de comprar una carretada de santos rotos y de vigas viejas: le advierto que ya con eso se ha desprestigiado en el pueblo... se lo digo para que se vaya con cuidado. Nosotros queremos progreso. Usted nos trae lo que usted llama buen gusto, pero que no es, es locura, sí señor, el buen gusto es limpieza, y comodidad, no las cosas pintorescas que le interesan a usted... y el progreso de este pueblo, porque soy el propietario de tierras más grande de la región y del partido, y el propietario urbano mayor y el mayor contribuyente, el progreso del pueblo depende de mí...

Yo agregué:

—Y del alcalde, supongo...

Bartolomé río, desternillándose de las carcajadas.

—El alcalde... no me haga reír. El alcalde lo nombro yo, y me sirve. Un telefonazo a la capital, y ya, ya está cambiado el alcalde si no se pliega a mis deseos... ya le digo: somos los caciques aquí, los que tenemos derecho a estacionar los coches en la plaza ésta —he oído decir que usted ha criticado esto y por eso se lo advierto—, y la vida y la economía del pueblo

dependen de nosotros. De modo que cuidado. Yo voy a ayu-
darle en todo lo que usted quiera siempre que sirva a lo que
consideramos que sea el progreso del pueblo.

Al final de su discurso parecía haberse aplacado,
como si se hubiera dado cuenta de que yo no era un individuo de temer y que, también, quizás, podía servirle. Al
despedirse le dijo al secretario:

—¿Vamos, Eustaquio?

El secretario se levantó. Bartolomé se inclinó cerca
de mí y me preguntó:

—¿Tendremos el gusto de verlo mañana en la misa, la que despide a los quintos que se van?

—No voy nunca a misa.

—Ah. ¿Es de esos?

—Sí. Soy ateo.

—Malo: habrá que hablarle al cura.

No pude resistirme a preguntarle:

—¿Al cura también lo nombra usted?

Durante un segundo enmudeció. Luego le dio un
buen palmotazo, alegre, en la espalda al secretario, que es-
cupió el escarbadientes que durante toda la velada había
estado jugando en su desigual dentadura, y Bartolomé
contestó mientras el secretario se paraba para seguirlo:

—No. Pero me gusta la gente que va a misa y
cumple con el precepto. En fin, si no nombro al cura, a
éste sí que lo nombro yo... en fin, no nombrarlo, pero es
como si lo nombrara. ¿No es cierto, Eustaquio?

Eustaquio prefirió lanzar una carcajada, y ambos,
después de despedirse muy amablemente —quizás demasiado amablemente—, se perdieron entre la multitud, saludando, palmoteando espaldas de amigos y de algún muchacho que partía a los dos días con los quintos, haciendo
alguna broma o chirigota a alguna muchacha más o menos guapa, que apenas se equilibraba sobre sus tacones a
la última moda del año pasado, exagerados por haber sido
comprados en tiendas de la capital de la provincia.

Me dejaron desazonado con su partida. Desazonado, pero sin embargo, curiosamente, esa enemistad, esa batalla que planteó tan cínicamente el cacique, era una forma clarísima de integrarme al pueblo: había hecho ya una relación, una relación fuerte, de enemistad, de animosidad, de planteos antagónicos de la vida, de visiones estéticas —para mí centrales— completa y totalmente enemigas: y me planteé un rol, una batalla que librar, en la que yo me unía al pueblo y me hacía uno con él, quisiéralo o no, para encontrar en mi batalla —en la batalla que sin duda iba a tener que librar para preservar la pureza y la belleza, y restituir la unidad y la dignidad a la arquitectura del pueblo— la unidad, una razón de ser, algo que me mantuviera vivo y palpitante: ya no ser la cola de la lagartija, cuyos estertores van perdiendo más y más energía hasta quedar exánimes: era la lagartija entera, caliente de sol, brillante de colores, un dragón capaz de echar fuego al pie del castillo para librarlo de las andanzas y los *forays* de los enemigos. Llamé al mozo de La Flor del Ebro que ya se había hecho amigo mío; me dijo:

—No le haga caso, señor.

Me sorprendió tanto su observación, que creí no comprenderla de momento y le pregunté:

—¿Qué?

—Que no le haga caso.

—¿A quién?

—A don Bartolomé.

—¿Por qué?

—Nadie le hace caso. Es pura fanfarronada...

—¿Los árboles no son de él, entonces, y no los cortará?

—No... son de su señora. Y dicen que su señora le pega, porque la plata es de ella, y ella hace lo que él quiere. Ella es de esas mujeres chiquititas, y muy beatas, de las misas y comunión y novenas, que jamás saluda a nadie y jamás mira a nadie de frente... pero la plata era de ella.

—¡Cómo le va a pegar si es tan chica y él un hombrón...!

—Eso dicen... no sé. Él tampoco saluda a nadie, a no ser que le convenga. Es malo. Pregunte en todos los pueblos de alrededor quién es el hombre más malo de todo el partido, y le dirán: Bartolo.

—Pero si su señora le pega...

El mozo meditó.

—Sí, pobre... quizás no sea tan malo. Él era un paleta con poquito trabajo cuando se casó con la ricachona ésta, vieja, era de mejor familia que él, y rica, y él era guapo, como Bartolomé su hijo, ese que está bailando en la plaza... dónde está...

Le dije que no me lo mostrara porque ya lo conocía, pero nos quedamos mirando la plaza, y no lo encontramos, ya no estaba. La chica vestida de rosa con que bailaba estaba sentada en el tapabarros de un coche, hablando con el resto de las chicas que no bailaban. Y el mozo continuó hablando:

—Pobre Bartolomé. Se va a la mili, ahora, un año antes de lo que le corresponde, porque no puede aguantar a su padre, discuten todos los días, y el padre llora... eso dice Bartolo... llora porque Bartolo no quiere ir a los cursillos de Acción Católica, como fue su padre... y Bartolomé padre dice que su hijo va a terminar siendo comunista o algo así...

Arriba, coronando el pueblo, desde esa mesa y esa silla que siempre escogía en La Flor del Ebro, veía un trozo del Castillo, el mandala, la gruesa torre de la iglesia, y esperé largo rato, mirándolos donde estaba —y mirando el baile y la increíble sensación de extrañeza que me producía toda la gente congregada en la plaza, que sin embargo ya se relacionaba conmigo porque se sabía que había comprado esa mañana una carretada de porquerías—: la faz rosa del castillo iluminado, allá arriba, se iba apagando: la hoguera, las canciones fueron desvaneciéndose, y quedó la masa segura y firme de las construcciones, sin que estuvieran ingrávidas por la danza del fuego, perdiendo más y más calor. Pagué, dije buenas noches al mozo, y lentamente comencé a subir hasta la iglesia. En la oscuridad de las calles estrechas, bajaba una que otra pareja, silenciosamente enamorados, abrazados, o canturreando.

Permanecí un instante delante de la puerta de la iglesia, ese portal de oración, ese mandala pensativo en el centro de la frente, y luego seguí remontando hasta el castillo, hasta la hoguera. No quedaba más que un montón de ascuas palideciendo a los pies del castillo, dominando la amplia curva del río, y el vasto panorama de cerros trabajados en terrazas. No quedaba nadie en la explanada. Y me puse a mirar esa fachada hermética: uno, dos, tres pisos de enorme altura... pero esto no era un castillo, no había fortificaciones... era, más bien, como un palacio... en el primer piso las bíforas eran enormes, cuatro grandes bíforas al frente, muy abiertas, no serían tan abiertas si esto hubiera sido en el menor sentido defensivo; éste era un castillo, o un palacio, extremadamente seguro de sí mismo aquí en el monte, un palacio donde los nobles, quizás, se reunirían alrededor de una mesa a contar historias, no un castillo defensivo de los que coronan la mayoría de las colinas españolas, con el temor medieval escrito en sus gruesas murallas de piedra, en sus almenas y troneras y barbacanas; nada de eso, aquí: esto era pura leyenda, nada de marcial, aquí podían haber llegado los *trouveurs* provenzales a entretener a una corte aislada pero rica y llena de refinamientos, que vivía y dominaba, y era alimentada por los habitantes del espeso nudo de casas de piedra que se apretaban al pie del palacio, en la colina, y trabajaban para alimentar a los señores, mientras éstos escuchaban las leyendas de amor y las gestas de guerra cantadas por los trovadores. Una especie de necesidad, de urgencia por entrar al castillo, ahora, ahí mismo, me acometió. Miré a mi espalda. Nadie. Me acerqué a la puerta, miré atrás una vez más: nadie. Y traté de abrir el candado que la cerraba, y sacudí, sabiendo que era inútil, sacudí todo, pero no, naturalmente no cedía. Entonces, comencé a dar vueltas alrededor del castillo, buscando, tal vez, algún sitio por donde trepar: Las llaves las tienen en Madrid, me había dicho el alcalde; y luego, Bartolomé: Piensan restaurar, quizás hacer un parador. ¿Pero para qué un parador si nadie viene aquí? Tendrá que pasar mucho tiempo —dijo el secretario del ayuntamiento, con desaliento— para que hagan algo, tendrían que declararnos monumento nacional o algo así. Y eso —agregó Batolomé— no sería tan bueno, porque entonces no se podría ni pintar una fachada, ni arreglar una calle sin permiso de Madrid, y el pueblo se quedaría estancado, esperando a los turistas que nunca vendrán. Yo pensé: yo podría hacer algo. Yo conozco gente, la gente me conoce a mí, quizás incluso Luisa que conoce a todo el mundo... pero no era el problema: ahora, el problema era la necesidad imperiosa de entrar al castillo —o al palacio—, la necesidad era ver qué había adentro, caminar adentro... era sentirme rodeado por esos muros, sentirme envuelto en esas ruinas, parte de la magia, no afuera sino adentro y muy adentro y parte de todo; y allí, quizás, podría encontrar cierta paz, cierto amor que me ligara a esto que estaba rodeando por fuera, a esta maciza y risueña estructura enorme, lujosa y mundana, adosada a la iglesia, a la que no podía entrar ni entraría jamás, fortaleza no inexpugnable a las huestes enemigas, que de eso me decían esos muros y esas galantes ventanas no se trataba, sino de mí, de mi soledad y mi falta de dirección, que en la soledad de la amplia noche catalana, me sabía excluido, como todos los demás —y esto era un hecho que de pronto me consoló, y me hizo prometerme a mí mismo que mi lucha sería poder entrar, ser el único que entrara, para diferenciarme y ponerme más alto que los demás— que jamás habían visto el interior del castillo en ruinas.

Pronto me di cuenta de que todo intento era inú-
til, y decidí bajar. Al pasar frente a la iglesia, sin embargo,
me dieron ganas de subir las gradas, y lo hice, y empujé la
puerta. Estaba abierta y entré. En el interior, iluminados
aún por las lámparas de la eucaristía, moradas, y algunas
velas, bailaban los arcos góticos del techo. Avancé, por un
lado, hasta el altar, miré de frente al Cristo crucificado —
que el picapedrero decía que estaba crucificado en posición invertida—, y volví hacia atrás por el otro costado.
Casi al llegar a la pared de piedra provisoria, vi una pequeña puerta, muy pequeña, con carácter también provisorio,
que algo me impulsó a empujar: se abrió. Allí, comenzaba
detrás de la puerta el acceso a la torre, escalones gastados
de piedra dentro de un tubo aclarado por las bíforas, y fui
subiendo, subiendo y subiendo hacia la noche que se hacía más y más inmensa. Más y más amplia desde aquí,
desde mi posición más arriba aun que todas las demás
construcciones del pueblo; y el río circulando, y la plaza
con sus feas luces de colores y sus guirnaldas allá abajo... y
al lado, de pronto, cerca de la cima de la torre truncada
me quedé detenido: al lado, el castillo, el palacio, al lado
mismo, casi bastaría alargar una mano para tocar sus bíforas, las bíforas realmente enormes, que desde donde yo estaba, me di cuenta, transformaban a todo ese muro inmenso y que de abajo se veía macizo, en una estructura de
encaje de piedra, leve, transparente. Se veía todo, adentro.
Estuve contento de no haber pedido las llaves, porque
desde la torre de la iglesia, la vista al interior, aunque estática, era soberbia: grandes salas con arcos góticos se man-
tenían elegantemente curvados y completos, pero sin ar-
tesonado, sin techo; y las salas estaban abiertas al cielo, y
los bancos de piedra donde se sentaban los caballeros, de-
rruidos, y los blasones, desgranados; y los árboles creciendo entre las ruinas, a la luz maravillosa de la luna del equi-
noccio del verano, de la mágica noche de San Juan cuando
todo puede pasar, animado por un leve viento, la vegetación

que engalanaba las ruinas como en un Salvatore Rosa, como en un Piranesi, como en Caravaggio; castillo nacido en el siglo XII sin duda para ser visto una noche de luna, por alguien, como yo le veía ahora, como la encarnación de lo poético; y los rayos de la luna entre los arcos y las bíforas y el follaje de los árboles que se agitaban...

¿Pero era, en realidad, sólo el viento que agitaba las matas y los árboles?

Tuve la curiosa sensación de que un perro andaba adentro. ¿Pero cómo entró? Imposible. Subí unos cuantos escalones más para mirar desde la bífora de más arriba: sí, alguien andaba allí adentro donde yo creí que jamás podría andar nadie, algún privilegiado que no revelaba su nombre ni su identidad. Tuve miedo que me vieran y me escondí en la sombra de los fustes de las columnas. Sentí voces, dos voces. Una pareja de enamorados, me dije, que de alguna manera se han introducido al castillo, y gracias a la protección de los muros, y la entrada desconocida, han aprovechado la noche mágica y la magia del lugar privilegiado, ellos, los privilegiados, para hacer el amor en un mundo de Libro de Horas, evadiéndose completamente, evadiéndose de la realidad vulgar de las guirnaldas de papeles de colores y bombillas de la plaza. Y los envidié.

Luego, vi aparecer entre el follaje, a la pareja: ella, de pantalones, delgada, con el pelo corto... y él, sí, sí: era él, el hombre gato-negro, el hombre todo musculatura a la vista, el hombre de la cara corta y la sonrisa triangular que bailaba en la plaza con esa muchacha, como si fuera a devorarla: sí, era el italiano del Fiat blanco, ese forastero había logrado entrar y yo no. ¿Cómo? Ella, tal vez, lo había guiado, y el forastero, ahora, al salir de una de las salas de armas, entre el follaje y al bajar la derruida escalinata de piedra entre la que crecía el tomillo cotidiano del guiso casero, que se sentía desde donde yo estaba en la noche caliente, el forastero rió, rió una corta risa cargada de tabaco, de alcohol, de haberse arrastrado por todas partes y de haber hecho todo lo que es posible hacer sin que lo que se ha hecho deje huella alguna, ni compromiso alguno, en la persona. Lo vi bajar elásticamente la escalinata sin ayudar a su frágil y proporcionada compañera, que también vestía pantalones, y bajaba tras él. Ella, también, venía vestida exactamente igual al forastero, al hombre gato: pantalones oscuros y camisa celeste claro, y al apoyarse, de pronto, en el hombro del forastero para bajar detrás de él y ayudarse, me di cuenta repentinamente que no era una mujer, que era Bartolomé, el joven, el muchacho que partía al día siguiente con los quintos, que también reía, que pasando un momento su cabeza por frente a una de las ventanas, un rayo del foco que iluminaba el castillo apresó su rostro y me reveló su identidad inequívoca, recortada frente a una oscuridad hecha de ramajes temblorosos y arcos góticos de piedra en que crecía la yedra. Luego, ambos desaparecieron. ¿Por dónde salieron, si es que salieron? O no salieron y permanecieron dentro, en silencio, cumpliendo, como me pareció que sería el caso, con algún esotérico rito de significado perverso, pero de contenido inexpugnable como los muros del castillo. Una perversa sensación de celos, de rabia, de expoliación efectuada sobre mi persona y siendo el culpable el hombre gato, se asentó en mí, sintiendo que la historia de mi vida me había llevado a la exclusión del palacio, del misterio de la noche que sólo podía observar, en su cotidianidad desde mi sitio de costumbre en La Flor del Ebro; y en su aspecto mágico, desde este mi sitial en la elevada oscuridad de una torre románica, sin jamás tomar parte en aquella aventura en que esos dos, que se acababan sin duda de conocer casualmente, habían emprendido, y que los ligaba.

Esperé mucho rato que se escuchara, de nuevo, la sensación de cuerpos humanos, de hombres, en el interior vacío de esa concha gótica hueca que era el recinto, pero mi vigilia fue inútil, porque pasaron las horas —el carillón de la moderna iglesia de ladrillos del Barrio Nuevo iba señalando las horas, las medias, los cuartos implacablemente— y volaron los murciélagos alrededor de la luz encendida de los focos, y se fueron apagando y encaneciendo definitivamente las ascuas de la hoguera de los quintos, y comenzó a darme frío, y empecé a sentirme tullido, de modo que comencé a bajar.

No quería que se hiciera una relación entre esos dos. En fin, me dije, Bartolomé parte mañana mismo al ejército, mañana por la mañana; y como me dijeron abajo en la plaza, los forasteros vienen, pasan un día, y se van. Relación valedera, que los fijara y marcara a los dos como me pareció que podría ser una relación que comenzaba en el castillo de Calatrava, en Montsegur, estos dos caballeros, el blanco, el joven, y el negro, el gato negro, forastero, no podía seguir: Bartolomé dentro de una semana estaría en los desiertos de Melilla; el italiano, sin duda, se encaminaría hacia la Costa del Sol, donde tipos como él no sólo tendrían un lugar natural, sino que sin duda tendrían cierta demanda.

Al día siguiente desperté tarde. Al bajar a desayunar me dijeron en La Flor del Ebro que ya se había marchado el muchacho, el quinto de ese año, temprano en la mañana, a tomar el tren en Mora. Le pregunté al mozo del café:

—¿Y el Fiat?

—También se fue.

—¿Hacia dónde?

—Hacia el otro lado, por el camino de la costa. Él salió temprano, cuando nosotros apenas estábamos abriendo.

—¿De dónde salió?

—De la Fonda.

—¿Durmió ahí?

—Sí.

Tomé desayuno tranquilamente, sin prisa, regustando el chocolate, el pan de campo, la mantequilla fresca. Luego crucé de nuevo hacia la Fonda, y le pregunté al fondero:

—¿Durmió aquí un señor italiano?

—Sí. Muy simpático, el forastero, muy simpático.

Supuse, entonces, que le había dejado una buena propina. Pero después vino la aclaración:

—Es actor, actor de cine. Dice que trabajó en una película, la que dieron aquí hace años, *La dolce vita* se llamaba, y él no me acuerdo qué papel haría.

Poco menos que de extra, me imaginé. Pero no. El gato negro no tenía nada de extra, al contrario, era terriblemente central y espantosamente protagónico en todo lo que hacía. *La dolce vita* era de hacía doce años. Pongamos que entonces tuviera unos veinticinco años: ahora, entonces, tendría treinta y siete. Desde lejos, sin duda no lo parecía, sólo diez años menos que yo: no podía ser. ¿Y qué papel había interpretado? Me dio una especie de angustia, de desesperación por ver esa película de nuevo, y localizar su rostro de hacía quince años, y qué papel hacía, en la obra maestra de Fellini. Pregunté su nombre:

—Bruno Fantoni.

—¿Bruno Fantoni?

—Bruno Fantoni.

Repasé el nombre de los actores de esa película tantas veces repetida y vista y reconocida, y no lo pude recordar. Pensé por un instante que mentía. Pero no, el gato negro no mentía: podía hacer muchas cosas, pero no mentir. Sin duda había trabajado en *La dolce vita*, en un papel secundario. Pero no parecía tener treinta y siete años... parecía tanto más ágil, tanto más preciso en sus movimientos, intenciones y musculatura, en la sensualidad entera y agresiva de su persona... Bruno Fantoni: un extra, sin duda a pesar de no parecerlo, uno de esos chulos que ganaban acceso a Cinecittà *sleeping their way up*, sea con quien fuera con tal de llegar a alguna parte... parte a la que jamás llegaban. Como este Bruno, por ejemplo: escoria de la sociedad de consumo, ser vacío, sin *pathos*, sin nada más que una cáscara. ¿Por qué había venido a Dors, había estado una noche, y después había partido? Si Bartolo no se hubiera ido, también, en otro sentido y a otra cosa, hubiera podido tal vez hacer indagaciones, aunque no hubiera querido revelar el secreto de que los vi juntos —si es que eran ellos— en el interior del palacio. En fin, *flotsam and jetsam*, que termina por formar una especie de sargazo donde debe ser, en la Costa Brava, en la Costa del Sol, y luego desaparecer sin dejar huella, y llevarse el recuerdo de unas cuantas conquistas, una docena, media docena, dos mujeres dominadas y enamoradas o no enamoradas, en todo caso buscando algo que jamás se encontraba, como una especie de Santo Grial que hacía emigrar a toda una población del norte hasta el sur en busca del sol y su magia, de la felicidad, de Montsegur, era necesario hacer y emprender el viaje para buscar esa satisfacción, esa mística realización de una felicidad imposible dentro del mundo de la sensualidad y del dinero, tan íntimamente ligados, tan identificados. En todo caso, pensé con enorme satisfacción, Bruno Fantoni ya no volvería aquí, este no era su paisaje. No sabía de dónde venía. No sabía, ni dejó huellas, adónde iba: quizás solo, alguna huella en Bartolo, pero era dudoso. Bartolo estaría en Melilla. Aquél, tal vez, en la Costa Brava. Y era un cursi, además: un Fiat convertible blanco era cursi, lo que se compraba un hombre sin dinero que pretendía y tenía aspiraciones a un Alfa-Romeo. Cuando volviera Bartolo de la mili, entonces —si yo me acordaba, y si él se acordaba— le preguntaría sobre Bruno Fantoni. Lo más seguro, sin embargo, era que no me acordara.

Recuerdo los dos o tres días siguientes como los más felices, los más vertidos hacia el exterior de toda mi vida: cuando el llamado de la vida misma es tan grande, que uno se resume en sus acciones, en sus decisiones, y el ser interior, al cual uno generalmente está amarrado como un verdugo, pierde todo su poder, y uno es libre.

Porque se trataba de comprarme una casa. Primero pensé en una que, como la Fonda, tuviera una terracita sobre el río. Me dijeron que serían las más caras... cien, ciento cincuenta mil pesetas y no me las recomendaban por eso: el precio me pareció ridículamente poco, y visité alguna, pero me di cuenta que no era lo que quería: que si bien se descubría desde las terrazas un paisaje descansador y tranquilo, quedaba siempre dándole la espalda al pueblo, al Barrio Viejo (al Arrabal Viejo), a todo lo que fuera urbano, y eso no lo quería, porque paisaje, lo que verdaderamente se llama paisaje, no era lo que buscaba. Subí, entonces, con el secretario y con Bartolomé que verdaderamente parecía ser el propietario de casi todo Dors, él, o algún pariente, o algún pariente de su mujer, ancianas de noventa años acurrucadas y ovales como cucarachas negras junto a un menguado fuego, casas con los tejados podridos, con una familia de gitanos habitándola con sus caballos, perros, gatos, mulos, conejos, gallinas que corrían por el suelo, bajo los artesonados de vigas nobles, que se asomaban para cacarear en los «festejadores» medievales. Casas con restos de pintura medieval en algún techo de piedra, con señales que fue parte de una capilla o santuario; casas todas de piedra en la cima del cerro, con algorfas abiertas al valle, descubriendo un horizonte inmenso, metiendo adentro, como yo quería, la inmensidad del cielo, como en un avión, una visión abstracta, no incidental ni anecdótica. Bartolomé hablaba con el habitante, generalmente pariente suyo, o amigo o amiga de toda la vida, y les daba una perorata magnífica, muy estudiada, de cómo les convenía vender ese caserón helado, de cómo con lo que yo les iba a dar tendrían suficiente para dar la entrada para un piso que él construiría, o había construido, y las facilidades para pagar que les daría. Llegamos de pronto a una, y yo dije:

—Ésta.

Era una fachada de piedra de sillería, con una gran puerta de piedra trabajada en abanico, dos pares de ventanas en los pisos de arriba, la gran abertura de una algorfa que daba a los dos lados, por un lado hacia el río, y el pueblo bajo y el paisaje, y por el otro lado —se entraba por atrás de la casa desde la calle de la iglesia, que rodeaba el castillo, directamente al segundo piso— se veía todo el castillo. Bartolomé me preguntó:

—¿Por qué ésta?

—Me gusta. La vista...

—Pero si le he mostrado casas tanto mejores...

—Me gusta ésta.

—Mejor que lo piense...

Me dejaron la llave y yo anduve por la casa durante todo un día, abriendo baúles polvorientos con ropa podrida, sillas thonet destripadas, cuadros de primeras comuniones comidos por las ratas, botellas, figurándome la casa refaccionada y arreglada para ocuparla, con su gran sala llena de libros en la solana con la doble vista, sus dormitorios claros con balcones, y el increíble silencio. Vi, solo, también otras casas porque el secretario y Bartolomé me dejaron las llaves. Dijeron:

—Para que compare.

Comparé, me llené de polvo, vi pasar dos días, dos atardeceres, dos mañanas en varias de esas casas y siempre volvía a la calle de la iglesia: la tranquilidad de la puerta en arco, de las cuatro ventanas, de la abertura de la algorfa. Era el espacio vital justo para mí. Había otras casas que ofrecían, quizás, mayores atractivos, pero de alguna manera y para mí, se me hacía casi pecaminoso, casi impuro comprar algo más grande, algo que sobrepasara el justo espacio vital necesario, y al encontrarme, al final del segundo día, con el manojo de inmensas llaves pesándome en el bolsillo, con el secretario y Bartolomé en La Flor del Ebro, les dije:

—La de la calle de la iglesia.

A Bartolomé se le pintó la desilusión en la cara: quería que comprara o la casa del río, o una casa frente a la Fonda, en la plaza, enorme y cerrada desde la guerra, un verdadero palacio, u otra casa grande, arriba también, también de una hermana suya o de un cuñado que quería ponerse bien con él y le proponía la compra de un piso como el camino mejor para hacer las paces. Dijo al secretario:

—La casa del crimen. Este negocio es tuyo, Eustaquio.

Me contaron que se llamaba la casa del crimen porque pocos años después de la guerra una madre y un hijo mataron allí al padre, y lo sepultaron, trozado, en la bodega, pero que por mucho que la Guardia Civil los buscara, imposible dar con él, hasta que meses después los cerdos, hozando, destaparon el cadáver y encontraron al hombre destrozado. Bartolomé contó el cuento, quizás con la esperanza de alejar mi enamoramiento por ese espacio vital que me cuadraba como un guante. Pero sólo me reí. Y dije:

—Más pintoresco: mejor.

El precio que me dijo el secretario era ridículamente bajo. Nadie quería comprar esa casa, que estaba vacía desde hacía treinta años, porque rodeaba el recuerdo de ese crimen salvaje.

Yo dije:

—Hecho. ¿Cuándo hacemos la escritura?

—Mañana en la tarde viene el notario: mañana.

Le dije a Bartolomé que me diera un presupuesto aproximado dándole detalles de lo que quería —calefacción, aislamiento, buenos baños, etc.— para estimar cuánto me costaría todo. Trescientas mil pesetas, dijo él después de escucharme. Baratísimo, pero claro, no las tenía. ¿Vender mi piso en Sitges, comprado cuando eso no valía nada? No, con el alquiler de Sitges a turistas durante el verano podría vivir en esta casa todo el año, sin trabajar, que era lo que quería. Diana. Diana siempre tenía dinero de más. Siempre me lo ofrecía, y consideraba el que no se lo pidiera cuando lo necesitaba, como una demostración de mis limitaciones y mis prejuicios de macho español. ¿Por qué no ahora? El proyecto, desde luego, le divertiría a morir, sería el tipo de cosa que ella comprendería totalmente y con entusiasmo. Pregunté si había una central telefónica en el pueblo. Me dijeron que naturalmente y me acompañaron. Cuando le dije a la telefonista que quería hablar con Londres, tal número, noté inmediatamente que el rostro del secretario, y sobre todo el rostro de Bartolomé, cambiaban: una admiración, una cordialidad no antes establecida, los colmó de satisfacción. La telefonista me dijo que era primera vez que se hacía una llamada internacional desde el pueblo, y las telefonistas de los pueblos vecinos, a quienes ella sin duda les contó o escucharon, estaban alertas y entusiasmadas.

Bartolomé dijo:

—Usted nos va a transformar en un centro internacional.

Sonreí satisfecho. Me lo había ganado. Dijo él:

—¿Por qué no le vende casas a otros amigos suyos?

Me dijo eso en el momento justo en que la voz de Diana contestaba al otro lado del fono, y fue esa frase de Bartolomé sin duda, lo que me impulsó a describirle bellísimamente el pueblo a Diana, y después a Miles, y mis intenciones; y Diana dijo que le comprara a ella también una casa y que yo la arreglara a mi gusto, que a ella le cargaban los extranjeros, pero que si era así, tan primitivo, tan salvaje como yo decía, quizás resultaría divertido, y si era tan poco lo que pedían por lo que yo llamaba un palacio, y bueno, tan poco por el arreglo, bueno, y estaba la peseta tan barata... bueno, era un regalo, sí un regalo... no, si lo que yo compraría tenía que ser bueno y de buen gusto, que comprara según mi criterio, que mañana giraría el dinero para mi casa y para la suya al banco de Dors, que no me preocupara, lo único es que la casa de ella fuera grande, muy grande, con muchas habitaciones para alojados, porque de ir a Dors —si alguna vez se decidía a ir— iría con muchos amigos porque se figuraba que aquí no habría mucha gente con quien conversar y a ella le gustaba tanto conversar... y que le instalaran inmediatamente teléfono, sí, teléfono... claro, todo le parecía una idea fabulosa, fabulosa, papá, dijo Miles con entusiasmo: comida sana, sin abonos sintéticos, vida sencilla, gente sencilla... y salvar la belleza del pueblo comprando casas para rescatarlas del mal gusto y de la pretensión que estaban deformando algo tan puro, tan prístino, él se figuraba el deleite que podría ser tocar la flauta, una mañana de sol, desde la última bífora de la torre de la iglesia... o encuclillado junto al río, sí, que comprara, aunque mamá no vaya yo voy a ir... ya iremos con Irene:

—¿Quién es Irene?

—Una chica amiga. Te gustará.

—¿Enamorado?

—¡Qué anticuado eres, papá. Hace cosas interesantes.

—¿Qué?

—Joyas... yo a veces se las dibujo. Pero las hacemos más que nada con cosas viejas que encontramos en Portobello o donde sea... vieras qué bonitas y originales son, se las pagan a precio de oro en una boutique que tiene la exclusiva...

La última vez que vi a Miles andaba de sandalias, con el pelo rubio en una coleta, un anillo de oro en una oreja, un bolsón marroquí colgando del hombro y los rudimentos de una barba rubia como la de un vikingo deformándole la cara. Me lo imaginé en Dors, y compararlo con Bartolo, hijo; podía ser divertido verlo transitar por estas calles. En todo caso, ahora, parecía muy intensamente preocupado por la necesidad de la vida sencilla, que estaba harto de Londres, dijo —no, Barcelona es Londres pero de peor calidad y provinciano, es lo mismo, estoy harto con las grandes ciudades—, quería una vida sencilla, silencio, naturaleza, donde nadie se fijara en él... Dors, con sus trajes planchados y corbatas de los domingos, me lo imaginé paseándose por el puente con los demás jóvenes un domingo por la mañana. Quedamos, en todo caso, que a partir de mañana, o desde pasado para darse tiempo, tendría en el Banco Central de Dors una gruesa cuenta, para que comprara inmediatamente una casa para mí, y una casa para... bueno, al salir de la telefónica, flanqueado ahora por los dos paletos ufanos, para que comprara una casa para mí, y quizás la grande, la con las escalinatas dobles y la gran entrada, para... bueno, para mi hijo Miles. Bartolomé me preguntó:

—¿Tiene hijos?

—Sí. Dos.

—Yo uno. ¡Me da unos problemas!

Y el secretario:

—No sabía que era casado, usted.

—Bueno, divorciado hace mucho tiempo.

Las caras volvieron a helarse. Aclaré:

—Es inglesa, ella: somos muy buenos amigos.

Un gesto de aclaramiento y de alivio hicieron ambos:

—Ah, inglesa.

Al día siguiente no había llegado nada al banco, pero al subsiguiente sí, entonces, inmediatamente compré las dos casas, ante el deleite del secretario y de Bartolo, y en la tarde, en La Flor del Ebro el mozo me felicitó, y me felicitó la dueña de la Fonda, y me felicitó la telefonista, ya que la noticia se había esparcido por todo el pueblo cuando, inmediatamente después de haber firmado las escrituras, fui a la telefónica a llamar por teléfono a Luisa.

Cuando se lo dije, ella también me felicitó. Pero la noté desanimada, triste por teléfono.

—¿Qué te pasa?

—Lidia.

—¿Qué le pasa a Lidia?

Era su hija.

—Intento de suicidio.

—¿Intento de suicidio? ¿Cómo?

—No sabes la semana que ha sido ésta.

—¿Qué pasó?

—Yo no lo sabía, pero durante las vacaciones, en Sotogrande, se enamoró de uno del equipo de polo argentino, de los que juegan con su marido, y éste, claro, se divirtió durante el verano, y después, adiós, no me acuerdo de ti... una de esas cosas totalmente banales, pero Lidia no estaba preparada para una cosa así, el mundo en que había vivido...

El cansado lidiar con los hijos que a uno le roban la vida: Lidia había abandonado a su madre a los quince años, cuando supo que tenía amores conmigo, y se fue a vivir a Madrid con su padre, polero y golfista, y se casó con un hombre como su padre, polero y golfista, en un mundo aparentemente muy libre pero todavía atado de pies y manos a los viejos prejuicios y a las viejas necesidades. Luego, el argentino clásico, guapeton, un *flirt* que ella creyó que era más... y zas, suicidio. Banal. Banal. Pero eso sólo lo hacía más triste. Y Lidia se había desilusionado del mundo de su marido y de su padre, y había acudido, de nuevo, después de ocho años, junto a su madre. Luisa dijo:

—Tengo miedo de que pase de nuevo.

—¿Por qué?

—Me lo prometió.

—No puedes dejarla sola, entonces.

—No. ¿Por qué?

—Bueno, me hubiera gustado que vinieras este fin de semana a Dors si no tienes nada mejor que hacer...

—Figúrate si estoy como para programas.

—Claro...

—Espera... espera... Lidia me está diciendo algo... Esperé. Luego la voz de Luisa:

—Dice Lidia que le gustaría verte.

—¿A mí?

Yo había sido el enemigo público número uno hacía ocho años.

—Sí.

—¿Por qué no vienen juntas, entonces, a pasar el fin de semana?

Luisa habló con su hija.

—Dice que bueno...

—Adviértele que la Fonda no es una maravilla...

—No importa, dice...

—¿Después de Sotogrande y Marbella y todo eso...?

—Justamente, por eso...

—Te necesito, Luisa: aquí me he comprado estos dos caserones, sabes, y no tengo idea qué hacer con ellos, cómo refaccionarlos, y por lo menos el mío urge, el otro no, y me tienes que ayudar, sin ti estoy perdido, completamente perdido, y I'm sure they are going to swindle me si tú no vigilas las cosas...

Quedamos en que vendrían el fin de semana, y como Lidia tenía ganas de descansar y no oír ruido, sobre todo no oír ruido, que se quedarían quizás toda la semana: hoy era jueves, mañana viernes ella arreglaría todos sus asuntos y partirían de Barcelona el sábado por la mañana para llegar a almorzar. ¿Podía reservarles dos habitaciones?

Lo hice, en la Fonda. Fuera de la mía, había sólo una más que daba a la terracita sobre el río. La otra disponible, era pequeña y con sólo una ventana alta, sobre la calle. ¡En fin!, dije. Que Lidia durmiera allí, tendría más independencia. Pero cuando por fin llegaron el sábado a la hora de almorzar, me di cuenta de que Lidia no estaba dispuesta a transar en nada, y que Luisa, por primera vez acosada por un sentimiento de culpabilidad, cedía y cedía y cedía, porque quería conservar a su hija, expiar qué sé yo qué culpa.

Vi por primera vez a Lidia —insisto que fue por primera vez aunque es verdad que alguna vez, como dicen los viejos, tuve a esta hija de mi prima en los brazos cuando era una niñita— bajo el arco del puente, saliendo hacia el puente, y con la mano horizontal para taparse el sol, miraba el paisaje, miraba todo. Estaba sola, con la cabellera oscura al viento, larga, y el vestido, igualmente largo, pero atrevidamente abierto a un lado hasta el muslo, muy suelto, muy pálido, agitado igualmente en el viento: al comienzo me pareció una figura medieval, totalmente de acuerdo con el ambiente del puente y el pueblo, una peregrina como el Santiago que decoraba la frente de la entrada al pueblo, con su largo vestido hecho como de retazos, como de parches de tela muy pálida que alguien, por pobreza, hubiera juntado. Luego, claro, vi que en la mano tenía unas gafas de sol, enormes, ultramodernas, pensé instantáneamente que terriblemente caras, y de pronto, esa figura del medioevo accedió al presente, y la vi en los campos de polo de Sotogrande, o bailando donde Pepe Moreno en Marbella, o con los anteojos calados mirando la blancura enceguecedora de algún pueblo andaluz encalado, bajo un sol azul, con algún jinete de esos que salen en el cine y que yo hacía años que no veía: con el pelo muy bien peinado, y con un elegante y discreto pañuelo asomándose en el cuello de la camisa entreabierta. Cuando se puso los anteojos, de tinte color humo morado, más oscuros arriba, más pálidos abajo, ya no era la figura de la peregrina vestida con un traje de parches, que hacía penitencia, sino una elegante señora joven con el rostro casi completamente cubierto por los grandes anteojos.

Luisa acudió para presentarnos, allí mismo, en el viento sobre el puente, vi que lo hacía ansiosamente, sin su aplomo de siempre, como si deseara de tal manera que todo anduviera bien, y tenía tan poca esperanza de que las cosas no fueran de otra manera que siniestras, que carecía totalmente de seguridad. Lidia me dio la mano —yo iba a besarla— pero no me sonrió siquiera, no con tristeza sino con indiferencia, como si nada le importara, como si fuera inútil, además de imposible comunicarse con nadie ni con nada, sola, ella, sola en su hábito de peregrina medieval, distinta a nosotros, suspendida en la naturaleza de otro siglo distinto al nuestro. No me dijo nada. Caminaba por el puente hacia la Fonda entre nosotros dos, y Luisa, contrario a su costumbre, hablaba demasiado, aterrorizada que algo fuera a pasar, la catástrofe del silencio, del silencio que podía conducir a la confidencia, al recuerdo del dolor, a cualquier cosa en que peligrara su hija. En la Fonda, dijo que le daba lo mismo cualquier habitación. Pero Luisa insistió de tal manera que tomara la habitación junto a la mía, la habitación buena con vista sobre el puente y sobre el río, que mientras el fondero esperaba que nos pusiéramos de acuerdo, y con un acento de hostilidad, dijo por fin Lidia:

—¿Pero que no tienen amores, ustedes dos? ¿No quieren dormir uno al lado del otro?

—Cállate...

—Calla...

—No es verdad...

La cara del fondero se había oscurecido, lleno de ira, como si lo hubieran engañado, como si esta gente distinguida cuyo patrocinio por sobre los del hotel, él tenía, de pronto, con la declaración de Lidia, se habían transformado en personas non-garatas, en gente que engañaba, que vivía una superchería, porque para él, primitivo como era, la «gente distinguida», debía ser también distinguida desde el punto de vista moral y totalmente intachable. Entonces, como tomando el asunto definitivamente en sus manos, y como diciendo «en mi casa hay que tener honra», tomó la maleta de Lidia y la llevó al cuarto contiguo al mío, y la maleta de Luisa al cuarto que daba a la calle. Al servirnos el almuerzo, el fondero no nos dirigió la palabra, y de alguna manera la conversación entre Luisa y yo —Lidia se mantuvo aparte, hojeando el *Hola* mientras comía en silencio— tenía un carácter de inseguridad histérica: las casas que había comprado, para mí, para Diana, qué ganas de verlas, ya habíamos hablado con Bartolomé y el secretario para ir a verlas juntos a las tres y media de la tarde, nos encontraríamos a la puerta de mi casa a las tres y media, sí, sí, sin duda, sin falta. Cuando terminamos de almorzar, Luisa, con su sonrisa más seductora, le dijo a su hija:

—¿Vamos?

—No. Yo me quedo.

—¿No quieres ir a ver la casa fascinante que se compró tu tío?

—No. Quizás más tarde, u otro día...

Luisa no se podía conformar, aunque yo le hubiera dicho que la dejara en su cerrazón hostil:

—¿Pero cómo no te va a dar curiosidad ver el pueblo, Lidia, tú misma querías venir...?

—Eso fue ayer... ahora me da lo mismo. Adiós.

El fondero presenció este diálogo, y al ver su cara desaprobatoria y frailuna, Luisa se sintió con la obligación de dar cierta explicación, o algo que explicara algo de la hostilidad de su hija:

—Ha estado enferma.

—Ah... pobre.

Pero el fondero no entendía nada. Y se negó a entender este tipo de relación entre padres e hijos que no terminaran con una buena zurra. Lidia se fue a su cuarto y nosotros salimos, remontando lentamente para hacer hora, hasta mi casa: quería contarme, contarme todo, la culpabilidad, la inestabilidad que sentía, el dolor de su hija, el desengaño de todo y de todos, la elección, ahora, del mundo suyo pero la sensación de que no tenía ningún mundo que ofrecerle, donde guarecerse: al fin y al cabo, ella no tenía ni siquiera una casa propia, alquilaba un piso, lo amoblaba, vivía en él un mes, unos meses, un año, y luego lo vendía o lo alquilaba amoblado y bellamente decorado. Nada. Todo transitorio, todo momentáneo, y ella, Lidia, quería algo definitivo, un punto de referencia: se había casado a los dieciocho años, una cría apenas, y ahora, a los veintidós, con la vida terminada y sin creer en nada y educada para no hacer nada.

Llegamos a mi casa. Luisa se extasió de tal manera con la fachada, con la vista desde la solana que dominaba casi 360 grados de horizonte montañoso pero lejano y amplio, que olvidó diciendo cómo reharía el interior, todos sus problemas; una sala grande, sí, una enorme sala comedor-biblioteca justo debajo de la solana, que dominara el pueblo entero, y la curva entera del río. Era perfecto, y más arriba la solana, como un patio o un salón cubierto para el verano, y este tabique tirarlo, y cambiar estas vigas, y aquí la cocina, y aquí otro baño, no, mejor conservar las vigas de madera en el baño, que fuera limpio, aséptico, cómodo... estaba entusiasmada, tanto que no se acordaba, después, en qué momento Bartolomé se había agregado a la comitiva, y le estaba dando direcciones, conserve esta hornacina, conserve este arco de yeso, limpiar el estuco de la parte baja de la fachada...

—Pero si es para sostener y darle seguridad.

—No importa, se le dará de otra manera, veremos...

En fin, había que comenzar por limpiarlo todo, y vi que se estableció una corriente de simpatía, de entendimiento entre Luisa y Bartolomé, el gordo, el feo, y al salir de la casa prometió que esa tarde misma sus hombres tirarían los tabiques indicados para ver el espacio o los espacios esenciales con que habría que trabajar, y comenzar desde allí, después de limpiarlo todo.

Abajo, al cerrar la puerta, nos encontramos con Lidia que subía lentamente. Cuando estuvo cerca, nos dimos cuenta que estaba muy alterada: era como una antena, que cualquier cosa la alteraba, cualquier viento podía quebrarla. Ahora, evidentemente, venía trizada de alguna manera:

—Es el colmo... —dijo.

Preguntamos:

—¿Qué pasa?

—Este pueblo tranquilo, maravilloso... ¡Cómo lo han estropeado!

—Pero no tanto como otros, me parece, Lidia.

—En fin, mamá, en los otros se nota menos porque están emputecidos desde hace años con el asunto de la pandereta y el flamenco. Pero este pueblo duro, hosco, de piedra, sin paredes encaladas y sin nada más que su presencia de piedra, las cosas que han hecho son verdaderos insultos... el balcón en la plaza... criminal... criminal... debían meter en la cárcel a quien lo hizo y a quien lo permitió hacer... estos paletos ignorantes y brutos, debían matarlos a todos...

Bartolomé la escuchó hasta ahí y después dijo:

—Señorita, modere su lenguaje...

Ella preguntó a su madre:

—¿Quién es éste?

—Soy el constructor.

—¿Usted? ¿Usted es el culpable de todas esas fachadas monstruosas? Debían meterlo en la cárcel a usted... paleto bruto, ignorante, que está estropeando la cara de este pueblo divino... Ustedes son los culpables de todo, por unas cuantas perras son capaces de venderle el alma al demonio y...

—Señorita...

—Señora soy, y no se venga a meter aquí.

Luisa, horrorizada, y yo, nos quedamos mudos:

—Lidia...

Luego Bartolomé se dio vuelta hacia nosotros y dijo:

—Me voy. Y no trabajo para ustedes. A ustedes los debían sacar a palos del pueblo de Dors, porque ustedes son la corrupción, la falta total de respeto por el ser humano. Yo no he hecho nada para que esta señora me insulte: no le gustan mis casas, bueno, no se la hago si considera que tengo mal gusto: no me voy a morir de hambre por eso. Usted yo no sé quién será para venir con estos aires por aquí... pero mejor que ande con cuidado, que aquí no nos gusta que nos insulten. Ya saben. Paleto seré, pero mientras yo viva, ni usted, ni ninguno de los suyos va a venir a vivirse aquí...

Y Bartolomé se dio media vuelta, indignado, y bajó casi corriendo y se perdió tras un recodo de la tortuosa calle. Luisa miró a su hija. Muy calmadamente le preguntó:

—¿Tomaste tu remedio después de almuerzo?

—No. Tú lo tienes en tu bolso.

Luisa se puso roja mientras buscaba y decía al mismo tiempo:

—Y tomaste vino de más con el almuerzo, Lidia, sabes muy bien que no hay nada de malo en que bebas, pero cuando estás tomando tranquilizantes, cualquier poquito de vino se potencia... toma, aquí está.

Lidia sacó una cápsula rojiza, echó atrás la cabeza y el pelo, y se la tomó. Después, como si nada hubiera sucedido, dijo:

—Viejo imbécil. Subamos hasta el castillo. Quiero verlo.

Ahí, me enfurecí yo: acababa de hacer una compra importante de una casa que era necesario refaccionar, y he aquí que ella no sólo me había malquistado con el pueblo entero —aunque es cierto que Bartolomé era odiado en todo el pueblo—, pero me había dejado sin un buen constructor que se ocupara de hacer las obras para transformar esa casa medieval en un hogar habitable, como también el de Diana. En todo caso, quedé en un estado bastante perturbado, en que me cayeron como de golpe encima todos mis fracasos y mis equivocaciones —¿o cobardías?— anteriores, y pensé durante un instante, llamar a Luisa y decirle que era inmediatamente necesario meter todas las maletas dentro del coche y partir para siempre de Dors. No, yo quería subir al castillo. Pero quería estar solo, no con Lidia, malcriada, mimada, sofisticada, que nada tenía que ver con la paz que había venido a buscar a Dors, y era su contrapartida. Le dije que no subiera. Que tenía que subir solo y que quería estar tranquilo. Que ella se las arreglara con su madre para subir más tarde.

De pronto, al oír mi rechazo, los ojos de Lidia tomaron una dimensión más de profundidad, y todo su rostro se ablandó y se feminizó, y la juntura entre la mandíbula y el cuello se hizo tierna, y el cuello también tierno, muy joven, muy endeble, muy suave. Hubiera querido que mis manos, antes dispuestas a ahorcarla, hubieran bajado por su cuello para acariciarlo, ese cuello era Luisa joven, era todo lo joven, era La Garriga con su jardín ahora muerto del cual no podía desprenderme, era ese cuerpo que temblaba pensando en el mío, era la vergüenza del mío, ya no joven, ya no dispuesto siempre, ya no emocionante para responder a la emoción del suyo. Le dije a Luisa:

—Voy a hablar con el picapedrero, y quiero ir solo. Nosotros podemos subir juntos al castillo más tarde.

Luisa ya había tomado a su hija del brazo, y me daba la espalda, bajando por la callejuela: era como si la quisiera ayudar a mantenerse completa, a no desmoronarse, convaleciente, frágil, vulnerable: su espalda desenfadadamente disfrazada de peregrina estaba combada, y su mano caída a su lado, dejó caer, por falta de voluntad y presión, el cigarrillo. Yo subí lentamente, tranquilamente, como quien busca respirar aire más puro. De pronto se había derrumbado todo el proyecto de Dors, y me vi, peregrino, buscando otro refugio que no fuera este que, al cabo de un par de semanas, se había llegado a fundir conmigo y al transitar por esas callejuelas, como ahora, al subir las escalas y escalinatas y callejones tortuosos, era como transitar por mi propio interior, por mí mismo transformado en un abandonado pueblo de piedra al cual era necesario infundirle nueva vida. Pero Lidia también transitaba por mi interior, y lo hacía destructiva y desesperadamente; y la posibilidad de huir de Dors porque ella lo estaba envenenando, era, también, como huir de mí mismo, y dejar mi propio cuerpo vacío para que se pudriera solo en el recodo de un río: y no podía ser.

Lo necesario, ahora, era hablar con el picapedrero: recuerdo su rostro envejecido por el polvillo blanquizo, y me encontré preguntándome a mí mismo qué rostro tendría, cómo era su rostro verdadero debajo de esa máscara de payaso blanco, de Pierrot Lunaire. Al acercarme a la iglesia, fui escuchando los golpes del martillo en el cincel y en la piedra, que se hacían más precisos y sonoros a medida que me acercaba, como un llamado, a la oración, a la meditación, al mandala, al ojo que me miraba desde el medio de la frente. Empujé la puerta de la iglesia, pero no, la gran nave de piedra gris-dorada no era el sitio de la oración: la oración venía de otra parte, de detrás de la pequeña puerta abierta en el muro de piedra provisional. Empujé. En el rincón más alejado estaba mi amigo Salvador, inclinado sobre un bloque de piedra, cincel y martillo en mano. Me di cuenta que sabía que había llegado, pero no detuvo sus golpes, y yo me acerqué más y más: estaba tallando una gárgola, intensa, agudamente concentrado, como si quisiera arrancar desde el interior del bloque de piedra la figura que siempre estuvo allí. Pero parece que mi presencia silenciosa junto a él lo perturbó, porque los golpes fueron menos certeros, y menos fuertes, y menos seguidos, y poco a poco las manos fueron dejando de trabajar. Entonces Salvador me saludó diciendo:

—Ya sé a qué viene.

Me extrañó oírlo.

—Ya sé que se pelearon con Bartolomé. Cuidado, tiene muy mala leche y puede ser peligroso.

Me reí.

—No, no se ría. Las cosas son como son, y si él y el secretario lo quieren, bueno, le pueden hacer la vida insoportable en este pueblo. Váyase, váyase usted y sus amigos antes que sea demasiado tarde.

Era casi como si me implorara, y le pregunté:

—Pero usted ha estado dando una batalla, ¿no?

—¿Yo, batalla? No. Una batalla dentro de mí, no fuera. ¿Qué saco? Soy pobre, no tengo fuerzas que me ayuden... y el secretario y Bartolomé hacen lo que se les antoja. Bartolomé... en fin, hace sus negocios y allá él. Pero el secretario: él tiene toda la fuerza y toda la presión, y claro, al lado de mi casa estuvieron criando cerdos, que está prohibido, y la peste no dejaba vivir a los vecinos, pero con un cerdito de regalo para el secretario, cuando es temporada, se hace la vista gorda y no hay protesta de vecinos que valga... No, no, váyase...

La protesta de Salvador me pareció decepcionantemente trivial, y el mago que estaba haciendo surgir desde el fondo de la piedra la figura esencial que desde siempre encerraba, se transformó en un banal vecino de pueblo a quien molestaban las moscas y los olores desagradables. Esto mismo, supongo, me hizo resistir a su llamado a partir, a abandonar Dors cuando recién estaba naciendo dentro de mí y considerar que sus miedos eran pueblerinos y triviales comparados con mis esperanzas civilizadoras y esclarecedoras. Sonreí y le dije simplemente que Bartolomé había rechazado la posibilidad de hacerse cargo de las refacciones de nuestras casas. Que se hiciera cargo él, que tenía más discernimiento y más gusto y no estaba vendido al mal gusto imperante, como Bartolomé, ni vendido a la sociedad de consumo, que era lo que yo había tratado de evitar viniéndome a vivir a Dors.

—No creo que la ira de Bartolomé le dure mucho. Él ve que ustedes son gentes de calidad y educación, además de dinero...

Yo me reí con lo del dinero.

—... y no va a estar mucho tiempo peleado con ustedes. Él no puede tolerar que alguien tenga algo que él no tiene: si él tiene un 800, y otro se compra un 800, él lo vende para comprarse uno mejor. No va a dejar que otros sean amigos de ustedes y de los que salen en los diarios, y él no... pierda cuidado que Bartolomé le hará su casa.

—Pero yo no quiero que me la haga, Salvador. No quiero. Quiero que usted me haga la mía y la de Diana.

—¿Usted se da cuenta de que con esto me echaría como enemigo mortal para siempre al cacique máximo del pueblo?

Si usted lo dice.

Lo pensó un rato. Y dijo:

—No importa, como ya estoy mal con él, no importa nada. Muy bien, entonces le damos la batalla...

Luisa había subido a encontrarse conmigo y me dijo que había dejado a Lidia en el hotel, leyendo en la terraza que daba al río. Y los tres —más tranquila ahora Lidia—, Luisa, Salvador y yo, salimos a ver las casas, y durante tres o cuatro horas, cubiertos de polvo, telarañas y suciedad, olvidamos completamente nuestra existencia, empeñados en la fascinante tarea de reconstruir una casa, de recrear algo vivo partiendo de una ruina, de la imaginación jugando con muros que bajan y espacios y posibilidades armando algo, creando. Al final, cubiertos de telarañas, fuimos a ver cuatro casas pequeñísimas, de propiedad de Salvador, en todo lo alto de la colina, que éste le vendió a Luisa por diez mil pesetas. Y nos despedimos.

Abajo, en la plaza, en La Flor del Ebro, cuando Luisa y yo bajamos antes de cenar a tomarnos una copa, el mozo nos encontró sonriente, y dijo a Luisa:

—La felicito por su hija.

Luisa no sabía por qué. Dijo el mozo:

—Bartolomé está furioso, indignado, y anda diciendo que los va a echar a todos del pueblo. Con la Guardia Civil. Él y el secretario andan como gallinas con la cabeza cortada... y la gente del pueblo está feliz con su hija, porque todos lo odiamos, que es el hombre más malo de la región.

—Más malo pero todos le creen y lo siguen y lo emplean y le compran...

—Es que nadie nos ha enseñado más, ni ha habido otra posibilidad...

Nos acostamos temprano, cansados. A la mañana siguiente nos juntamos con Salvador, que había podido reunir una cuadrilla de ocho obreros y paletas jóvenes, incluso le había levantado dos a Bartolomé y se relamía pensando en qué cara iba a poner, y en cómo lo iba a perseguir, para poner en marcha las tres casas, la mía —con preferencia—, la de Diana y la de Luisa. Bartolomé desapareció del pueblo, o por lo menos no se los vio ni a él ni al secretario durante un buen tiempo, y pasamos una semana entera tumbando paredes y midiendo y haciendo planes, cubiertos de mugre y felices; sobre todo, sorprendentemente, Luisa, que decía que no sabía por qué había comprado esa casa, que era una tontería, pero que algo la había impulsado, que ella como yo se había enamorado de Dors, y aunque creía poco probable que jamás viniera más de dos o tres veces al año a su casa en Dors —estaba la mía, que estaría abierta, y no le valdría entonces la pena abrir la suya— iba a gastar poco en ella, en arreglarla y alhajarla, pero ese poco era un poco que no tenía.

Lidia, mientras tanto, no había vuelto a salir de su cuarto y la terraza junto a su cuarto, en la Fonda. Comía en su habitación, y andaba todo el día con una chilaba blanca y el pelo cayéndole en cascadas oscuras por la espalda. Leía mucho, no sabía yo muy bien qué, y durante los momentos que estábamos juntos casi no hablaba.

Luisa me contó la banal historia de su hija: la rechazó a ella cuando tenía quince años al ver que tenía amores conmigo, y se fue a vivir con su padre, *comme il faut*, rico, guapo, buen jinete, católico, en Madrid. Allí hizo vida de niña pera madrileña y se casó en cuanto pudo, a los dieciocho años, y fue una de esas señoras que salen en las revistas, con un piso perfecto, con un guardarropa perfecto, y divirtiéndose mucho, ese primer período de *boîtes*, de viajes, de yates, de seguridad total y absoluta en su marido, insatisfactorio como hombre —como macho y como productor de ternura—, seguridad que se quebró cuando, en Sotogrande, conoció a un polero argentino que jugaba con su marido, y en una noche se derrumbó todo el edificio de su felicidad conyugal postiza: se enamoró de la belleza y de la seguridad real de Carlos Míguez, locamente, y eso se lo dijo —demasiado pronto— a su marido, que la rechazó, y la abandonó. Míguez hizo otro tanto, pues no estaba dispuesto a ensillarse con una mujer divorciada, sobre todo teniendo en Buenos Aires a su esposa estanciera, que si era una *bas blue* insoportable, era también la dueña de los millones estancieros que le permitían jugar al polo y viajar.

—Sabés, Lidia, no puedo... y los chicos...

La excusa de siempre. Los chicos, los niños: por suerte no los tenía ni quería tenerlos, y esto, de pronto se dio cuenta, le daba una enorme libertad. Su marido le puso un piso en Madrid, se separaron, ella dejó de usar el apellido de su marido, su padre volvió a mantenerla como si fuera una chica soltera, y a los veinte años se embarcó en una carrera de *sleeping aroud* en Madrid: ya no la clase cerrada, sino la clase abierta, las reputaciones un poco sucias o francamente manchadas, y ella dispuesta a irse más o menos con seguridad, con un hombre durante un tiempo y con otro hombre otro, sin enamorarse, hasta que ya no se trataba de tiempo, sino que de semanas, simplemente de días en que se acostaba con uno tras otro y tras otro, incansablemente: la sociedad que había dejado se diferenciaba poquísimo de la que ahora frecuentaba, con la diferencia de que había más extranjeros y era menos aburrida, pero los hombres eran todos iguales, y algo se fue gastando y muriendo dentro de ella para siempre, para siempre. Hasta que, hacía un mes, después de una fiesta en que se emborrachó bastante y varios señores la pretendieron, sabiéndola fácil, despertó en la mañana en el cuarto de un hotel desconocido. Le dolía la cabeza y recordó la fiesta de anoche y la repulsión que le causaban todos los hombres que en ella conoció, o la cortejaron. Estaba sola en la cama, pero, se dio cuenta en la oscuridad de la mañana bulliciosa de la calle de pisos abajo repleta de coches, que había dormido con alguien. Y dijo a Luisa:

—... Y entonces, de repente, oí que la ducha caía en el cuarto de baño y que había alguien, un hombre en la ducha, que canturreaba algo, no me acuerdo qué, pero cantaba... y no podía acordarme, mamá, con quién había pasado la noche, quién sería, quién, quién, y comencé a llorar y llorar, y a rogar al cielo o a quien fuera que no fuera a ser ese venezolano insoportable que al bailar me respiraba fuerte en la oreja, y con olor a colonia cara que me había cansado tanto ya como olor siempre igual... que no fuera el venezolano, que no fuera...

Y cuando fue, entonces ya no pudo más, y Lidia hizo sus maletas y se metió en un avión y se vino a Barcelona a ver a su madre con quien había cortado toda comunicación durante cinco años, desde que comenzó a ponerse de novia con Martín, su marido; y entonces le pareció que era necesario cortar todas las amarras con una madre pecaminosa, que había caído definitivamente a otra clase social, que trabajaba, que tenía mala fama, que se la veía con pintores, psicoanalistas, escritores, artistas de cine, y una cantidad de gente bastante divertida siempre que uno tuviera gente como uno para comentar a esa gente. Pero ahora, claro, ella era como su madre, y no quería que la mantuvieran ni su padre, ni su marido, ni su abuela paterna, ni nadie, nadie... quería descansar, descansar, sin que nadie se metiera en su vida ni le preguntara cosas, sólo que la mantuvieran hasta que se pusiera en pie, y olvidara ese último, asqueroso venezolano con sus corbatas caras y sus zapatos que rechinaban, y entonces haría algo... quién sabe qué, no sé qué, mamá, nunca se me había ocurrido plantearme el problema de «hacer» nada, fuera de ir a fiestas, fuera de tener hijos y criarlos muy bien, educarlos con gran finura... esas cosas, pero no, no tengo hijos ni los voy a tener jamás, jamás, lo único es que después del psiquiatra al que me llevaste y las píldoras éstas que me dio, me siento muy bien, pero dejo de tomar las píldoras y el venezolano avanza desde la oscuridad y se me para enfrente, desnudo, como salió de la ducha, con sus grandes bigotes negros, y al ver que yo estaba despierta se inclinó sobre la cama para darme un beso, y en ese momento, en ese momento justo, que siempre había estado ahí esperándome, listo, dispuesto, en ese momento irrefrenablemente le mordí la nariz y creo que le debo haber sacado un pedazo, tan violento fue mi mordisco, y él me azotó y me azotó y a mí no me gusta que me azoten; y entonces Lidia se vino donde su madre a Barcelona, con un *nervous breakdown*: ya no podía más, no podía más, y había pasado la semana donde un psiquiatra que le decía y le decía que debía buscar otra vida, otro enfoque, pero ella estaba todavía demasiado herida, demasiado frágil para tomar ninguna iniciativa, de esto hacía no más de quince días, y quería descansar, que nadie le pidiera nada, que nadie le insinuara nada, sólo descanso, y entonces claro, Luisa pensó que nada como Dors para descansar, nada como este pueblo, estas piedras, esta gente sencilla para aplacar su dolor. Pero no...

Esa semana pasó entre carpinteros, presupuestos, planos dibujados en las servilletas de papel de La Flor del Ebro, entre conversaciones y discusiones con Salvador, y vi crecer entre él y Luisa una curiosa relación, un compañerismo, una suficiencia de pareja, una admiración mutua que me excluía, un encontrarse por casualidad todo el día con una certeza sólo calificable como digna de admiración. El precio de los clavos, la pintura mate o el blanqueado, el despejar la fachada y quitarle el estuco blanquizco y celeste para dejar al descubierto la bella piedra rosada y ocre y gris, el volver agotada, veía yo que la rejuvenecían y que la defendían de cualquier otra preocupación o relación, ya que su relación con Salvador se transformó en algo exclusivo. Sin embargo respetó las prioridades, y Salvador, con su cuadrilla de ocho, se comprometieron a refaccionar las tres casas durante ese invierno —había posibilidades de que al regresar los quintos anteriores a los que partieron después de las fogatas de San Juan sus filas aumentaran con tres o cuatro mozalbetes más—, pero la mía tenía prioridad. Salvador y ella eran los que decidían todo, consultándome a mí en las líneas generales, y ya, tirando tabiques (nos ayuda a esto Lidia con un combo) y tomando medidas pasamos la semana entera.

Pero Lidia no salía del hotel. Se pasaba el día entero como un ánima, en la terraza de su cuarto en la Fonda, con dos gatos con que había hecho amistad ronroneándole sobre las rodillas, y una cesta de fruta en el suelo. Tiraba las cáscaras de las peras y los duraznos al agua del río, lo que me parecía sucio y desordenado, y no leía nada, como me había parecido al principio, sino sólo hojeaba y leía las revistas, pues mandaba a comprar todas las revistas que salían, las revistas femeninas y corrientes, de las que en una semana ya se hizo una gran pila junto a su silla de mimbre en la terraza. Yo tenía la impresión de que las leía y las hojeaba una y otra vez, que no era más que una excusa para no hacer nada, para no comprometerse con nada, una defensa, algo que le impidiera pensar y mirar, porque rara vez miraba, incluso, el paisaje, o la gente que pasaba por el puente para entrar al pueblo: en la tarde, en el puente, antes que se agotara la luz del día, las parejas de muchachos y muchachas solían pasearse por el puente, adosado contra el gastado parapeto de piedra, y miraban y saludaban a sus amigos. Muchas veces, estando yo en la sección de terraza frente a mi cuarto, sin hablar con Lidia, que me rechazaba, como me había rechazado a sus quince años y ni siquiera alzaba la vista cuando entraba, yo veía pasar la gente por el puente, y muchas veces saludaba, a Salvador, al mozo del café con su novia, al secretario, al dueño del estanco donde se vendían los diarios, al cartero, todos ya amigos, caras conocidas, y que, me imaginaba, poco a poco irían entrando en mi intimidad, mientras que durante el invierno que me proponía pasar en esa habitación, de la Fonda, vigilando las obras de las tres casas hasta que su reconstrucción quedara completa, y yo pudiera trasladarme entero a mi habitación. Mientras tanto, avanzarían las otras, y yo iría buscando una sirvienta que me acomodara, me iría haciendo amigo de la gente de la villa, explorándolos y tentándolos, y sobre todo, tratando de dominarlos en una forma de convencerlos de que yo y Luisa y Salvador teníamos razón, que rejuvenecer el pueblo era restaurarlo a su antiguo esplendor de piedra, y no cubrir las fachadas con cementos y estucos de color, que eso no era más que una horterada, digna de paletos ignorantes. Ahora, debía ser cauto, debía tener cuidado, era todo un interesante trabajo de dominación, de doblegar voluntades, de ejercer el poder, a ver si tenía o no carisma, a ver si mi sabiduría y gusto eran capaces de penetrar la dura capa de orgullo e ignorancia pueblerinos y convencerlos que yo llevaba la verdad, y quien estuviera de mi parte y contra Bartolomé y lo que significaba llegaría a la salvación. Una mística. ¿Podría infundirles el valor de una mística, a estos campesinos burdos que sólo buscaban la comida del día siguiente, y porque buscaban *sólo* la del día siguiente y no sabían proyectarse ni agrandar sus conceptos, destruían la esperanza de cosas mayores? Tal vez no.

En la tarde, sentados en La Flor del Ebro, lo discutíamos incansablemente con Luisa. Que sí, que sí, decía ella: después del fiasco de mi intervención pública en el caso de la pintura informalista, había quedado no sólo asqueado, sino vacío: aquí, entonces, estaba mi razón de ser y mi nuevo yo, proyectado hacia fuera, hacia la construcción o lo constructivo, hacia este pueblo que había que salvar y civilizar en nombre de la estética, que era también, de cierta manera, argumentaba Luisa, una ética. Aquí, decía, mi labor estaba completamente fuera de la vil tarea de hacer dinero. Aquí, era sólo cuestión de un ideal, de enamoramiento con un sitio, de un puente y de un castillo, que había que preservar. Hablar con la gente —el pueblo era suficientemente pequeño como para pronto conocer más o menos a todos los personajes—, quizás dar una charla en público, predicar con el ejemplo... la tarea era maravillosa, apostólica, era volcarse enteramente hacia fuera y además, insertarse en forma completa dentro de una vida comunitaria, comprender y respetar pero no doblegarse a ella sino enaltecer, una forma de vida primitiva, todavía no tocada.

Esta conversación tuvo lugar la tarde antes de la partida de Luisa y Lidia, antes de su regreso a Barcelona. La luz estaba notable en la plaza, madura y transparente, una luz débilmente dorada que hacía que la Fonda y la lonja, incluso el Café La Flor del Ebro parecieran adquirir la piel de un durazno maduro, listo para ser cogido. El mozo, que nos sirvió más alegremente que de costumbre, nos dijo que nos tendría una sorpresa cuando bajáramos a tomar el café después de la cena. Luisa dijo que sin duda se trataba de su compromiso matrimonial, que pregonaba por doquier, y cuya novia conocimos a los pocos días de estar en Dors, presentada oficial y pomposamente. Tal vez, pensó Luisa, tenía en su maletín algo, alguna cosa, alguna chacharacha sin valor que regalarle a la chica, ya que el mozo se había mostrado siempre amistoso y alegre con nosotros, dándonos preferencia, y quizás un gesto así, totalmente gratuito —creía tener un par de pendientes de abalorios muy bonitos que aún no había estrenado y que quizás jamás estrenaría—, podía, en realidad y más que cualquier gesto interesado, ganarnos como en una elección, no sólo al mozo, que ya estaba ganado, sino a toda la familia de la novia por ejemplo, y a sectores por el momento sumergidos en el anonimato de la población de la villa, pero que en último término podían resultarnos útiles.

Al entrar en mi cuarto, me dirigí a las ventanas para abrirlas, y gozar de lo que quedaba de luz en la tarde que tan ilustremente moría sobre las viejas piedras blasonadas del puente y de los bastiones del castillo. Pero no lo hice, y silenciosamente abrí la puerta. Allí estaba Lidia, de blanco, con los gatos apretados contra su pecho, pero no echada, como de costumbre en su tumbona, sino, esta vez, reclinada sobre la balaustrada de la terraza. No tenía la vista perdida: sus ojos, claros, transparentes, como llenos de agua, estaban fijos, fijos en una línea recta que iba a otros ojos, negros, que la miraban desde el puente, y contestaban a su mirada. Tuve la tremenda sensación, en esa luz dorada, lavada por el agua del río y refrescada por las hojas de los plátanos de la otra ribera, que me había metido, casualmente, dentro de una escena de vergonzosa intimidad, que había sorprendido una escena tan privada, a la cual yo no debía tener acceso, no podía tener entrada, que debía retirarme inmediatamente: los ojos que tenían clavados los ojos de Lidia eran los del hombre gato-negro, de regreso en el pueblo, que con su camisa insignificante y celeste, paseaba por el puente, con la seguridad que le daban sus músculos perfectamente armonizados. Quise retroceder: mi presencia estaba de más. Quise irme, pero Lidia me llamó sin dar vuelta la cabeza para acusar de que me había sentido salir a la terraza, y me preguntó quién era, sin siquiera saludarme antes. Dije:

—No sé.

—¿Es de aquí?

—No.

—¿Cómo sabes que no es de aquí si no sabes quién es?

Tartamudeé un poco al contestarle que en fin, que lo había visto una vez, hacía unos quince días, vagar por el pueblo, pero que me parecía imposible pensar que volviera.

—¿Pero quién *es*?

—Te digo que no sé.

Se quedó mirando el puente de nuevo. Ahora no me fui, solamente retrocedí, disimulando mi presencia un poco, y no me fui porque sentí una especie de impudicia en Lidia y el gato negro, como si el hecho de que yo los viera mirarse, así, con esa intimidad tan descarnada, de modo que mi presencia misma, mi cuerpo mismo, no tuviera absolutamente ninguna importancia y en nada pudiera modificar, mi pobre cuerpo ineficaz ante lo que hacía la juventud, esa relación que se iba entablando. El hombre, ahora, se reclinó sobre el gastado parapeto, con las manos cruzadas ante él, mirando directamente a Lidia, que había dejado escapar a los gatos, y mordía, en cambio, una gran manzana amarilla.

No quise presenciar el final de la escena, y poco a poco me fui replegando hasta mi habitación, para no ver algo que, sin duda, y a esa distancia, se iba a transformar en algo obsceno, procaz. Encerrado en mi cuarto, lavándome y arreglándome para bajar a comer, me figuré qué sé yo qué groseras escenas de sensualidad, efectuadas entre esos dos y a esa distancia: ¿Lidia había sacado un pecho, pequeño, frágil, perfecto y se lo había enseñado desde su balcón, ambos excitados ante la posibilidad de que otras personas pudieran pasar y verlo? ¿Y cómo había contestado él, qué en él había respondido al gesto de ella? Todo era carne, todo el aire de la tarde había tenido la calidad de la piel, de la carne de Lidia, suavemente dorada, y ahora venía la noche abundante de su pelo, y yo había estado acariciando esa piel, y ahora tendría licencia para, en la oscuridad y en privado, acariciar la cabellera pública de la noche, no la cabellera privada, particular de Lidia, que se reservaba para ese hombre. ¿Qué sabía él de La Garriga, que era donde Lidia había nacido? ¿Del parque, de las amplias habitaciones vacías o llenas de trastos bajo la mansarda, de las Venus y los Apolos accidentados, rotos, llenos de musgo, en que Luisa y yo cuando éramos niños, con un séquito de primos que eran la comparsa que entonces nos mentían una seguridad, un contexto imperdible, pintábamos vello púbico a las estatuas? El tiempo había borrado nuestros desacatos, debidamente castigados por las autoridades de entonces —quizás la mademoiselle de francés, o quizás sería el año que tuvimos una miss de inglés—, pero la intimidad persistía. Lidia, me contó Luisa, al llegar a Barcelona, había querido visitar, primero que nada, La Garriga, y fue en el corto trayecto en coche guiado por Luisa, que madre e hija hicieron las paces, se reconciliaron: Lidia, le dijo que la había abandonado porque a los quince años la había pensado una puta; y que ahora volvía a ella porque ahora ella era una puta, para vivir o subsistir juntas, y quería ver esa casa donde nació, cuando, recordaba, no había necesidad ninguna de las actitudes extremas de ahora, que nos impulsa a los extremos, mamá, a mí no me gusta tanto acostarme con hombres todo el tiempo, quisiera no tener que hacerlo, pero algo me impulsa, debo ser frígida, me imagino y por eso lo hago. ¿No dicen los psiquiatras que por eso lo hacen las ninfómanas? Ninfómana: en La Garriga, cuando ella nació, cuando se servía el té bajo el castaño del jardín y los niños andaban almidonados, y las muñecas eran de loza, no de plástico y tenían rostros diferenciados, no todos iguales como dibujados por el gusto vulgar de María Pascual, no había necesidad de extremos, nunca más, no conocer a nadie que me llevara a ningún extremo, nunca más. ¿No podemos comprar La Garriga, tener criados como se tenían antes, tener muchos hijos y primos que mintieran una seguridad, un mundo en microcosmos que nos enseñaran a vivir? Mamá, ¿tú eres ninfómana? No, no lo eres, ya lo sé, nunca has hecho lo que yo. Mi psiquiatra en Madrid, cuando acudí a él porque iba rodando de una cama en otra y no encontraba satisfacción en ninguna, me dijo que no, que no existían las ninfómanas, que mi educación... mi falta de educación... mi vida vacía y frívola... el deseo de vengarme... el odio al argentino que no me quiso... hacer algo... hacer algo, tener un mundo mío, distinto al de mi marido, distinto al tuyo, mamá, pero mi relación de dependencia ha sido inculcada desde pequeñita, mamá, no me digas que no, que yo no tengo derecho a depender, que he sido hecha para depender y para que alguien se haga cargo de mí... sí, sí, mamá. Los hombres son mejores que las mujeres... oh, no en el sentido sexual solamente; sí, sí también busqué experiencias sexuales con mujeres, pero pronto me aburrieron, no estoy hecha para eso y lo siento porque sería tanto más fácil, pero los hombres son mejores porque saben que ellos no pueden depender de nada ni de nadie. ¿No es verdad, mamá? Recuerdo cuando iba al psiquiatra en Madrid, un chico de ocho años esperaba a tener una sesión con el psiquiatra que compartía el estudio con el mío. Quise hacerme amiga y le pregunté qué iba a ser cuando grande. Y él me respondió, que algo, no sabía todavía pero algo muy importante, que lo iba a saber en cuanto le hicieran su psicotest vocacional... sí, no te rías, mamá: a los hombres les hacen psicotest vocacionales, a nosotras no, sólo nos preguntan si somos ninfómanas o no y nada más, y cómo funcionamos en la cama y si llegamos al orgasmo vaginal o al orgasmo clitórico solamente, y uno no tiene más remedio que mirar hacia atrás, hacia los tés en las sillas de mimbre bajo los castaños de La Garriga, cuando todo era seguro y cuando todavía no habíamos comenzado a pintarle vello púbico a las estatuas del parque. Ahora, decía Lidia, me dijo Luisa, soñaba con volver a La Garriga, a vivir, quizás para siempre, pero no, La Garriga se tenía que vender, el parque se tenía que transformar en una urbanización que estrujara cada palmo de terreno para que nosotros, los que jugábamos allí cuando éramos pequeños, no nos muriéramos de hambre. Ya Luisa me dijo que los planos, los proyectos de la urbanización en el parque, estaban casi completos, que ya iba a caer algo de plata, ella lo sabía de muy buena tinta, que el viaje con Lidia le había servido para eso y darse cuenta, a través del administrador, de cómo iban las cosas, si bien o mal, y creía, me dijo en la mesa de La Flor del Ebro donde estábamos tomando café después de cenar, que ella y Lidia iban a partir a la mañana siguiente y volvería, ella por lo menos si alcanzaba a dejar enrielada a Lidia en algo durante esta semana, esperaba que con buenas noticias económicas. Hicimos sonar nuestras copas de cognac sobre nuestro café, brindando por el fin definitivo de La Garriga, y toda la pesada carga de recuerdos, de inhabilidades conectadas con ella.

Vi que el hombre aquel, el gato negro, salía del arco del puente y se encaminaba directamente hacia nosotros a través de la plaza, como si algo hubiera terminado y estuviera dispuesto a iniciar algo nuevo, y para eso era necesario interpelarnos a nosotros, a Luisa y a mí, directamente, saludándonos. Pero no nos saludó. Se sentó justamente en la mesa al lado de la nuestra y pidió también un café con un cognac, saludando amistosamente al mozo, con el cual, cuando trajeron el café y el brandy, comenzó a cuchichear. Después de un rato, el mozo le preguntó:

—¿Les contamos, entonces?

El hombre-gato negó con la cabeza: no, que no nos contara todavía. Pero el mozo se sirvió una copa de cognac para sí mismo, la golpeó contra la de su amigo, la alzó en nuestra dirección y nosotros la alzamos en dirección a la suya y brindamos. Luisa preguntó:

—¿Por qué estamos brindando?

El mozo respondió.

—Bruno no me deja decir nada todavía.

Bruno. Se llamaba Bruno: negro. Éste dijo:

—Después, en un rato más...

Su castellano era perfecto, aunque con un dejo andaluz y bastante acento italiano. Cuando se cambió a nuestra mesa, dijo que en efecto era italiano, pero que había trabajado en un restorán en Torremolinos —cuando Torremolinos era Torremolinos de veras, no como ahora, que no era más que una ordinariez, un horror: había ido, estado tres días, y se había vuelto, asqueado—, pero ya no volvería más. Estaba harto de Italia y había venido a España creyendo encontrar todavía algo de terreno virgen, algo de oportunidad, pero nada, y mañana partía de nuevo, en la mañana, rumbo a Italia a buscar las cosas por otro lado. ¿Qué edad tenía, me pregunté, para andar a la deriva como andaba Bruno? Quizás treinta y ocho, treinta y siete, quizás cuarenta años, por lo menos, a esta luz y así de cerca. Lo había creído más joven desde lejos, pero no, las arrugas en torno a sus ojos peludos no eran sólo las arrugas del deportista, del hombre acostumbrado a estar en contacto perpetuo con el mar y el viento, sino arrugas más inciertas, más sutiles, arrugas que no afirman sino que niegan el carácter, que no afirman la carne sino que la desprenden y comienzan a hacerla caer. Sin embargo su fino rostro italiano, tan perfectamente hecho y terminado aun en su tosquedad, su falta de grasa, sus músculos precisos bajo la tela de su camisa eran impresionantes. ¿Por qué andaba a la deriva? Dijo:

—No me gusta la España de ahora, me gusta la de antes.

A nosotros también: la de antes, la de La Garriga, la del Ensanche. Pero a él sólo «le gustaba», como un plato delicioso para que un gourmet se lo devorara; y esto daba a su relación con una España demasiado global, un tono de frivolidad, que lo dejaba afuera de España; nosotros, en cambio, nos gustaba la España de antes pero también la odiábamos, y por eso éramos sus prisioneros. Él se iba. Nosotros no podíamos irnos, aunque se urbanizara el parque de castaños de La Garriga. Hablamos de Cinecittá, donde él había trabajado durante varios años haciendo pequeños papeles —nombró algunos roles en algunas películas importantes, pero eran roles tan insignificantes que tuvimos que mentir que nos acordábamos pero no nos acordábamos nada— y que Cinecittá ya no era lo de hacía diez o quince años. Nada era como hace diez o quince años. Yo pensé para mí mismo: ni tú mismo, mi viejo, sobre todo tú, tú mismo —y yo, yo mismo, aunque menos, tengo más recursos— ya no eres lo que hace quince años y eras joven. Dijo:

—Bueno. Me voy. Quiero llegar a dormir a Barcelona esta noche.

Y se puso de pie para despedirse. En el momento en que iba subiendo a su coche —tenía la capota baja— y con la puerta abierta, Lidia, con su larga chilaba blanca, y el pelo recogido, y largos zarcillos tintineantes, salió de la Fonda y se dirigió hacia nuestra mesa. No se sentó, pero se quedó mirando al hombre que cerró en ese momento el coche y ponía en marcha el motor.

—¿Quién es?— preguntó.

—Bruno —dijimos Luisa, yo y el mozo al unísono.

—¿Y se va?

El coche reculó: Luisa, yo y el mozo le hicimos señas de despedida con las manos y el coche salió por la carretera del puente. Lidia no se despidió. El mozo dijo:

—Pero va a volver.

Todos lo miramos sorprendidos. Lidia le preguntó:

—¿Mañana?

El mozo respondió:

—No. El año que viene.

Le preguntamos cómo sabía, los turistas siempre dicen que regresarán y no regresan nunca, eso no lo sabía él, el mozo, porque no estaba acostumbrado al turismo, pero un hombre de la clase de Bruno no, no vuelve nunca, dice que vuelve y no vuelve. Pero el mozo insistió:

—Volverá.

Nos reímos y nos burlamos de su insistencia, declarando que era una ingenuidad, hasta que Lidia animada, quizás para sonsacarle la verdad, también se dedicó a *le taquiner*, llamándolo bonachonamente paleto, ignorante, acusándolo de que se había enamorado de Bruno, lo que no le gustó al mozo y dijo:

—Señorita... esas cosas no se usan por aquí...

Y como Lidia siguiera embromándolo con lo mismo, el mozo largó la verdad:

—¿Ven esa casa del frente, esa que yo les ofrecí a ustedes, aquí en la plaza, y que dijeron que no les gustaba porque aunque era muy bonita, no tenía vista? Bueno, esa casa es mía, es decir, de mi madre y mis tíos, y yo se la acabo de vender notarialmente a Bruno: doscientas mil pesetas... es decir, cien mil, y quedamos como socios.

Preguntamos todos a coro, socios de qué.

—Socios para un bar, un restorán. Posiblemente una discoteca. El año que viene, en la primavera, dijo, comenzaríamos a trabajar, y entonces, si funciona bien en el verano, bueno, entonces en otoño me puedo comprar el piso y me puedo casar...

Estábamos anonadados. Esto era el fin de todo. Torremolinos, Cinecittá, todo fracasado, todo pasado de moda, se venía a instalar aquí en Dors, en el pueblo más remoto del mundo, con su místico castillo de Calatrava coronando la colina para todos los siglos, como símbolo de lo eterno: Montsegur. Este hombre, sin embargo, símbolo de lo transitorio, de lo pasajero, de lo que la burguesía pone de moda un día y desinfla el otro, esta víctima que quería vengarse del paso del tiempo que lo iba dejando atrás, iba a venir, quizás con una corte de secuaces, todos como él, que cortarían de raíz la realidad ancestral de la vida de Dors, e instalarían en esta paz recoleta, discotecas y ruidos, y la chabacanería de lo que es ordinario y así se hace, quizás porque se tiene la conciencia de que durará poco y entonces para qué construir nada de calidad si se sabe que todo esto, todo lo que uno hace, será obsoleto dentro de cuatro, cinco, seis años, no más, y entonces la gente querrá otras cosas que ahora se desconocen, y mientras tanto, vamos con las cosas suplantables, como los seres humanos en el lecho de Bruno, sin duda, un ser humano igual al otro, consumir, consumir y nada más, y las cáscaras quedaban tiradas en el suelo; y nuestro bello sueño de paz y tranquilidad quedó completamente destrozado.

Claro que era necesario hacer algo. Salvador, quizás, ayudaría. Dijo el mozo que el secretario y Bartolomé habían servido de testigos de la venta y que Bartolomé ayudaría a refaccionar la casa o lo que de ella fuera necesario refaccionar. Que pensaban hacer propaganda... en la carretera a Valencia, esto quedaba a 35 kilómetros y por lo tanto, si se anunciaba el Onassis, que así se llamaría la discoteca y restorán, bueno, entonces sin duda atraería mucha gente al pueblo. Sería un bello restorán, muy típico, dijo Bruno, que entendía en esas cosas y él no, y seguramente traería cantantes y espectáculos, si es que la cosa se ponía de moda en la región, y comenzaba a venir gente desde Tortosa, Gandesa, Mora, Tivisa y Falset, además de la gente de la carretera. Además, dijo, arreglaría el primer piso para huéspedes, y auque Bruno le propuso arreglar el primer piso para él y para su mujer, ella no quiso, ella quería un piso moderno en la carretera, pequeño, fácil de manejar ella sola con su mamá, no un piso en estas casas enormes, de habitaciones inmensas, que jamás se terminaban de limpiar.

Lidia escuchó todo el sueño del mozo de La Flor del Ebro en silencio completo. Cuando terminó de hablar y nos despedimos, y fuimos al puente los tres juntos para gozar de la brisa en la noche cálida, anonadados en el silencio, y nos acodamos en el parapeto, entonces dijo:

—Estaba aquí cuando lo vi.

Luisa preguntó:

—¿Quién?

—Bruno.

No entendió nada porque estaba demasiado preocupada. Y hablábamos y hablábamos, diciendo que no quedaba más que una solución: traer más y más gente a Dors, pero gente elegida por nosotros que respondiera al gusto de nosotros y a la manera de vivir de nosotros, colonizar Dors con gente más o menos prominente, más o menos famosa, con poder, de modo que no siguieran estropeando el pueblo, y de modo que, eventualmente, una junta de vecinos, todos con buen gusto y todos buscando la tranquilidad, pudiéramos hacerle frente a los destrozos que un Bartolomé podía hacerle a Dors, y a la fuerza de él, jefe de los ignorantes caciques, sino también hacerle frente a la influencia maléfica de un Bruno, que traería la «civilización», el turismo, que como un espejismo dorado y maravilloso, veían para el pueblo los que no «venían de vuelta» como nosotros, que justamente lo que no queríamos, de lo que huíamos, eran «el turismo» y la «civilización», cuando está mal o insuficientemente entendida y no es más que una forma de sacrificarlo todo a las demandas horripilantes de una sociedad de consumo que quiere consumir más y más porque todavía no ha llegado a su plenitud, y envidiosamente contemplan el «progreso» de otros sitios que han progresado más. Dijo Lidia:

—Mamá...

—¿Hija?

—Me quiero quedar aquí.

—¿Cómo?

—Bueno, hasta la semana próxima.

—Por qué...

—No sé. ¿No dices tú misma que estamos gozando de la última época de paz en un pueblo maravilloso como éste? Bueno, quisiera gozarla de veras... sola... no conozco ni el castillo, y siento como si la iglesia, o el castillo, contuvieran alguna respuesta o una solución para mis problemas... quisiera quedarme. Él me puede cuidar...

Me señaló a mí. Era la primera vez que se refería a mí.

—... puede preocuparse de que yo esté contenta, que no esté sola... me gustaría ver la casa que compraste, mamá, no sé por qué no antes... puede preocuparse de que tome mis remedios a la hora que debo, y no pasarme para no quedar como un estropajo colgado en la baranda del balcón de la Fonda como he estado todos estos días... y no tengo ganas de separarme de los gatos, que a mí me gustan, sólo unos perros enormes, terribles, unos perros negros con ojos amarillos que a él le gustaba que ladraran en la noche y no me dejaban dormir, no gatos; y quiero quedarme con los gatos. ¿Te importa, mamá?

No, no le importaba, siempre que Lidia prometiera obedecerme y portarse bien, y no beber cognac y vino

cuando tomaba tranquilizantes —y que no dejara de to-
mársclos—, ya sabía cómo podía llegar a ponerse.

Comenzó entonces, esa curiosa, terrible semana.
¿Cómo ganármela? No se trataba sólo de seducirla, lo
que carecía de importancia inmediata. Era otra cosa: ¿cómo hacer para que me viera de otro modo, no como el
«tío» que la cuida, no como el ser mayor responsable de
su bienestar físico y moral, sino otra cosa... cómo hacer
que de alguna manera me diera entrada? Era difícil. Demasiado desconocimiento, por un lado, demasiada confianza, por otro. ¿Cómo hacer, o fabricar entre ella y yo
una relación parecida a la que vi existía entre ella y Bruno, aun sin conocerse, y que no era sensualidad pura sino
otra cosa, parte sensualidad, parte reconocimiento anterior, parte atracción e interés?, al fin y al cabo, no era tanto más joven que yo. ¿Ocho, seis años? De cerca, ya lo dije, su rostro parecía surcado y viejo: seis años menos,
cuando mucho. Cuarenta y un años. No era tan joven. Y
sin embargo... sentado allí en la terraza después que partió
Luisa, con nuestros libros sobre las rodillas, y ella con sus
gatos, yo buscaba formas, fórmulas, armas con que derribar ese muro tremendo que nos separaba, que no era un
muro hostil, sino que era un muro de años, de falta de interés, una sensación de que me consideraba no como un
hombre, sino como un familiar, y que yo no le producía
absolutamente ningún interés en ningún sentido. ¿Y era
amor lo que yo quería de ella? No. No. Era un reconocimiento, nada más, reaceptación dentro de un círculo en-
cantado cuyo contorno era aún desconocido para mí.

Le pregunté:

—¿Has leído esto?

Ella dio vuelta la página de su revista. Miró:

—No. Leo poco.

—Es muy interesante.

—¿Qué es?

—Levy-Bruhl.

—Ah, pasamos toda una tarde con mamá tratando de encontrar ese libro para traértelo.

—Sí. Me hacía falta.

—¿Por qué?

—Para explicarme, de alguna manera, mi relación con Dors.

Ella se rió, mordiendo una manzana.

—¿Y para qué quieres explicarte? ¿No te basta la relación?

—No.

—A mí me bastaría.

—Pero esto puede ayudarme a profundizar esa relación.

Ella bostezó. De alguna manera había que ganarla.

—¿Has oído hablar de la participación mística?

—No.

—¿Y del alma selvática?

—No.

—De alguna manera me parece que he encontrado en Dors mi alma selvática. En los pueblos primitivos se creía que parte del alma de un hombre podía habitar un objeto, un árbol, por ejemplo, o una piedra, y que la vida de ese hombre estaba profundamente ligada a ese objeto, árbol, piedra, casa, animal, lo que sea; que una parte de él en el fondo *era* ese árbol, piedra, casa, animal, y comparte con él el mismo destino, y poseen una misma alma y una misma voz; y cualquier daño que le suceda a ese objeto que encarna su alma selvática es un daño que siente el hombre mismo, cualquiera vejación que se le hace a la piedra o al árbol, es una vejación al individuo: tenemos, juntos, una participación mística...

—¿Puede ser una participación mística con dos cosas?

—Sí, o con muchas. El alma primitiva carece de unidad y se confunde con su contorno, con las cosas.

—Entonces mis almas selváticas son estos gatos.

Y rió. ¿No entendía? ¿No le interesaba? ¿Cómo interesarla?

—Hay mucha gente que pasa la vida buscando su alma selvática y son desgraciados porque no encuentran ese trozo suyo, perdido. Yo, al llegar a Dors, siento que Dors, este pueblo, estas calles, el castillo y la iglesia, son mi alma selvática, por decirlo así, son yo, una parte mía que andaba perdida y que por fin he encontrado. Me siento tan unido a este pueblo que irme, alejarme de él, me da terror... me da terror de que algo le pase, y muchas veces, caminando por sus calles, siento como si los payeses, los tenderos, ustedes mismas, estuvieran pisando un trozo de mi cuerpo, y las calles estuvieran trazadas en mi interior.

Lidia había dejado caer la revista. Por lo menos algo, me dije. Y apretaba los gatitos. Miraba el puente, vacío a esta hora de un lunes por la mañana, y su mirada flotaba, como si volara sobre una rama, a punto de descender sobre ella y pararse. Había que seguir. Jamás he sido un seductor profesional, de los que sabiamente saben graduar el progreso de su galanteo para tomar la presa, y no sabía por dónde seguir. Dejé caer mi cara sobre mis manos con mis brazos acodados en las rodillas. Casi gemí diciendo, aterrado, a la vez, ante la verdad de lo que iba improvisando.

—Pero no he llegado al final. He encontrado este pueblo, es cierto, y su participación mística en mi alma existe, pero algo en él, algo esencial en él se me evade, se me esconde, y el matrimonio místico no se puede efectuar. Es como si mi esencia se me hurtara y me he quedado aquí porque quiero cobrar su esencia, quiero participar en ella.

Sentí su mano acariciando mi nuca. Mi superchería —¿era superchería?— estaba dando resultados. Se acercaba. Antes había sido pensamiento puro y ella, claro, como un ser también primitivo, no sabía pensar en abstracto; sin embargo ahora, cuando había aparecido la emoción, la habituación histórica de generaciones de mujeres durante milenios la había hecho caer: la emoción es más fácil que el pensamiento. Y su mano había acariciado mi nuca. Sentí que los gatos, quizás celosos, saltaron de su falda y se pusieron a juguetear blanda, agresivamente en un rincón. Dejé pasar un momento en silencio. Ella retiró la mano. Entonces levanté la cara hacia el castillo que coronaba el pueblo.

—Como el castillo, por ejemplo.

—¿Qué pasa con el castillo?

—No se puede entrar.

—¿Por qué?

—Está prohibido. Hay una sola puerta. Los muros son inexpugnables. La llave la tiene guardada alguien en Madrid, y hay que pasar por una burocracia formidable para conseguir que la dejen, y que den permiso para entrar. Dicen que no permiten la entrada porque hay suelos que no están seguros y existen en el pueblo leyendas de que la gente se ha caído a pozos —recuerdan que los abuelos se lo dijeron a sus nietos, abuelos de los viejos de ahora—, y temen que se desprendan partes de arcos, que caigan piedras, sillares sueltos, qué sé yo. Esa es la excusa. El hecho es que nadie ha entrado...

Al decir esto recordé, fugazmente, dos presencias, vistas una noche, o entrevistas o adivinadas, entre el follaje que puebla el interior del castillo de fantasía, dos formas elásticas, animales... o quizás no haya sido más que un sueño, remotísimo me parecía ahora, esas dos figuras entrevistas desde un campanario, una noche muy clara.

—... nadie ha entrado, y yo siento que nada mío quedará completo hasta que entre al castillo. ¿Sabes?

—¿Qué?

—Una noche, cuando sea noche de luna, vamos a subir a la torre de la iglesia y desde allí vamos a mirar el interior hueco del castillo, las galerías abandonadas, los arcos rotos, las grandes escalinatas crecidas de tomillos y romeros.

Ella batió palmas.

—Sí... sí, vamos: me encantará ir.

—Sería fácil, tal vez, usando influencias de Madrid, gente que conozco en Bellas Artes, conseguir que me presten la llave y me den permiso para entrar. Pero haciéndolo así, de alguna manera, sería siempre quedarse afuera, sería reconocer mi impotencia frente al castillo. Y sería quedarme para siempre sin recobrar la esencia de mi alma selvática. Tengo que hacerlo de otro modo, como una aventura, a través del amor...

—No me vengas con amor.

—En fin, ya sé, ustedes los jóvenes no creen en el amor.

—¿Cómo vamos a creer viéndolos a ustedes y su ejemplo?

—... en fin, el amor c'est une facon de parler...

De alguna manera, al hablarle a Lidia, había dado con el clavo: me había quedado en Dors para entrar al castillo; para entrar de alguna manera muy específica —como habían entrado esos dos esa noche, que ahora, recién, recordaba—, para adueñarme de él y unirme a él. No debía saberlo nunca Luisa, porque llamaría enseguida al director de Bellas Artes y todo se arreglaría en un santiamén, y entonces uno ya sería viejo, autoritario, y ya no tendría entrada al castillo; no sólo eso, sino que anularía el castillo violando su secreto sin, como debía ser y yo quería, incorporarme a él. La magia quedaría rota. Seguí:

—Estoy seguro que toda la gente del pueblo ha entrado al castillo y no lo confiesa. Estoy seguro que tienen un secreto, que lo guardan y no lo revelan a nadie, pero que por alguna antiquísima tradición ellos tienen entrada al castillo, qué sé yo, no todo el tiempo, alguna vez, porque para ellos, como para mí, tienen su alma selvática en el interior del castillo, un árbol, una piedra quizás, que reconocerán: ellos no hablan del asunto entre sí, ellos no planean sus idas y paseos por el interior del castillo, pero van... sí, ellos saben el secreto que yo quisiera tanto saber.

—Pregúntaselo.

Ahora me tocó a mí reírme ante su pragmatismo femenino. Ella se puso colorada al darse cuenta de su simpleza, y me miró por primera vez y dijo:

—No, claro que no...

Y durante un instante sentí que la tenía en mi poder. Era tan joven: era tan fácil adueñarse de ella. Pero, yo lo sabía, era tan difícil, tan imposible, hay algo en el alma de los jóvenes que no cede nunca más que a otros que son como ellos, un lenguaje, una mirada —como la del puente—, una irracionalidad y antiintelectualidad que siempre me dejarían, afuera, atrás, solo. Ahora, por un minuto por lo menos, ahora la tenía, era mía. Le dije:

—Acompáñame.

—¿Dónde...?

—Voy a comprar ropa.

—¿Aquí?

—Sí. Hay que empezar por disfrazarse...

Salimos, ella vestida con su chilaba blanca: la gente se daba vuelta en las calles del pueblo para mirarla. Yo continué:

—Sí, el disfraz es importante. Es también una participación mística. El hombre primitivo se ponía máscara de león para atacar a sus enemigos sobre todo porque quería *ser* león, quería tener la bravura y quería tener la ferocidad del león. Yo, ahora, me voy a disfrazar...

Entramos en una tienda de ropa, oscura, con anaqueles oscuros, con un mostrador antiguo, de principios de siglo, con lunas ovaladas. Pedí un pantalón de pana negra. Y una chaqueta, igualmente de pana negra. Lidia dijo:

—Sí... sí: ahora comprendo; te vas a disfrazar como todos los de tu edad aquí, como los que están arraigados desde siempre aquí, en la tierra, de pana negra, para así adquirir sus poderes y desentrañar el secreto del castillo...

Sonreí. Había entendido, en efecto: estaba entrando en lo que, en la generación de ellos, se conocía como «mi onda». Me probé los pantalones. Ella dijo:

—¡Qué espanto, cómo te quedan!

—Pero es mi número.

—Pero es un espanto. Mira qué anchas las piernas, qué gordo el trasero... si te cuelga...

—Así los llevan ellos. No querrás que a mi edad me ponga blue-jeans, ¿no?, de esos apretaditos que usan los muchachos.

—Claro... así los usan ellos. Te ves un espanto.

—No importa. Me los llevo puestos, señorita.

Salimos y dije:

—Cuando se laven, cuando se encojan, cuando comiencen a perder su brillo azabache, y se vaya poniendo verdosa la pana negra ya exangüe, y como una segunda piel, deja de ser disfraz, forma parte de uno mismo, y hay personas que sólo han tenido un par de pantalones de pana negra y una sola chaqueta de pana negra que les ha servido durante toda, toda su vida... quizás entonces sepan el secreto...

—Sí, pero entonces ya será demasiado tarde.

—¿Para qué?

—Para entrar al castillo.

—No les importará. Lo que ya habrá sido una manera de entrar.

—Pero esos pantalones, no, no, no puedo soportarlos, tan duros, tan tiesos. Vamos a la Fonda y te los lavo, sí, sí, no te hagas de rogar, te los voy a lavar inmediatamente para comenzar a domarlos, ablandarlos, para que formen lo que tú llamas tu verdadero disfraz, de modo que ya no sea ni disfraz...

En la Fonda pidió una palangana, agua caliente, jabón: me hizo sacarme todo, y lo metió todo dentro de la palangana, yo en calzoncillos, ella con las mangas arremangadas, riéndonos, yo echando más agua caliente de una tetera, aterrados ambos de estar estropeando las prendas que acababa de comprar, ella jamás había lavado nada ni cercanamente parecido a esta pana negra, más que algún par de medias, algún par de bragas, alguna blusa muy delicada, de esas que se tienden a secarse en la barra de la cortina de baño, y que da un aspecto de intimidad, de sexualidad a un cuarto de baño de mujer... No, cómo hacerlo, la pana se hinchaba, era pesadísima, desteñía una barbaridad...

—Pero eso es lo que queremos...

—¡Pero tanto!

—Es lo que las lavanderas llaman «la primera agua».

—Ah.

Luego, estrujamos entre los dos y como pudimos la chaqueta y el pantalón y los tendimos en la balaustrada de la terraza. Chorreaba un agua negra.

—Mira, me mojé la chilaba, y se debe haber manchado.

—Cámbiate.

—Sí, salgamos.

En unos minutos más, salimos del brazo de la Fonda. Ella canturreaba algo y se sentía feliz. Le pregunté:

—¿Estás contenta?

—Sí.

—¿Por qué?

—No sé. ¿Por qué la gente como tú tiene que echarlo todo a perder averiguando y analizando? Quiero ver la casa de mi mamá y el castillo...

La llevé a ver las cuatro casas que, como un espolón de piedra, y con arcos en las puertas, Luisa se había comprado con la intención de unirlas.

—Sí, como Dalí en Cadaqués.

—Claro, como Dalí en Cadaqués.

Recorrimos las cuatro casas exiguas, recién limpias, y con los tabiques tirados por el suelo. Examiné ventanas y pisos y desniveles, y dijo que no, que no era la casa que había que demoler para dejar un espacio de patio entre las casas, sino la otra, la de más allá, ella se lo diría a su madre, que no hicieran nada hasta que no llegara su madre... No, no: al contrario, recapituló, que lo hicieran ahora mismo de modo que las cosas fueran totalmente irreversibles y quedaran como ella quería. Subimos a la torre de la iglesia: era el atardecer, esos atardeceres desgarradores de Dors, todo oro, todo plata, todo verde, y el gran anfiteatro de colinas escalonadas de cultivos, y abajo, cerca, en primer plano, los arcos, las bíforas, las escalinatas cubiertas de pastos, las ventanas destruidas desde las cuales colgaban lianas, todo erizado de nidos de golondrinas, todo húmedo, como una selva, creciendo, de algún modo misterioso y como habitado por presencias que no revelaban sus nombres. Estuve a punto de decirle que una noche, aquí, yo vi... sí, yo vi a Bartolomé con Bruno paseándose en esta selva, compartiendo la magia... pero no: era necesario no decir nada, callar, callar, porque de otra manera las posibilidades de entrar algún día disminuían.

Todos los días salíamos un rato, o mucho rato, después a hacer largas excursiones, por los cerros: nos sentábamos bajo un olivo, nos tendíamos en el pasto bajo un avellano, mirábamos, más arriba, los pinos, y cómo se arrugaban como piel de rinoceronte las grises rocas de basalto, como si estuviéramos habitando en el dorso de un inmenso animal dormido. Nosotros, también, a veces dormíamos. Y ella me decía que para ella, también, Dors se estaba transformando en su alma selvática. Quizás, dijo, quizás desde el comienzo mismo, cuando recién llegó, y sin poder contenerse insultó a Bartolomé por haber destrozado de esa manera la belleza del pueblo y estar empeñado en hacerlo. Quizás, dijo, había tomado cartas en el asunto de la casa de su madre porque quería que fuera su casa, su primera casa en toda la vida, aunque sólo tenía veintidós años, no importaba, tenía la sensación de que todo lo vivido antes era falso, que sólo esto, ese castillo sonrosado que veíamos abajo, en su colina, como defendido por el abrazo del río, que sólo este duro pueblo de piedra, sólo esto era su realidad, y lo demás no había dejado ninguna huella en ella.

Una tarde, bajo un avellano, estuvimos hablando largo rato de Luisa, y me preguntó con gran curiosidad y detalle sobre su madre. Ella dijo:

—Casi no la conozco.

—Ni ella a ti.

—Ni ella a mí.

—Pero están muy unidas.

—No tan unida como me siento a ti.

Me di vuelta para mirarla de cerca, y alcé mi cabeza sobre mi mano y mi brazo acodado en el pasto. Ella abrió los ojos, se dio cuenta de que algo pasaba adentro de mí y me dijo:

—No. Eso no. No seas ridículo. ¡Cómo se te ocurre! Pero el hecho de poder decírtelo... no sé... el hecho de poder preguntarte a ti si mi madre tenía verdaderos orgasmos vaginales u orgasmos clitorídeos... el hecho que ambos estemos unidos en el alma selvática que hemos encontrado en Dors... eso sí.

Dejé caer mi cabeza de nuevo sobre el pasto y miré las hojas del avellano, no muy arriba: estábamos como en la última terraza que jalonaba el cerro, como una bandeja de piedra antes de que comenzaran las rugosidades de basalto de la piel del cerro y de los pinos con vello de este animal inmenso, una bandeja que nos sostenía solos, tranquilos, mirando el valle enorme, el río, el pueblo allá abajo. Ahora ella se incorporó sobre su hombro. A través de mis párpados cerrados adiviné su cara.

—Si quieres hacer el amor conmigo, bueno... no me importa.

Abrí los ojos.

—¿Así, fríamente?

—¿De qué otro modo?

—No sé...

—Y no sería fríamente. Te quiero, sí, te quiero mucho...

—Pero no es suficiente.

—Para mí no.

—Para mí tampoco.

—Pero eso es lo que quiero, eso que falta.

Ella se tendió de nuevo, y luego, inmediatamente se puso de pie y me extendió la mano:

—¿Vamos?

Me puse de pie.

—¿Y eso que falta?

—De eso no se habla. Sucede...

—Pero si no se habla no se entiende.

—Y si se entiende se mata.

—Ese es un prejuicio absurdo de ustedes los jóvenes, que si se habla se mata lo central; y no es así, es lo contrario: yo soy un hombre inteligente y tú eres una muchacha inteligente y hay que hablar...

—Sí. Pero de otra manera.

Esa noche, Lidia, desnuda, cuando yo ya había apagado mi luz, abrió mi puerta y se metió en mi cama. Hicimos el amor. Una vez. Entonces ella se puso de pie en la oscuridad para irse.

—No te vayas.

—¿Qué más quieres?

—Que te quedes a pasar la noche conmigo.

—No. Tú no eres mi hombre.

—¿Por qué viniste, entonces?

—¿Por qué voy a limitarme a hacer el amor sólo cuando estoy enamorada, y sólo con mi hombre? No. Hay muchas razones por las que uno quiere hacer el amor, sin necesidad de que tú seas mi hombre y sin necesidad de estar enamorada.

Me quedé en silencio.

—¿Por qué? ¿Por afecto? ¿Por curiosidad? ¿Por identificación con tu madre? Por... compasión... sí...

—Ya estás tratando de analizar.

—¿Por qué no?

Ella se quedó en silencio, desnuda, sentada a los pies de mi cama, y en el chispazo de su fósforo al encender el cigarrillo vi que acariciaba el gato de un modo que no me había jamás acariciado a mí. Vi, también, que pensaba.

—Tienes razón. ¿Por qué no pensar? Es divertido pensar. Nunca antes había pensado: sólo había hecho cosas, seguido impulsos.

—...tropismos...

—¿Qué?

—No importa. Sigue.

—Pensar no en cosas tremendas y complicadas, como tú y tu castillo y tu alma selvática, que no te niego es bastante divertido y por lo tanto bastante convincente. No. Pensar en uno... en mamá, en La Garriga... en cómo sucedieron las cosas con Gerardo, y después con Diego... y después cómo no sucedieron las cosas con todos los demás hasta el agotamiento.

—¿Hasta el *hastío*?

Subrayé la palabra. Ella percibió la ironía. Y se quedó pensando, la vi pensando en la oscuridad.

—No. He visto demasiadas películas sobre el hastío de las señoras elegantes. Eso ya pasó de moda completamente. Es otra onda.

—¿Qué era, entonces?

Se quedó pensando: sí, la vi pensar: por lo menos eso era algo que había hecho sólo para mí, esa parte de ella como parte de su cuerpo, era solamente mía. Respondió después de un rato:

—No sé. Quizás me haya acostado contigo esta noche para saber qué era... tan distinto a esto de esta noche. Tan distinto también a lo que tiene que ser. Adiós.

Y se desvaneció de mi habitación.

Al día siguiente no vi en toda la mañana a Lidia, porque fui a trabajar en mi casa, ya que sentí, al despertar, la necesidad imperiosa de que la terminaran pronto, que no tardaran, quería tener mi refugio, mi castillo propio al cual yo adornaría con mis propios misterios para hacerle frente a aquel otro castillo de imposible escaladura, sólo visto desde afuera. Y a la hora de almuerzo me encontré con Lidia que bajaba de su casa, haciendo tal cual lo que yo había hecho en la mía, urgida por que la terminaran, para instalarse, su casa: en la mesa de La Flor del Ebro hablamos de rasillas y de techos, de vigas, y cómo saber si es-

taban podridas —se comienza a descascarar el blanqueado de pintura, que se pone verdoso y latigudo, ese era el
secreto—, de muebles de obra, de Salvador, sobre todo
habló ella de Salvador, que la intrigaba, ese hombre tan silencioso que parecía saberlo todo, sus pequeños ojos azules, sabios, todo lo que no decía que era una enormidad,
la historia entera de la región, la historia entera de una
época encarnada en su rostro duro, en su hostilidad sin
arrogancia ni violencia, que sólo parecía decir que lo dejaran solo con su odio, que su odio era tan grande que se
podía nutrir de sí mismo y que no necesitaba siquiera
vengarse, y porque era tan grande su odio y tan autosuficiente, su amor también podía ser enorme.

Le dije:

—Estás analizando.

—O imaginando.

—¿No pueden ser lo mismo?

—Supongo.

—¿Te gusta Salvador?

—No. Es viejo.

—Es cuatro años más joven que yo.

Ella no contestó a mi ataque. No quería hablar. Vi,
inmediatamente, que se había acostado anoche conmigo,
más que nada, para dejar atrás una etapa y entrar a otra en
nuestras relaciones, y con respecto a ella misma. Me había
digerido y me había eliminado: ahora yo tenía un lugar preciso en su constelación, me había colocado en un camino
preciso del que no me podía apartar y del que no iba a apar-
tarme porque era el único en el cual yo podía interesarle, y
ella sabía que yo sabía, yo quería seguir interesándole.

Esa noche llegó Luisa. Traía consigo a Patricio de
Bes, su ginecólogo: era un hombre joven y guapo, elegante, mundano, el que recién le había extirpado el pecho
izquierdo y el que, cada tanto tiempo, le hacía los che-
queos para el cáncer. De pronto, al verlo, surgieron en mí
dos preguntas: ¿cómo era posible que, durante todo el

tiempo que estuve en Dors, ni una sola vez recordé que Luisa, mi ex amor, mi amiga de toda la vida, mi prima, mi confidente, mi hermana, había sufrido recién el trauma de una operación dramática, y que durante cinco años —sí, el horrible plazo de cinco años— jamás estaría completamente segura que, al día siguiente, alguna cruel metástasis no se transformaría en tumor en cualquier parte de su cuerpo y el cáncer la mataría. No lo recordé ni una vez: mi pobre, buena alegre amiga. Y dos: ¿cómo era posible que, durante todos estos días que pasé solo en Dors con su hija Lidia, ésta, ni una sola vez, aludió siquiera al hecho de que su madre estaba bajo este peligro? ¿Era tan egoísta como para olvidarlo completamente porque era algo que la molestaba? ¿O era yo siempre un poco sentimental? Pero en un ser tan poco cerebral como Lidia no era imposible que su mente, aterrorizada ante esta posible pérdida, rechazara la idea y la sepultara en el olvido.

En todo caso, Luisa estaba en plena forma. Patricio de Bes recorrió inmediatamente el pueblo con nosotros, se lo mostramos para que lo admirara, para que lo amara, y dijo que sí, que él también se compraría una casa.

Estábamos en la plaza. Vi que Luisa no quería que se comprara nada, por su manera de decirle que sí, que bueno, te buscaremos algo, ya veremos, y qué tipo de casa quieres, dinos y te buscaremos sin falta; y vi que tampoco quería Lidia, y yo tampoco, pero él no se daba cuenta: era encantador, Patricio, con una mujer muy bonita y cuatro hijos de edad de colegio, pero no... ¿qué era? Una vez nos habíamos hecho la misma pregunta respecto a él con Luisa, y ella había dicho: Le falta *pathos*. Le falta *pathos*: por su peso propio no tocaba nunca fondo, no llegaba jamás al fin de sí mismo y de sus experiencias, y siempre se resolvía todo no en tragedia o deleite, sino en alguna especie de felicidad, aunque ésta tuviera el aspecto de insatisfacción: era un hombre con mucha pelea, indeformable, una unidad perfecta, y todos sus devaneos artísticos —había si-

do uno de los grandes compradores de mis cuadros, y tenía
una buena colección de pintores españoles de la escuela informalista— eran lícitos; y sus gustos y juicios, justos; pero
de alguna manera no arraigaban en su personalidad, daba la
impresión de que de sus preferencias se podía desprender a
gusto de modo que lo dejaran actuar perfectamente, y sin
ningún estorbo, en lo que la gente suele llamar «el mundo
de los vivos». ¿Por qué lo rechazábamos? No nos habíamos
puesto de acuerdo, pero sí, lo rechazábamos, o por lo menos momentáneamente lo hacíamos. Dije:

—Mira, Luisa: allá va Bartolomé.

—¿Dónde?

—Al otro lado de la plaza.

—Ah, sí, viene saliendo de la casa de Bruno.

—¿Qué estaría haciendo?

El mozo suministró la explicación:

—Él va a arreglar esa casa. Bruno me escribió, y ya
estamos de acuerdo: él la arreglará.

Todos pusimos el grito en el cielo: ¿qué monstruo-
sidad irá a hacer? Y aquí en la plaza: después del balcón del
secretario, ahora la casa de Bruno, quizás pintada de verde,
en este ambiente de piedra gris-dorada. Luisa me dijo:

—Llámalo.

—Está enfadado.

—Llámalo: ha visto el Mercedes de Patricio, y como no hay nada que lo fascine más que los coches, vendrá... ya verás.

Lo llamé. Y mirándonos, y viendo que de alguna
manera formábamos un grupo de gente un poco distinta
a la gente que habitualmente se veía en Dors, por nuestro
porte y nuestra vestimenta —mi pana negra todavía no estaba seca—, se acercó. Lo saludamos cordialmente, aun Lidia, y lo invitamos a sentarse. Le presentamos a Patricio. El
nombre le era conocido: no sólo el apellido, declaró, sino
más que nada, que él había operado, creía, a la señora del
gobernador de la provincia, la autoridad máxima, que

acudía a él para todos los partos, y había recibido a todos sus hijos. Patricio dijo que sí. Y entonces, muy ufano, invitó a una vuelta de copas en honor del doctor, diciendo:

—Usted sí que debiera comprar casa aquí.

—Yo no quiero otra cosa.

—Pero si eso es muy fácil.

—Pero usted tiene pisos, Bartolomé.

—No: también dos o tres palacios viejos en la colina. Usted es casado y con hijos, ¿no es verdad?

Le contestamos que sí, y que él se debía ir, y nosotros también si queríamos llegar a Barcelona a tiempo, y que le dejábamos el encargo, y él, obsequioso, diciendo que sí, que sin falta, que sería un honor para el pueblo tener una eminencia como el doctor de Bes, que sin duda lo publicarían los diarios de la provincia, que volviera pronto y que era una lástima, verdaderamente, que no se hubieran encontrado antes porque así se hubiera podido ir hoy mismo con una casa comprada.

—Para otra vez será —dijo Patricio.

—Vuelva pronto.

Metimos las maletas de todos en el coche de Patricio, entraron Lidia, sin despedirse de mí, Luisa y Patricio, y partieron, saliendo por el puente. Bartolomé y yo volvimos a sentarnos en La Flor del Ebro. Éste me manifestó que esta era la clase de gente que había que atraer a Dors, el doctor de Bes, con eso se iba el pueblo para arriba. Después dejó un silencio: era evidente que nosotros, Luisa y Diana y yo no le parecíamos suficiente. Se lo dije a ver cómo reaccionaba. No le costó nada reaccionar.

—Ustedes son medio artistas, y los artistas son peligrosos, y la gente, aun el cura, está comenzando a asustarse. Esto se lo digo sin mala intención. Por ejemplo. Usted es divorciado. La señora de Noyá es divorciada. Su hija es divorciada. ¿Y cómo es posible que su ex señora vaya a venir aquí, a vivir en el mismo pueblo que usted, estando divorciados?

Le dije que éramos muy buenos amigos, y que además de tener muchos gustos en común, teníamos dos hijos que nos unían mucho, y unos nietos muy pequeños —no estaba seguro yo si dos o tres, no sabía si eran mujeres u hombres—, y que nuestra relación no tenía nada de particular. Bartolomé titubeó un poco antes de seguir:

—El cura está descontento. Y la comisión de Cáritas, las señoras, están positivamente aterrorizadas. Y no sin razón, ya ve usted a la chica esa, la Lidia...

—¿Qué tiene de particular Lidia?

—Bueno... no sé: varios chicos lo han dicho: cómo mira, tan insinuante, y luego esa ropa que se pone, esa túnica blanca y a veces parece que no tuviera nada abajo, paseándose por el pueblo a la vista de todos.

—Unas protestan porque se ponen faldas muy cortas... ahora porque son muy largas. Viejas ñoñas... dejen vivir en paz.

Bartolomé se levantó:

—Mi señora es la presidenta de Cáritas. Ella fue la que impulsó la construcción del templo nuevo, aquí abajo en el pueblo, para que la gente no tuviera que subir hasta el castillo a la iglesia todos los domingos... o todas las tardes cuando hay novena. Esa iglesia que usted y los que son como usted tanto desprecian, sí señor, ha sido un adelanto para el pueblo.

—Bueno, entonces: si somos tan despreciables, ¿cómo es posible que el doctor de Bes sea tan amigo de nosotros?

—No será tan amigo cuando quiere casa, y ustedes, que saben qué casas hay y cuántas hay, y cuáles son, y lo saben perfectamente, no le dieron ninguna facilidad ni ninguna ayuda. Apuesto porque es casado, como Dios manda, y a ustedes no les gustan las gentes normales ni las cosas normales. ¡Casas viejas... casas de piedra... inmundas! Fíjese. Para que sepa. ¿Sabe cuál es el gran problema que estoy encontrando para trabajarle la casa a don Bruno?

Me extrañó que ya fuera don Bruno.

—¿Cuál?

—Que a los muchachos, a los obreros jóvenes no les gusta arreglar casas, lo encuentran... bueno, hasta vergonzoso: es casi imposible encontrar gente, y voy a tener que traer, como Salvador, gente de afuera y esto va a costar caro.

—Y también va a cobrar caro.

Lo meditó un rato.

—Al doctor de Bes no.

—¿Y a Bruno?

—Tampoco

—¿Por qué?

—¿No sabe la última novedad?

—No.

—Bueno: ha escrito mucho, al mozo del café y a mí. Y quiere que le derribe todas las divisiones y paredes de la planta baja y del sótano, porque va a poner una discoteca. Sí, será estupendo para el pueblo. Se va a llamar el Onassis.

—¡El Onassis!

—Sí. El Onassis. ¿No le parece buen nombre?

—Sí, sí: muy bueno.

—Y como me voy a asociar con él —vamos a ser tres los socios, él, el mozo del café y yo— no le voy a cobrar caro: al principio hay que proteger la sociedad, y sobre todo que será para el bien del pueblo.

—¿Y qué dice su señora? ¿No está horrorizada?

Bartolomé titubeó apenas un instante.

—No.

Luego de un silencio dijo:

—No todavía. Después, cuando la cosa esté hecha, va a ver, le va a gustar. La Rose Mary no es dura de cabeza. Un poco beata no más, por esto de haber sido cursillistas y todo...

—¿Usted es cursillista...?

—Sí.

¿Y sin embargo... socio de Bruno en una discoteca?

—¿Qué tiene de particular? La expansión de la juventud, todo eso, los bailes, no hay nada de malo en ellos, no creo que sea pecado.

—Y mosén Carmelo, ¿qué dice?

—No sabe todavía. No hay para qué hacer que la voz se corra antes que las cosas estén finiquitadas.

Se paró y se fue: era un nuevo Bartolomé, con proyecciones mucho mayores que las de sus pisos en el Barrio Nuevo, ya que iba a tener una discoteca y que había conocido al doctor de Bes, que había traído al mundo a los cuatro hijos del gobernador de la provincia: vi sus ojos rielando con su sueño de grandeza y de poder, vi su sueño entero, que no llegaba más allá de las más mínimas fronteras, vi su deseo de saltar más allá de su sombra guiado por los modelos de las revistas baratas y de la televisión, el deseo de grandeza, por último, el romanticismo que anidaba en su corazón tan poco noble, tan comprable como era el corazón del rico del pueblo.

El año que siguió a mi instalación en Dors, fue un año de trabajo y de relación: el conocimiento de las raíces más primitivas, y al mismo tiempo más superficiales del pueblo, y la tremenda identificación, no sólo con el pueblo, sino también con el paisaje que, por primera vez en mi vida, encontraba que me penetraba y se adueñaba de mí y formaba parte de mí mismo. Lo que le había dicho, un poco coquetonamente para atraer a Lidia, y refiriéndome a Levy-Bruhl, era verdad: Dors y su contorno se habían constituido en mi alma selvática; mi participación mística era tal, que cualquier ofensa contra él, cualquier enfeamiento era, en suma, un insulto a mí, y yo participaba profundamente con el destino de esas piedras que existían desde tiempos tanto más inmemoriales que yo. Tratar de comunicarse a un nivel más o menos civilizado con esa gente, yo lo sabía, era imposible, imposible totalmente imponerle mis valores, mis juicios, mi manera de vivir. La comunicación, en todo caso, se efectuaba a un nivel de misterio, de participación muda en la misma actividad: Salvador, y algún otro peón, eligiendo las losas para empedrar un suelo, y nuestra emoción paralela al derribar un trozo de la casa, que me sobraba y donde quería hacer un poco de patio, de dos arcos perfectos, romanos —la argamasa que los unía estaba mezclada con trozos de ladrillo, de modo que no cabía duda que fueran de construcción romana— y mi excitación, y su excitación fueron tan paralelas, tan iguales, que nos fuimos a la plaza a celebrar, y con el mozo, y con el dueño nos despachamos varias botas de vino, del bueno, del casero, que hice sacar y convidar a todos los bulliciosos circunstantes. Al pasar por una calle se corría un visillo, y un rostro femenino, viejo o joven, vigilando junto a su mesa camilla, me miraba y luego dejaba caer el velo sobre su intimidad. Las mujeres no existían en Dors: al casarse, se clausuraban como mujeres, y quizás como seres humanos para todo lo que no fuera simplemente el núcleo familiar más próximo. En la plaza, el secretario me presentó a su señora, joven, bella, que soportaba durante un instante el bombardeo de pesadeces, callada, sonriente, pero se iba pronto sin decir nada —haciendo las preguntas más banales: ¿hace tiempo que vive aquí? Y su esposa, ¿cuándo vendrá? ¿Tiene niños? ¿Y su profesión? Ah, era pintor, estará jubilado ya: sí, jubilado, bueno, tengo que ir a preparar la cena, hasta otra vez— y no dejaba ni una huella en el agua de la conversación masculina, como una piedra que cae y ni siquiera deja círculos concéntricos.

Una noche, en la plaza —ya avanzábamos al otoño, y la gente comenzaba a prepararse para las festividades del Pilar, para ir a coger setas a los cerros, para la vendimia, y yo olía con deleite en el aire la transición de una estación a otra, mientras mi casa avanzaba, y la de Diana, y la de Luisa, y la de Patricio de Bes, y la de Bruno—; y Luisa acababa de partir de regreso a Barcelona, después de haberme dado buenas pero vagas noticias y saludos de Lidia, que tenía ganas de venir pero estaba tratando de ubicarse, quizás trabajar, quizás conocer gente e incorporarse a un ambiente; esa noche de domingo vimos pasar a Bartolomé, muy del brazo de una mujer, alta, guapa, mucho más joven que él, vestida a la ultimísima moda, toda brillante y reluciente y nueva, como si fuera uno de esos artefactos eléctricos pulidos, uno de esos autos por los que el corazón de Bartolomé suspiraba. Tuve un choque de sorpresa al darme cuenta que esa, sí, esa belleza era la mujer de Bartolomé y lo comentamos con Luisa, preguntándonos cómo era posible que esa especie de rana vulgar, gritona, prepotente, ambiciosa e inhumana, hubiera podido conquistar a esa presa. Dijo Luisa:

—Aquí, claro, se ve como una belleza radiante...

—En cualquier parte, Luisa...

—Pero tan sin estilo, tan... no vulgar: corriente.

—Es una linda mujer, donde la pongas.

—No en Barcelona. No en nuestro ambiente: quedaría muy paleta, muy mal...

—No sé: mira el largo de las piernas y los brazos, el cuello...

—El cuello, el cuello... tú siempre con el cuello. Bueno, me voy, ya es tarde y no quiero llegar con sueño a Barcelona, que tengo mucho que hacer mañana.

Nos despedimos con un cariñoso beso, dándole yo mensajes para Patricio sobre su casa, y dejándome ella encargos sobre la suya, y claro, la mía y la de Diana, y la de Patricio. Cuando partió el coche, volví a sentarme en el café de la plaza, a escribir cartas y postales: a Diana, contándole cómo iban las casas, y a mi hijo, diciéndole que me viniera a visitar. También a algunas galerías para que me enviaran aquí, a Dors, los cuadros míos no vendidos que les quedaban almacenados. Aparecieron, de nuevo, Bartolomé y su mujer del brazo y endomingados —yo no creía que ya nadie absolutamente nadie se endomingara, y era en el fondo, una de las costumbres más simpáticas y más folclóricas del pueblo—, mirando casi furtivamente hacia mi mesa. Al verme solo, una mano de Bartolomé se alzó en el aire saludándome con una exageración de amistad y de cordialidad, y yo le hice señas que se acercara a mi mesa. Me presentó a su mujer, que sonrió dulcemente, sin decir nada —era evidente que no tenía absolutamente nada que decir adentro de su cabeza estupendamente bien peinada— y ambos se sentaron conmigo. Les hice pedir lo que quisieran y me instalé para comenzar una conversación con Rosa Mary. Le pregunté por su salud, por su familia, sobre qué sabía de su hijo en la mili, y a todo me respondió con monosílabos completamente vacíos, totalmente carentes de contenido, de interés, de emoción. Pero a cada interpelación mía, y después del monosílabo de respuesta, Bartolomé interrumpía, preguntándome sobre el coche nuevo que se había comprado Luisa —un Renault verde—, sobre cuándo vendría el doctor de Bes, sobre nuestras casas... sobre mi casa. Le conté el descubrimiento de los arcos romanos en mi patio, y se rió, diciéndome, usted con sus arcos romanos, aquí todas las casas tienen arcos romanos, eso no vale nada aquí, aquí valen otras cosas. Yo le dije que si quería subíamos a mi casa, habían terminado de poner la electricidad el sábado, y si nos dábamos prisa todavía alcanzaríamos a ver la vista desde mi ventana. Comenzamos a remontar la colina, entre protestas del rico de lo incómodo que era tener que subir tanto, de lo estrechas que eran esas calles sin más pavimento que viejas piedras gastadas por las ruedas de los carros que seguramente rodaron por ellas durante siglos, que por allí no cabría ni siquiera un mal seiscientos, que cómo era posible que gente como nosotros eligiera, por gusto, vivir allí. Pasamos delante de la casa de Luisa. Noté una sonrisa irónica en la boca de Rosa Mary, y como la primera muestra de estar viva, y tener algo adentro, que había mostrado. Le pregunté:

—¿Le gusta?

Ella rió.

—Estas cosas no me gustan.

Le pregunté:

—¿Qué le gusta?

—Me gustaría tener un piso en Tarragona.

—¿Ah, sí? No sabía. Muy bonito Tarragona. El barrio antiguo y los recuerdos romanos...

—Sí, y muy adelantado. Mucho extranjero. Pero me casé y me vine a vivir aquí, y aquí han nacido mis hijos... mis hijas, en realidad sólo tengo un hijo. Bartolomé. Creo que usted lo conoce. Ya están en edad casadera, mis hijas. Nada como el matrimonio...

Yo intervine:

—Claro, cuando se ha tenido una experiencia feliz de él, supongo que no hay nada como el matrimonio. Con comprensión...

Entonces intervino Bartolomé:

—¿Matrimonio feliz? Bah... tontería, la comprensión. Las mujeres no sirven para nada, son una carga. Yo estaría feliz con una máquina lavadora, un hornillo eléctrico y un libro de recetas.

Miré a Rosa Mary a ver si por lo menos se ruborizaba con la grosería de su marido. Pero nada. Sólo el pequeño esbozo de vida que se había insinuado en ella, se apagó repentinamente, como una vela, y durante el resto del paseo, hasta que llegamos a mi casa, de repente decía sí, o no a algo, como si fuera el débil hilo de humo que echa el pabilo de una vela durante unos instantes después que ha sido brutalmente apagada.

Subimos a mi casa. Miramos las habitaciones, la vista desde el salón y biblioteca, desde mi despacho y mi dormitorio, donde se dominaba el valle entero en su plenitud, y parte del castillo. Rosa Mary y Bartolomé se asomaron a una ventana. Ella dijo:

—Muy bonita la vista desde aquí. Lástima que se vean todos estos techos tan viejos y estas calles tan feas...

pero mirando más lejos, es bonita la vista... Mire, allá está la casa de... de esa señora amiga suya que se llama Luisa... Creo que es prima suya, dicen.

—Sí, prima. Pasamos toda la niñez juntos.

—¿Y tiene marido?

—No, es divorciada hace muchos años...

Hubo un momento de silencio incómodo. Luego dijo Rosa Mary:

—Aquí no hay gente divorciada.

—Claro: en España no hay divorcio. Pero ellos se casaron en Francia, y se divorciaron. Como yo, que me casé en Inglaterra y también me divorcié... pero seguimos muy amigos.

Me refería a Diana. Pero Rosa Mary dijo:

—Qué bueno. No hay nada como la familia.

Yo preferí pasar ese punto por encima y no *dwell* sobre él ya que era de opinión diametralmente distinta. Esta gente que vivía tres y cuatro generaciones en la misma casa —como antes, como en los tiempos de los veraneos de La Garriga— me parecía horrible: y ese cascarón vacío de mujer era el resultado de toda esa vida familiar.

Nos separamos de nuevo en la plaza, esperando que me invitaran a cenar, como se hace en la ciudad, pero ya me había dado cuenta de que en el pueblo no existía la vida social como nosotros la comprendemos, sino la vida familiar, los primos, los parientes, los encuentros en la calle, a la salida de la misa, pero jamás la deleitosa comida de a seis, por ejemplo, en que se cultivan las artes civilizadas de la conversación y de la amistad.

El mozo del café era mi gran fuente de información. Tenía el mayor desprecio del mundo por Bartolomé y Rosa Mary: ella, decía, era hija de un heladero de Tarragona, y se daba aires de gran señora y no saludaba a nadie. Sí, todo el dinero era de ella, todo, todo, y Bartolomé, claro, que era trabajador, ganaba dinero con su empresa de construcción y su venta de pisos y de solares, pero la plata era de ella, dijeran lo que dijeran, y provenía del plebeyo origen de una cadena de quioscos de venta de helados —ni siquiera fabricación— que tenía en la costa, desde Tarragona hasta Sitges. No, no era tímida, era orgullosa, y no dejaba que sus hijas, muy guapas por cierto, cuando venían de vacaciones de las monjas de Tarragona, bailaran en los bailes con los muchachos del pueblo, que le parecían poca cosa para juntarse con ellas.

Muchas cosas sucedieron ese año: mi pelea con el secretario y con el alcalde porque tenía financiada una piscina y un frontón, pero no existía en el pueblo vertedero de basura, ni basurero, y era horrible y poco sanitario, el cinturón de inmundicia que crecía día a día, mes a mes, a ojos vistas, alrededor del pueblo. Pero no saqué nada, así eran y así serían, era más importante que Dors, como algunos pueblos más grandes, tuviera piscina y campo de deportes, pero no importaba nada que los olores de la basura vertida en un círculo alrededor del pueblo, se pudriera e invadiera los campos y las calles. Me preguntó el secretario:

—¿No le gustan tanto las cosas pintorescas?

Pero era posible olvidar todo esto, la agresividad, el darme vuelta de la espalda de los caciques y cuchichear entre ellos y tomar determinaciones estéticas sin consultarme —yo les había ofrecido, humildemente porque sabía que no se podía hacer de otra manera, mi consejo, diciendo que si ellos entendían de olivas y de industria y de campo, y jamás trataría de influirlos en ese sentido, yo entendía de estética, porque era mi profesión, porque había viajado y había visto y esto redundaría en el bien del pueblo, que era lo que quería—, era posible olvidar todo esto, digo, porque el amplio pasar de las estaciones, como figuras clásicas, mitológicas, casi totalmente personalizadas con sus rasgos individuales, los hijos y la uva del final del verano, la vendimia de raigambre vieja, mediterránea, la búsqueda de setas en otoño, y el comienzo del invierno, con el frío apretado, que por primera vez experimentaba crudamente y con placer, las matanzas rituales del cerdo en las calles de la villa, cuando se oían al atardecer o de mañana los desesperados chillidos, y la sangre corriendo en el agua de las viejas piedras y los niños y los ancianos participando en la violencia ingenua de este viejo ritual salvaje; y luego las olivas, los árboles cargados, los gitanos que dormían en los portales aunque nevara afuera, entre sus animales y sus hijos y sus harapos, y que ganaban sus jornales y el día de paga se daban unas borracheras con fiesta, armaban un jaleo de palillos y panderetas y flamenco y peleas en este adusto y pedregoso pueblo aragonés mientras duraba la recolección de la oliva; y las tardes se iban haciendo más cortas, y en el invierno el trabajo del exterior, del campo quedaba reducido a un mínimo, nada, todo era puertas adentro, todo, en invierno era junto al hogar y presidido, ahora, por la mujer que se transformaba, brevemente durante el invierno, en reina de potajes, de sopas de ajos, de leña, de garbanzos en sus calderas, en hilandera de destinos y de corrillos mientras hacía —no se entendía cómo tenía tiempo para este pasatiempo con todo el duro trabajo que debía hacer— su trabajo de ganchillo sobre la mesa de camilla colocada junto a los visillos de las ventanas, o mientras miraba incomprensibles películas de otros mundos remotos en la televisión; y soñaba con cosas que no decía y cultivaba y profundizaba su poder, sus prejuicios, sus odios en el círculo confabulado de las otras mujeres a quienes los maridos, como lo dijo Bartolomé, hubieran querido suplantar por máquinas lavadoras, libros de cocina u otros artefactos; mientras ellos jugaban al rematado, con el cura, en La Flor del Ebro, cerrada ahora tras sus cristales, sin mesas en la recova, llena de humo y de pana negra y de alaridos de la televisión en que veían el fútbol y los toros de pasadas fiestas.

Luisa venía de cuando en cuando. Más que nada, supongo, a verme, no a ver su casa, que le interesaba pero no tanto. ¿Cómo estaba, qué hacía? Nada, le decía yo, no hacía nada por primera vez en mi vida, y no hablaba casi con nadie: en el silencio, y viviendo lentamente comenzaba a sentir que mi espíritu renacía. Pensaba —pero eso no se lo quería decir a Luisa— en Lidia, mucho, con dolor de no saber cómo verla, y le preguntaba por ella:

—Bien. Bien. Ha caído un poco con la gente más cliché de Barcelona, pero eso era previsible. Es bonita, son gente sofisticada y libre, y la festejan. No sé si se habrá enamorado. La veo salir mucho, comprar mucha ropa, leer poco o nada. De vez en cuando, eso sí, se acuerda de Dors. A veces, también, no sale: decide no contestar el teléfono y se encierra en la casa y no se viste durante un par de días y es como si se quisiera recuperar, reponer, y es entonces cuando se pregunta más por Dors. Sobre todo, por los gatos famosos esos, que la desesperan... ¿Los has visto?

Le expliqué que ahora dormían en un canasto en un rincón de mi habitación, enrollados el uno sobre el otro, o en una esquina de mi cama matrimonial donde solían trasladarse por la mañana y que yo mismo les daba de comer, carne, leche, y se habían apegado mucho a mí. Uno se llamaba Tàpies. El otro, Cuixart: explicarle a la gente del pueblo, especialmente al fondero, por qué le había puesto estos nombres impronunciables fue una tarea que abandoné pronto. Ahora, en la Fonda, yo ya no comía con los demás parroquianos en el comedor, donde entraban más que nada camioneros de paso, sino en la cocina misma, caliente, olorosa, llena de humos y fragancias y del ir y venir de la fondera y sus ayudantes, en una esquina, cerca del fuego, con los gatos en mis rodillas. Era como si esperara. El silencio que eran mis conversaciones con la fondera, el silencio que era todo, el paisaje desvestido del invierno, y el castillo, silencioso, cerrado, en el cual ya ni siquiera pensaba pero que existía allá arriba —sin iluminación, ahora, que no había ni siquiera la menor esperanza de un mísero turista en una estación baja para toda España, y más baja desde ese punto de vista para Dors—, velando sobre el paso del tiempo.

A veces, eso sí, por ejemplo cuando un domingo en la mañana hacía un sol frío, subía hasta allí para tomar el sol y mirar la transparencia de todo. Recorría, con mis manos, las piedras, y en los sillares veía la marca de los antiguos picapedreros medievales, una estrella de David, una brújula, una cruz, un círculo, una ese, con que contaban los sillares que habían terminado y sobre los cuales cobraban: más que nada, estos signos personales, de estas individualidades sumergidas en el tiempo, de estas vidas oscuras en su tiempo y aún más oscuras ahora, me hacían compañía y eran mis amigos y me daban la mano a través de los siglos. El placer mayor fue comprobar en algunos de los sillares de mi casa, que llevaban también la marca de la brújula, que vi en algunos de los sillares del castillo, y que, de alguna manera, ese mismo picapedrero que había trabajado en el castillo pomposo, había trabajado en el mismo siglo, en mi casa, y aunque ni su nombre ni su rostro ni sus circunstancias me eran conocidos, bueno, era una presencia amiga que me rondaba.

Una vez vino de Barcelona mi hijo Miguel y me dijo:

—Me gusta verte así. Nunca te he visto mejor. No... no quiero comprar una casa. ¿En qué te estás transformando, en un agente de inmobiliaria? No; tú tienes casa y mi madre tiene casa, no veo para qué voy a comprar yo una.

Le expliqué la necesidad de salvar el pueblo. Le expliqué que entregado al «progreso», como ellos lo entendían, estaría destrozado dentro de muy poco, y ya no sería más que otro pueblo como tantos de España:

—Sí, de esos que son todos casas modernas, refaccionadas, sin estilo, sin sentimiento de conjunto, que se enorgullecen de sus innecesarios edificios de cuatro pisos y de sus tiendas de electrodomésticos, pero que en momento de hacer una tarjeta postal, por ejemplo, sacan el único rincón, o la única casa que no han destruido y que, dada la menor ocasión, estarían completamente dispuestos a destruir.

Pero sentí en Miguel un calor hacia mí que no había sentido antes. Era un muchacho serio, un poco solitario: no había heredado ni el encanto, ni la belleza, ni la imaginación de su madre, y yo sabía que la desaprobaba tanto a ella como a mí. Le interesaban las ciencias sociales, hablaba continuamente de Durkheim (¿no sería mejor hacerlo filólogo? Creo que sí, pero la filología no en su relación con la literatura, sino en sí, como ciencia, como disciplina), y se pasaba largas horas solo en su piso, estudiando. Jamás había comprendido mi pintura, y nunca había dejado de decirme que francamente le parecía algo pasajero e insignificante: no sé cuánto de mi reacción contra el medio de Barcelona, contra la escuela informalista, no fue en realidad culpa o resultado de mis conversaciones con mi hijo. A su madre y a Miles no los veía jamás, ni siquiera hablaba por teléfono con ellos ni les escribía más que dos o tres veces al año, cordialmente, amablemente, pero con un dejo de ironía no superior pero sí distante, que no abonaba mayor intimidad ni contacto. Dijo:

—Tendremos a toda la familia reunida en Dors, entonces.

—Tú vendrás poco, me imagino...

—No sé: me gusta esto. Si no emputece rápidamente, no me extrañaría que te viniera a ver más aquí, incluso a pasar temporadas contigo, más que cuando vivíamos a seis cuadras uno del otro en Barcelona.

—Me gusta tu franqueza.

—Eres un hombre más interesante y más íntegro aquí que en Barcelona y con tus colores...

—Si no hago nada...

—Es más honrado que hacer lo que hacías.

Estuve en silencio un momento.

—Nunca te gustó Luisa.

—Jamás pensé en ella.

—Pero el mundo a que me llevó.

—No. En fin, ese era asunto tuyo.

—Sí: era asunto mío.

—Aquí, en todo caso, arréglatelas para que yo tenga en tu casa una buena habitación, con buena luz, y tranquila y sin ruido...

Me reí.

—¡Ruido en Dors!

Entonces se rió él, conmigo esta vez, no de mí.

—No: no habrá ruido. Pero tranquilo. Traería mis libros y pasaría temporadas aquí, acompañándote, y estudiando...

No se lo dije, pero cuando lo vi partir, tan serio, tan tieso, tan solo, sentí una profunda ternura hacia ese niño al que Diana y yo le habíamos robado su niñez y su adolescencia, hasta tal punto que —quizás por reacción a nuestro esteticismo, y a nuestro mundanismo— se vestía, casi vengativamente, a su edad, de cuello y corbata, de traje oscuro, como un notario de provincias, y todo en él era preciso y marcado: en fin, por lo menos no tenía —si bien carecía de sentido del humor— el empaque y la dureza de un profesor o de un notario. Era querible: el pequeño seiscientos, igual a los millones de seiscientos confundidos anónimamente en la ciudad, llevaban a mi hijo, que ahora, ahora que yo era, como él dijo, un *drop-out*, que no estaba en la horrible carrera competitiva, ahora podía quererme y comprenderme y sería una presencia tranquila y benigna que me acompañaría en Dors.

Cuando vino la siguiente vez Luisa, se lo dije, y le dije lo contento que estaba con esta noticia de mi hijo. Las casas estaban casi listas. La mía, especialmente, ya estaba esperando secarse para que le dieran una mano de pintura o dos, y comenzar a instalar los muebles que Luisa había mandado por recadero a Dors. La primavera comenzaba a brotar por todas partes, y en el lecho del río, los berros crecían potentes y frescos, y los chopos enhiestos comenzaban a cubrirse de una pelusilla que al trasluz del atardecer era escarlata, pero que al desplegarse en forma de hojas, irían fabricando el más fresco de los verdes. Pensé que la primavera no me gustaba: demasiados almendros en flor, demasiado cliché por estos lados, como los almendros en flor de alguna película de Jeanette Mac-Donald de mi juventud en una última escena, y un poco pegajosa: pero en fin, corría aire, y si corría aire se secarían pronto las cales de las paredes, y si secaban las paredes se secarían las pinturas; y entonces Luisa me prometió una visita de una semana para ayudarme a instalarme, buscarme criada que se ocupara de mí, decorar mi casa, y las demás cosas en las que una mujer es inevitablemente más ducha que un hombre. Me dijo:

—Traeré a Lidia.

—Me alegro.

—Está mal otra vez.

—¿Qué le pasa?

—Sale demasiado de noche.

—No veo qué tiene eso de particular.

—Tú sabes...

—¿La gente...?

—Sí.

—En fin, no importa.

—Tú sabes lo que te quiero decir. Anda de cama en cama otra vez, y no está bien...

—Estás inquieta. Tú no estás bien.

Sobre la mesa del café tomó mi mano.

—No. Tengo miedo.

—¿Qué pasa?

—Un año... el Papanicolau la semana que viene.

—Tienes miedo.

—Sí. Mucho.

—¿Quieres que vaya contigo a Barcelona para acompañarte?

—No.

—Que te acompañe Lidia.

—No sabe nada.

—¿Cómo, no sabe nada?

No me he atrevido a contarle que me operaron de

cáncer al pecho. Me da vergüenza. La enfermedad es vergonzosa, y el cáncer, cuando aún uno lo lleva adentro, es lo más vergonzoso de todo. ¿Te das cuenta de que en este momento se pueden estar produciendo metástasis mortales en el cuerpo? Me da vergüenza de que Lidia sepa que cada minuto, cada segundo, cada paso de mi vida hasta que se cumpla el plazo de los cinco años está presidido por el terror, y por la vergüenza.

—¿Por qué vergüenza?

—Toda enfermedad es vergonzosa.

Me quedé mirándola: la fuente de la vida, la vida sola, autosuficiente, el canto de gloria a sí misma, la nobleza, el lirio. La falta total de autocompasión: el valor, la falta de cobardía. Le tomé la mano. Comprendí que no le dijera nada a su hija, que le diera vergüenza decírselo aun a ella. En esa plaza, cerrada, como un salón de paredes altas y al exterior, con el cielo azul pavo-real en el que brillaban claras algunas estrellas, sentí el calor de la intimidad: la transición de la mano al lecho, al abrazo, al beso, al amor, era insignificante, y si hubiéramos estado tendidos en la misma cama quizás hubiera sido el corolario necesario y natural de esas manos unidas. Pero la intimidad, fuera del amor —y aun dentro de él— es imposible. Una invención exclusivamente femenina, otro nombre que las mujeres dan, las mujeres confabuladas y fuertes, a la pequeña, pegajosa dominación cotidiana... No, no existe la intimidad, sólo la amistad, tan distinta, la fe y la confianza, o por otra parte, la noche feroz, la claridad más allá y más acá del amor, noche en que se gestan momentos, encuentros en que el cuerpo se trasciende como cuerpo y se une a un cuerpo solo y trascendido —o en forma de materia o en forma de espíritu— para desconocerse, como mi cuerpo desconocía ahora al de ella y no lo hubiera tocado por nada del mundo, y serse mutuamente fiel una vez concluido ese breve encuentro material. La vi absolutamente sola, mucho más sola que yo, pero era imposible compadecerla porque ella rechazaba la compasión con su fuerza. Hubiera podido, quizás, hablarle de La Garriga, y del parque húmedo, y de los parterres dorados por la voracidad de la yedra, y del vello púbico en las estatuas y las gafas pintadas sobre las Venus, y del crujido de las sillas de mimbre blanco, y del calor que hacía en el verano en mi mansarda... Todo eso, que para mí era presente y vivo, y por eso me hacía un sentimental autocompasivo, para ella estaba terminado y descartado, y buscaba otras formas de vida. Vi que su mano estaba cubierta de pequeñas llagas. Le pregunté:

—¿Qué te pasa?

Retiró la mano, escondiéndola.

—Fui al dermatólogo. Mis manos se estaban comenzando a cubrir de esas manchas de la vejez. Desastroso. Fui donde el dermatólogo para que me quemara las más grandes, pero dice que no cree que se me irán, no tiene remedio.

Después de eso se fue. La casa de Diana estaba casi completa, también, y yo no la llamaba por teléfono porque me parecía tan imposible y en el fondo tan desagradable que viniera a instruirse en mi soledad, en mi paz, en mi unión silenciosa con este pueblo y con mi espíritu selvático.

Y un nuevo paisaje y un día vi el coche blanco de Bruno estacionado en la plaza y todas las persianas de su casa en la plaza abiertas. La primavera, entonces, tenía una desfachatez dorada y llena de zumbidos dulzones de insectos, que era casi intolerable, y hacía calor en las noches y se apilaban las nubes y llovía en la noche y al otro día todo amanecía claro y lavado, renovado. No tenía ganas de hablar con Bruno. Lo saludé de lejos, pero no hice ningún ademán para acercarme a él y él ninguno para acercarse a mí. El mozo del café había dejado su puesto y lo veía con Bruno y Bartolomé, al lado opuesto de la plaza, mirando la fachada y discutiendo. Temblaba por lo que pudiera suceder. El domingo, por lo menos, no lo veía en la plaza, casi desierta —me lo imaginaba haciendo largas y energéticas excursiones por la montaña, en la floresta, como un animal oscuro y *stealthy* se pasea por la selva para volver tranquilo, después de haber devorado a su presa, en la plaza o al trabajo del lunes—: su mirada, desde lejos, se cruzaba con la mía, una pequeña venia, pero nada más, pero en esa mirada —¿quizás su mirada cruzada con la de cualquiera producía tal cantidad de reacciones emocionales?— había tanta intensidad, incluso intimidad, aunque en un sentido negativo, como esa mirada que vi entrecruzarse entre los ojos de Bruno y los ojos de Lidia cuando una tarde irrumpí en la terraza de la Fonda, y sentí la obscenidad de haberlos sorprendido mirándose. No, no nos hablábamos, sabíamos que no nos podíamos hablar, ni falsificar una amistad ni siquiera una camaradería, por lo menos todavía. Él estaba con mis enemigos, y él lo sabía, y sabía que yo lo sentía en el bando contrario, entre los que creían en el progreso y en la civilización mal entendida, y que eran mis enemigos. Sin embargo, esa tranquila tarde de comienzos de verano —pensé que pronto haría ya un año que había llegado a Dors y que nunca había estado tan tranquilo y tan completo— hubiera querido que poblara la plaza siquiera una mancha de esa civilización que yo había desechado en forma tan total cuando *I went native* y no volví a salir de Dors. Había palomas picoteando en el sol en medio de la plaza, y ningún coche que las espantara. Tenía la deliciosa sensación de que había presenciado cambios en Dors durante un año, que el mozo del café era ahora otro, y yo podía hablar de «cuando estaba el otro mozo...», y añorar otros tiempos en que el servicio era mejor. De pronto salía un paisano endomingado de ver los toros en La Flor del Ebro, en la tele, me saludaba, yo lo saludaba, jamás nos habíamos dicho una palabra y yo apenas sabía algún detalle insignificante de él —que fue al que le mataron el perro cuando las cacerías del invierno; que su hija se casó el domingo pasado—, cuando lo sabía, y no había necesidad de saber más: pero las mesas de nuevo estaban afuera, en los portales de La Flor del Ebro, y en el rincón más alejado de la plaza unas niñas endomingadas también saltaban la cuerda. A la semana siguiente, el sábado, vendrían Luisa y Lidia y podría instalarme en mi casa: se lo había dicho a la fondera y ella había llorado, y yo también: la tía Cinta era una tía de verdad, y ella se comprometió a buscarme una buena chica para que me atendiera: hablaría con la señora Luisa para que le diera instrucciones la semana que viene. Le tiré unas migas a las palomas que picoteaban distraídamente el pavimento vacío de la plaza.

De pronto, escuché la algarabía de grandes bocinazos, no sólo de un coche, sino de muchos coches al mismo tiempo, bocinas estridentes, bocinas de varias notas absurdamente armonizadas, y las imprecaciones de un payés con su carro cargado de sarmientos que venía saliendo desde el puente a la plaza, y que tenía tapada la angosta entrada. La gente del café salió a los pórticos a mirar, se alzaron los visillos de las ventanas y atisbaron rostros femeninos, y cuando el payés con su carro dejó sitio para la pasada, vimos estupefactos, entrar a la plaza, un enorme camión amarillo que decía Transportes KWONI, y enseguida, una Volvo enorme arrastrando una *roulotte*, y después, un Hillman, un Mercedes Benz, y un coche italiano de marca desconocida. Parecía la entrada de un circo a un pueblo, con ese enorme camión amarillo y la *roulotte* también enorme, gritándose los pasajeros direcciones en idiomas desconocidos para que se pudieran estacionar con cierto orden en la plaza que, de pronto, se hizo estrecha. La gente venía, bajaba, llegaba de quién sabe dónde y quién sabe avisada por quién, a presenciar lo que a primera vista parecía ser indudablemente un circo extranjero. Pero después de escuchar un rato me di cuenta de que el idioma extranjero que yo creía no entender era inglés. Y las voces conocidas. Vi abrirse puertas, y salir una nube de

gente, hombres con pelos largos y sandalias, jóvenes, mujeres vestidas con shorts o chilabas, cargando bebés a la espalda como indias, señoras un poco gordas y rubias y desmele-
nadas ya no tan jóvenes, un negro brillante como un
teléfono, todos armando una algarabía de los mil demonios, exclamando acerca de la belleza del pueblo, acerca de
la maravilla del puente, iniciando ya un escalamiento hacia
el castillo, hacia la iglesia, hacia las calles, pero deteniéndo-
se porque querían evidentemente organizarse, y la madre
con los mellizos a la espalda entró a la *roulotte* para prepa-
rarles una leche caliente en la estufa, y el negro se puso a tocar la flauta, y nadie parecía hacerle caso a nadie y que toda
la vida de esa pandilla, de esos funámbulos siguiera tal cual
como siempre, riéndose, admirándose, y una mujer desme-
lenada, alta, un poco gruesa, con el pelo un poco canoso,
largo y suelto a la espalda, y luciendo un vestido evidentemente diseñado por Liberty, que arrastraba por el suelo, de
terciopelo multicolor con cola como un pavo real, sacó un
espejo de mano y comenzó a peinarse un poco su desmele-
nada cabellera. Al verla, electrizado, me puse de pie y grité:
—¡Diana!
Ella miró hacia todos lados, electrizada, dejando
caer el espejo, y escudriñando las figuras de los payeses endomingados o vestidos de pana negra que los mirábamos
atónitos desde la sombra de los portales. Yo estaba como
paralizado de terror. ¿En esto se había transformado Diana? Y luego vi saltar desde el enorme camión amarillo a
un flaquísimo muchacho rubio, con una sospecha de barba rubia en el mentón, y larguísimos cabellos lacios y rubios cayéndole por los hombros, que se dirigía a abrir las
puertas traseras del camión, y como si tuviera miedo yo
de que al abrirlas dejara salir un séquito de tigres y leones
y panteras, lo reconocí a la fuerza y grité:
—¡Miles!
Pero todavía no me moví, y el muchacho también
se quedó petrificado, escudriñándonos, a nosotros los pa-

yeses de pana negra, con la mano sobre el picaporte de la puerta del camión. Detrás de mí sentí la voz de Bruno:

—¡Nos va a ir bien con el Onassis si comenzamos así!

Airado, me di vuelta hacia él como si me hubiera insultado y dándome vuelta le dije:

—Es mi mujer... y mi hijo...

Y salté por encima del rellano del arco, hasta la plaza, y corrí a través de la plaza, entre las palomas que algunos de la comparsa ya comenzaban a alimentar, y que increíblemente se paraban sobre sus hombros, y sobre sus cabezas y ellos se reían: gritando, Diana, Miles, y ellos, al verme acercándome a toda carrera gritaron mi nombre, y se abrieron de brazos y nos abrazamos, Diana, Miles, yo, riéndonos, entre un revuelo de palomas, y una gritadera de la comparsa que querían besarme, mirarme lo maravilloso que me veía todo de pana negra. Era importantísimo que todos se compraran inmediatamente indumentaria de pana negra y alpargatas baturras: las querían ahora, pero no, es domingo; te ves divino, pareces la comparsa de una de esas zarzuelas que íbamos a ver para reírnos de las tiples gordas cuando vivíamos en Barcelona, qué maravilla, qué maravilloso pueblo, qué sol, la primavera en Londres estaba as-que-ro-sa, simplemente asquerosa, así es que de repente se nos ocurrió venirnos a España y darte una pequeña sorpresa, para instalarnos, y ver qué pasa y cómo es este pueblo que tú habías inventado, sí, papá, no lo niegues, este pueblo lo inventaste tú, tú, no me mientas, antes no existía y es simplemente maravilloso, muchísimo mejor de lo que nos atrevíamos a esperar, tan primitivo —so UNSPOILT, Isn't it wonderful, it's incredible—; y campo de veras alrededor, el camino es sensacional, campo real, no como en Inglaterra que todo está perfectamente manicurado y todo parece green para jugar al golf; esto es rudo, salvaje, tremendamente viril, una maravilla, qué buen gusto tienes, qué orgullo, y qué ganas de ver la casa, queremos instalarnos inmediatamente, no importa, aunque esté un poco húmedo, esperemos para bajar el piano unos cuantos días hasta que se seque todo bien, ¿cuándo crees tú que estará todo bien seco?

—Quizás una semana.

Dijo Miles:

—Entonces el hotel...

Dije:

—La Fonda... claro que no cabrá tanta gente...

Dijo Diana:

—Al pasar vimos un hotel maravilloso.

Yo dije:

—En fin, Diana... no sé si maravilloso.

—Bueno, si uno no lo toma muy en serio, bastante *kitsch*, con toda la fachada cubierta de azulejos rotos de todos colores... muy primitivo: puede ser divertido.

Estaban dispuestos a encontrarlo todo divertido. Miles y Diana me abrazaban y me besaban incansablemente, como si hubieran encontrado a alguien perdido hace mucho tiempo, y mientras tanto, los otros sacaban maletas, ollas, *plaids* de los coches; y el africano, tendido sobre el parapeto, cara al sol, tañía una flauta, y me di cuenta que lo que tocaba era de Mozart, lo que, por alguna razón que en ese instante no me logré explicar, me dio una gran tranquilidad, y una especie de descanso. Miles me presentó a su mujer, Bridget, con sus mellizas rubias a cuestas, como quien presenta una criada; y cuando yo, muy españolamente, iba a hacer una escena de gran ternura de abuelo con mis nietas rubias asomándose a sus espaldas de india, ella se volvió, cargada, a terminar de hacerles su comida en la *roulotte*. En cambio, cuando me presentó a un muchacho que era casi la copia exacta de él mismo, alto, flaco, demacrado, sonriente, sólo que moreno y con más barba, lo hizo con un afecto que no tuvo al presentarme a su mujer:

—Este es Bill, mi acompañante.

—¿Tu acompañante?

—Sí... sabes que toco el violín. Tengo que tener a alguien que me haga de acompañante, ¿no? Por eso me casé con su hermana... es una buena chica. Y aquí en el camión, entre otras cosas, traemos el piano de cola, de conciertos, de Bill, un Bluthner maravilloso, si oyeras su sonido. ¿Cabrá en la casa?

Me hubiera gustado decirles que no para ver, sólo para experimentar qué actitud tomarían, pero Bill inmediatamente me suministró la respuesta:

—Porque si no cabe... quizás podríamos comprarnos otra casa, una casa en que quepa...

Y sugirió Miles:

—¿Y por qué no comprar una casa grande, con buena acústica, que nos sirva sólo de sala de música?

—No es mala idea.

Luego me presentaron al africano, también acompañante:

—Umbi, de Kenia.

Y dijo Diana:

—Muero de sed. Después te presentaremos a los demás, que están atareados con sus niños y con sus maletas. Vengan, vengan todos, vamos a tomar primero algo fresco... me muero de calor... se me había olvidado el calor que podía llegar a hacer en España...

Dije:

—Estamos comenzando apenas.

—¡Qué maravilla! Exactamente lo que queremos.

Cuando toda la *troupe*, ante los ojos atónitos de la concurrencia, se hubo instalado bajo los porches, me pareció que la comitiva era tan grande, que llenaba las mesas; las mujeres alrededor de una, con niños que lloraban, a los que trataban de convencer que bebieran de unos pequeños termos diciéndoles que era buen té inglés; y con Umbi, Bill, Miles, Diana, y yo, todos en un grupo de mesas que juntamos.

Dijo Bill al mozo:

—Coca-Cola.

Diana se puso instantáneamente furiosa. ¿Venir a España, un país puro, primitivo, para tomar Coca-Cola y envenenarse con metaciclatos? Eso estaba bueno para países degenerados, como Inglaterra, al fin y al cabo ellos habían venido a España cansados de la vida seudocivilizada de Londres, a vivir cerca de la tierra, a tomar alimentos puros. Entonces Diana llamó al mozo de nuevo:

—Háganos una gran jarra de zumo de limón, para todos.

El mozo me miró, como preguntándome qué decía a pesar de que Diana hablaba un castellano perfecto, con un leve y cómico acento inglés, como de cómica de radio imitando a una inglesa. Yo le repetí su orden. Se quedó estupefacto, pero le pedí que la cumpliera inmediatamente. Dijo Diana:

—Estoy as-que-a-da con este asunto de Kissinger con Thieu. No lo soporto. No hemos hecho otra cosa que discutir en todo el viaje desde Londres acerca del asunto de Vietnam. Que Nixon para ganarse la elección vaya a terminar la guerra de Vietnam porque sí, me parece inmoral...

—A mamá le gustaría que siguiera Vietnam.

—No es eso, pero lo encuentro asqueroso.

Terció Bill:

—Todo es asqueroso, Diana, lo sabes muy bien. Imagínate. Cuando al señor Fullbright le preguntaron si USA no terminaba la guerra en Vietnam porque no podía traicionar los altos ideales del presidente Thieu, respondió: «Bueno, nosotros pusimos a Thieu donde está. ¿Qué nos cuesta, entonces, sacarlo?».

Diana dijo que era nihilista. Ella pertenecía a una generación a la que le importaban las cosas todavía, y encontraba absolutamente el colmo que estuvieran sentados aquí en un estúpido restorán, en horribles sillas de formica —¿por qué no haces algo, me dijo a mí, para que no pongan sillas de formica en este sitio tan bello, que lo estropean?—, mientras que el sol maravilloso se veía relumbrar en ese castillo estupendo que coronaba la colina y me preguntó si era amigo de los dueños del castillo y nos visitábamos y le dije que no, que era una ruina, que aquí no estábamos en Inglaterra donde se hacía *country-house visiting*, pero en fin a ella le importaba ese castillo, como le importaba la inmoralidad de Nixon, era cuestión de generaciones. Interrumpió Umbi:

—No hablemos de generaciones.

Miles me explicó que Umbi tenía sangre en el ojo porque estaba en rebelión total contra sus padres, que habían sido Mau-Maus cuando estaba de moda ser Mau-Mau, y se habían comido qué sé yo a cuántos blancos. Pero le desagradó de tal modo el ambiente de su patria que se fue a Londres y se dedicó a la flauta y nadie como él interpretaba a Mozart en todo Londres... y se atrevía a decir en toda Europa.

En ese momento regresó con cara de desolación:

—No hay limones.

Diana lo miró incrédula:

—¿No hay limones en España?

Expliqué:

—No estamos en estación.

—¿Qué tiene que ver...? En Londres hay todo el año.

Se armó entonces una discusión tremenda entre Bill y Diana, que parecieron a punto de tirarse los platos por la cabeza, respecto a la fruta refrigerada, a la falta de vitaminas, a la dependencia de los países nórdicos de los países del sur para los cítricos, a lo que se había dicho al respecto en los Comunes, y que todo era un escándalo espantoso, que en España, el país del sol, no hubiera limones... Sugerí sangría.

—¡Sangría!

—¡Sangría!

—¡Sangría!

La palabra se propagó con entusiasmo de mesa en mesa, de rostro en rostro sonriente —era la solución perfecta, maravillosa después de un viaje tan largo y caluroso y luego subiríamos a ver la casa y el castillo—, y se propagó hasta las mujeres que alimentaban a sus hijos al extremo de la mesa, hasta que dos niñitos ingleses inidentificados que formaban parte de esta extraña comitiva comenzaron a decir con su increíble acento, y golpeando la mesa con sus manitas pecosas:

—San-grí-a... san-grí-a... san-grí-a...

Hasta que Diana les gritó:

—SHUT UP NOW...

Y se callaron riendo, y vinieron corriendo a ella y la besaron y ella los besó sin dejar de hablar ni un segundo de Kissinger, que evidentemente la tenía obsesionada, y de Thieu, y de la inmoralidad general. Y yo miraba a mi mujer, hablando desaforadamente y riéndose a gritos al otro lado de la mesa, esa mujer blanda, blanca, despeinada, empolvada, con un cintillo de rositas de pitiminí en la cabeza, buscando un atisbo —no porque me interesara, sino más bien por curiosidad— de intimidad o de pasado entre ella y yo, que una alusión o una mirada podía haber revivido, y pudiera haberme relacionado con ella de otro modo que simplemente con un ser supercivilizado que me seguía divirtiendo; pero nada, era una señora un poco gorda que decía palabras y palabras y se apasionaba por temas abstractos, y que ni siquiera me miraba, ni miraba el castillo, ni sentía cómo, en la plaza a medida que despachábamos jarras y más jarras de sangría, iba palideciendo la luz, soslayando a través del pavimento las viejas almenas de la Fonda; y no se había acercado ni un momento a mí ni me había dado la oportunidad no sólo para recordar el pasado y retomar el vínculo, sino ni siquiera para explicar mi presencia y mi experiencia aquí, y ellos su presencia y viaje repentino hasta Dors. Sentí que eran infinitamente más modernos que yo, para quien eran necesarias las explicaciones y las motivaciones, no los actos espontáneos surgidos de repentinos impulsos como era, evidentemente, la llegada de toda esta *troupe* a Dors, con piano de cola y todo, y sin saber, siquiera, si cabía en la casa que yo había hecho para ellos. Dijo Diana:

—Me tienen que bajar mi *chaiselongue*.

—Mamá, a esta hora.

—¿Qué hora es?

—Cerca de las nueve.

—¿Hemos estado toda la tarde aquí bebiendo sidra —no, sangría se llama, estaba deliciosa— sin ir a ver la casa, y sin ir a ver el castillo? Es el colmo. ¿Y dónde voy a dormir?

Le propuse que esta noche los que más pudieran se instalaran en la Fonda. Me pidió que fuera a arreglar las cosas para ella, y le pidió a Miles que le bajara su *chaise longue* del camión. Ella no podía ni siquiera pensar en pasarse una noche, o dormir en una habitación donde no estuviera su *chaise longue*. Sí, que lo bajaran inmediatamente y que lo subieran a la habitación que yo había elegido para ella en la Fonda.

Me las arreglé de alguna manera para que a Diana le dieran la habitación junto a la mía que habitualmente ocupaban Luisa o Lidia, y que daba a la bonita vista sobre la terraza, el puente, los chopos y el río. Felicité a la dueña de la Fonda por no haber modernizado nada, y ésta se rió, como diciendo que estaba loca y que si Dios quería, el año próximo arreglaría la Fonda entera. Pero por suerte Diana no la escuchó, porque estaba vigilando a Bill y Miles y Umbi que traían el inmenso *chaise longue* y lo metían en el cuarto. La dueña de la Fonda dijo:

—Quizás ponerlo aquí, mirando a la vista...

Diana sonrió diciendo:

—Sí, pero dándole la espalda. Soy como Gertrude Stein, que me encanta una bonita vista, pero prefiero sentarme o recostarme dándole la espalda.

Ante los ojos cuadrados de la fondera, como para hacer conversación amable y simpática le preguntó:

—¿No ha leído a Gertrude Stein? Hay que leer a Getrude Stein. Es imposible entender el mundo contemporáneo sin haber leído a Gertrude Stein. Ahí la *chaise longue*.

Y mientras instalaban el artefacto lujosísimo, capitoné de seda rosa pálido y desvaído, con cojines más claros y de un verde agua, innumerables cojines de todas formas y dimensiones que lo que me pareció una veintena de personajes bajaban a buscar y subían ocultos detrás de una torre de estos blandos y cómodos artefactos que Diana iba arreglando en la *chaise longue*, sintiéndose más cómoda, según su gusto y sus costumbres. Bajamos todos a cenar —se habían arreglado todos juntos, en camas simples y en sacos de dormir unos en las habitaciones de los otros sin entorpecerse con la incomodidad y diciendo que les bastaba para una noche— y dijeron que estaban todos cansados. Y subí después a la habitación de Diana, instalada en su *chaise longue*, con la espalda a la magnífica ventana abierta por la que entraba el fresco aire de la noche, y yo me instalé a los pies y sobre los cojines mientras hablábamos —y ahora sí me preguntó de mi existencia en Dors, exclamando: maravilloso, maravilloso, exactamente lo que queremos, aunque no sé cuánto tiempo voy a soportar todo esto, quizás poco, pero es maravilloso de todas maneras, y me muero de ganas de ir a ver la casa, y ese castillo, ¿no crees tú que habría posibilidad de comprar ese castillo si no es de nadie? Sería divertido, para tenerlo, nada más, quizás dar conciertos...—. Y Umbi tocaba la flauta en un rincón y los niños gateaban sobre los cojines y sobre ella y los abrazaba y los besaba de vez en cuando. Hasta que nos cansamos y la sangría y después el buen vino de mesa de la Fonda nos habían adormecido y aplacado, y luego las mujeres se fueron a su cuarto, y Umbi se metió en su saco de dormir a los pies de la cama de Diana y la conversación siguió un rato entre los ronquidos de Umbi, hasta que Diana se adormeció, y Miles la tapó, y se metió en su cama, y Bill se llevó a los niños a otro cuarto, y yo me fui al mío.

Pero no me acosté. Tuve miedo de hacerlo. Y bajé a la plaza, como para tomarle el pulso a la gente del pueblo ante la llegada de tan extraordinaria farándula. Me daba un poco de vergüenza decir que Diana era —había sido— mi esposa: estaba blanda y avejentada, y en su vejez, alegre y vivaz y contraria a mi melancolía vencida, veía reflejados mis propios años: era como, si frente a todo el pueblo, me declarara vencido, para siempre, irremediablemente, ya sin más derecho a la vida. Me senté en una mesa en el porche. Pero los amigos, la gente de siempre, no se acercaron, ni siquiera el mozo; los oí cuchichear: no preguntaban, como siempre esas preguntas capciosas del campesino destinadas a desentrañar la verdad —qué joven su señora, ¿cuántos años tendrá?; yo creía que la otra era su señora; y hablan español, mire qué curioso que hablen español; y, ¿son músicos?—. No pude soportar ese silencio que se debía solamente al hecho de que estaban tan asombrados ante lo ocurrido que no sabían siquiera por dónde comenzar a preguntar. Y me paré de nuevo antes de que acudiera el mozo, y comencé a subir lenta, lentamente al cerro, hacia el castillo que Diana quería comprar para dar conciertos, que aún no habían comenzado a iluminar en celebración de la temporada turística anual, que en Dors no existía más que en la ambición y en la imaginación.

Corría un viento suave, arriba, en la explanada que rodeaba al castillo, y el cielo estaba claro y lleno de estrellas. Era inútil tratar de pensar en otro sitio más bello que éste, este brazo del río allá abajo y este puñado de casas de piedra, apenas vislumbrado, a esta hora, desde aquí. Sin embargo, todo era real, magníficamente real, nada tenía nada de mágico, ni de trascendente: a mi alrededor las casas, e incluso el cielo, se ofrecían para contraponerse al miedo, a lo desconocido: esta pequeña parcela del mundo puro todavía, me quedaba a mí, y esta pequeña parcela la iba a conocer bien, ligarme con ella en todos sus aspectos. Sólo detrás de los muros del castillo, insalvablemente cerrado con una llave que sin duda yacía numerada en alguna repartición pública de Madrid, donde algún empleado, no de los más brillantes, estaría a cargo de cientos o miles de llaves de castillos, fortalezas, iglesias en estado de infinita decrepitud, esperando, a su vez, que llegara el momento de su jubilación, y ser clasificado entre las otras ruinas allí, detrás de las paredes, comenzaba el misterio, o por lo menos lo desconocido, o lo mágico: magia que se había relativizado bastante esta tarde cuando Diana, que siempre había tenido todo lo que quería porque el dinero le sobraba desde siempre, y porque sabía que el dinero se triplicaba o quintuplicaba en su poder estando en España, propuso, prosaicamente, comprarlo. Comprarlo no para habitarlo: desde abajo se veía que era por lo menos en parte una ruina: pero sí, quizás, como Tintern Abbey, para ver crepúsculos desde allí sólo los personalmente invitados, y para organizar conciertos bajo sus escudos, sus puertas pomposas, sus arquitrabes, sus arcos, sus bíforas. Transformar ese castillo, que era propiedad del mito, que era mi alma selvática aún no explorada, en su propiedad privada y con su mente pragmática y hedonista, disponerse a gozar lo que ese castillo desmitificado podía procurarle a ella, y a esa extensión de sí misma, extensión casi corporal y material, que eran los que vivían en torno a ella y la querían: desde Umbi hasta sus nietas gemelas y, al parecer, hasta yo mismo. Quizás la presencia de estos ingleses tan sanos, tan libres —ella sabía, y lo decía, que su sanidad y equilibrio y realismo, se debía más que nada al hecho muy prosaico de tener y siempre haber tenido una renta en libras esterlinas que podía conocer pequeñas fluctuaciones, pero que era segura y que siempre le habían procurado libertad y seguridad: no le daba ningún aspecto de nobleza o de metafísica a su posibilidad de actuar libremente—, podría contraponerse y contrapesar la existencia de nosotros, españoles intensos y un poco histéricos, todavía empeñados en esas anticuadas tareas angustiosas —yo, Lidia, Luisa— de encontrarse a sí mismos y un significado para la vida. Su abuela se había sentado en las rodillas de Darwin. Su madre tuvo amores con Bertrand Russell. ¿Qué le quedaba a ella, entonces, sino ser profundamente irónica sobre todo lo que se relacionara con la angustia, cósmica o no? ¿O con el misterio, religioso o laico, con la magia blanca o negra o roja, o del color que fuera?

Acaso como respondiendo a mis pensamientos, y mientras estaba yo sentado sobre un montículo que sobregiraba el pueblo y el valle al borde de la explanada, vi aparecer a una figura *stealthy* por el borde, doblando la pronunciada esquina del castillo. Era Bruno. Caminaba directamente hacia mí, y en el tiempo que duró su trayecto desde las paredes del castillo hasta el sitio donde yo me encontraba, tuve tiempo para preguntarme si no era posible que Bruno, desde hacía bastante rato, hubiera estado observando mis movimientos sobre la explanada, simplemente por el gusto de observarlos, como un entomólogo, que por los movimientos de los coleópteros puede deducir leyes sobre su conducta. Sí, era posible; era casi seguro, en realidad. Y qué hacía aquí, a esta hora, solo, como propietario del castillo sin necesidad de haberlo comprado, perteneciente a él, al mundo del mito y de la belleza y del miedo, como el sumo sacerdote de alguna oscura religión, tan antigua ya que ha llegado a perder todas sus relaciones con el presente, y que nadie recuerda qué es, y qué dioses venera: quedan sólo los ritos, vacíos de piedad, los sacerdotes, como Bruno, vacío de funciones y sin poderes ni atributos, rondando las ruinas de sus viejos lugares de culto como el castillo y la iglesia de Dors. Quizás, pensé, buscando con un dejo de esperanza todavía los restos de los antiguos dioses silenciados por el tiempo. Me dijo al acercarse:

—Buenas noches.

—Buenas...

—¿Qué hace por aquí?

—Puedo preguntarle lo mismo.

Bruno rió y dijo:

—Y con más derecho. En un año que ha vivido aquí se ha hecho usted dueño, amo y señor del pueblo: todos lo quieren y lo respetan...

—No sé cuánto irá a durar el respeto después de la llegada de la farándula de hoy.

—¿Quiénes son?

—Mi familia... mi mujer —ex mujer—, mi hijo y nuera, mis nietos —¡qué horror!— y algunos amigos...

—Umbi.

—Sí. Umbi. ¿Cómo lo sabe?

—Estuvo aquí arriba, justo unos instantes antes que usted llegara, y estuvo tocando la flauta. Música clásica. Interesante este muchacho, Umbi.

—No he hablado con él. En realidad estoy confuso hoy, con este aluvión de acontecimientos... hacía ocho años que no los veía y estaba tranquilo...

Y él completó mi pensamiento no formulado:

—Y no sabe qué lugar irá a tomar en su vida y cómo la irá a afectar...

—No sé.

—¿Y vienen a quedarse, a vivir?

—No creo. Vacaciones, supongo...

—Parece que las vacaciones van a ser bastante movidas, por no decir brillantes de ahora en adelante en Dors: con el equipo que traiga su familia, con lo que traigan Luisa y Lidia... y con lo que humildemente pueda aportar yo...

Me molestó su tono irónico. Y dije:

—Estoy seguro que lo que usted aporte será lo más —como usted dijo— movido de todo lo que haya en estos contornos.

—Es posible, aunque no este año: no, este año vamos a inaugurar el Onassis dentro de un mes, más o menos, pero este año no será más que un pequeño restorán típico, puesto con gusto y con comida quizás un poco más cara que la de estos contornos, pero más civilizada, más europea... Pero el año que viene sí que va a ser movido porque entonces funcionará la discoteca, y un bar, en fin...

Yo estaba tenso de furia.

—¿Y por qué esperar un año?

—Este año todavía no hay suficiente gente. Usted, las ocho personas que llegaron esta tarde, yo, el doctor de Bes, su señora, Lidia y Luisa y pare usted de contar, porque los payeses no acudirán.

—¿Y qué lo hace pensar que el año que viene, el verano próximo, Dors será un centro turístico muy movido?

—Una vez que la bola comienza a rodar, ya no para: Lidia, el doctor de Bes, todos los ingleses, yo, usted mismo, atraerán a más gente, y esto se irá poblando con una colonia... pero con una colonia muy particular, bastante chi-chi, escogida, entre elegante y artística, y esto llegará a tener un renombre espectacular: dentro de cuatro o cinco años, saldrá en todas las guías turísticas de España, se lo aseguro, con restoranes de cinco estrellas y hoteles de lujo y todo.

La visión que me presentaba Bruno era aterradora, de perspectiva negra, pero no podía negar que cierta. Continuó hablando que al principio la gente que acudiría sería selecta, como yo, como Luisa y Lidia, como mi familia inglesa, pero poco a poco se iría deteriorando, hasta ser un sitio más o menos popular, con altos precios y hoteles nuevos. La visión del Barrio Nuevo, enteramente erizado de rascacielos habitados por holandeses y franceses, que no sabrían muy bien exactamente por qué venían a Dors, vulgares y gastadores, y pervertidores de las calles y de la plaza, y de los arcos de piedra de La Flor del Ebro, con sus mesas destartaladas convertidas en cosas *typical*, me estremeció de horror. Bruno continuó su disertación:

—Lo que hay que hacer es comprar.

Lo miré.

—¿Comprar qué?

—Casas. Casas y terrenos. Todo lo posible. En tres años habrá centuplicado su valor. ¿Se da cuenta? Si uno tuviera un pequeño capital...

Pero yo no lo tenía. Seguía, fascinado, los proyectos de Mefistófeles tratando de convencer a Fausto, intentando inmiscuirlo en una maniobra infernal.

—Las casas del cerro, por ejemplo. Estas casas del cerro que usted tanto quiere y por las cuales ha peleado tanto...

—¿Cómo sabe que he peleado tanto?

—Bartolomé me contó. Que los payeses se ríen de usted. Pero que esperen, quien ríe último ríe mejor. Ahora, mientras ríen ellos hay que comprarles a bajo precio, a precio de nada, para después reír nosotros mejor...

—¿Nosotros...?

—Bueno... en fin: los que entendemos el mérito artístico y el carácter de este pueblo, y lo que vale desde el punto de vista estético —y turístico— la masa de casas de piedra del siglo XVII hacia atrás, acumuladas y medio ruinosas que hay en este cerro. Hay que comprarlas. Los payeses están casi todos dispuestos a vender, y venderán muy, muy caro, pensando que a ese precio —irrisorio por lo demás para los que sabemos lo que vale una casa de sillería en un pueblo medieval, y sobre todo lo que puede llegar a valer— a uno lo están engañando...

Miraba el valle, que oscurecía. Bruno soñaba despierto:

—Luego, refaccionar. Asociarse con alguien, con su Salvador, por ejemplo, que tiene sentimiento y gusto para estas cosas, y arreglar las casas... o incluso, traer más gente —gente, sí, importante, que tenga fuerza, que pueda atraer más gente importante o con prestigio o famosa, o simplemente elegante— y a ellos, a los elegantes y artistas, venderles las casas a precios más bajos, de modo que así se verían atraídos los incautos que vendrán después y a los que se les venderán las casas ya refaccionadas; a los primeros no, para que así se sientan *dueños* de Dors, descubridores, y nosotros sabremos que no son los dueños, sino que los dueños seremos nosotros... Y la gente comenzará a hablar de Dors, y se pondrá «de moda», y la propiedad subirá pero no importa porque las casas serán de nosotros, y la gente pagará para vivir en un ambiente tan poco «estropeado» por el turismo... todos esos esnobs que huyen de los sitios estropeados, como si hubiera posibilidad alguna de que un sitio o una persona, por último, y ese es el proceso de la vida, no se estropee... Y entonces, mientras tanto, habremos ido comprando los terrenos del otro lado, los del Barrio Nuevo, o asociándonos con Bartolomé que es dueño, o su mujer es dueña, de casi todos esos terrenos; y allí, donde no importa, donde no se estropeará la vista, ir construyendo más y más edificios de pisos, de propiedad horizontal, y vendrán los americanos y los franceses y los holandeses y comprarán y comprarán hasta que Dors entero esté cubierto de extranjeros y de gente rica, que no sabrá muy bien qué hacer, en qué divertirse porque, seamos claros, aquí diversión no hay ninguna, el pueblo, nada más, no hay mar, ni pantano, ni... bueno, cerros sí, y ruinas sí, pero no es suficiente para esa gente, y se instalarán tiendas de *souvenirs*, y se propiciará la cocina local y le daremos un gran impulso a las artesanías locales, y al folclore musical y esas cosas, y entonces, claro, esto será un infierno para usted y para mí, para nosotros, y venderemos, y nos enriqueceremos, y con los bolsillos llenos nos iremos de aquí porque la vida se habrá tornado insoportable...

—¿Dónde nos iremos...?

—No sé... Al infierno, supongo...

Y rió. Me palmoteó la espalda, y dejó su brazo sobre mis hombros con esa falta de pudor para tocarse que he observado tanto en los italianos y que es en cierta manera un poco repulsiva, aunque no sea más que porque nos recuerda nuestros propios prejuicios al hacernos reaccionar en contra, un brazo pegajoso por un instante, un lazo de carne que me unía a Bruno, que me implicaba con él, un brazo delgado, muy moreno, duro y musculoso, y una mano carnosa, con la palma también musculosa, como si en la palma de la mano Bruno tuviera la mayor carnosidad de todo su cuerpo concentrada, y la sentí caliente sobre mi espalda. Continuó:

—Todos nos iremos al infierno. Todo el mundo, supongo, se está yendo al infierno: pero no importa irse al infierno sabiendo donde y cuando uno va, y por la propia voluntad y cosechando el mayor número de placeres posibles... lo terrible es que a uno lo manden otros sin que uno lo sepa y sin goce...

—¿El mayor número de placeres?

—Sí. No me mire con tanto terror. Lo he hecho todo, absolutamente todo en mi vida, excepto matar a alguien... y quizás, algún día llegue a hacerlo... espero que por placer.

Quería choquearme. Tentarme. Hacerme reaccionar. Pero no iba a dominarme. El calor de su cuerpo estrecho, cerca del mío, me rodeaba. Encendió un cigarrillo. Le pregunté tentativamente:

—¿No está un poco pasado de moda el hedonismo?

—Puede ser. Pero pertenezco a esa generación para la cual la búsqueda del placer... la *dolce vita*... era importante: pertenezco a la generación de la *dolce vita*.

—Pero usted es muy joven.

—Tengo la misma edad que usted.

Le pregunté afrentado, francamente molesto o vejado:

—¿Cómo sabe usted mi edad?

—La averigüé.

—¿Cómo?

—Ah...

Fue su respuesta, y echó una bocanada de humo después de una larga chupada al cigarrillo que, me pareció, quemó una fuerte punta de luz que se iba a devorar al cigarrillo entero. Era increíblemente joven. ¿Podríamos tener la misma edad, este elástico gato negro, y yo? ¿Podíamos ser de la misma generación, podíamos tener el mismo *strat* en la vida, Bruno y yo? Parecía totalmente imposible, yo con toda mi vida hecha, detrás, y él, sin nada detrás, sin nada, una época en Cinecittá, un restorán en Torremolinos, tal vez una época de chulo en Roma, o en Venecia... sí, nada más: tenía todo por delante, y quería hacerlo, y aquí estaba Dors, y aquí estaba yo, y se proponía jugar con todos nosotros, quería implicarme en su peligroso y sucio juego con ese «nosotros», con ese «ser de la misma edad», en su maldito juego de destrucción y prostitución que implicaba no sólo a mí, sino al pueblo entero, y a toda la civilización.

Mi misión en un principio junto a Luisa, para salvar Dors, había sido traer más y más gente, pero elegida por nosotros, que respondieran al gusto nuestro y a la manera de vivir nuestra. Colonizar Dors con gente más o menos prominente, más o menos famosa, con poder, de manera que no siguieran estropeando el pueblo. Creíamos que era el pueblo que había que salvar y civilizar en nombre de la estética que creíamos también era ética.

Bartolo había vuelto de la mili y se había asociado, como su padre, con Bruno Fantoni para abrir la discoteca en la plaza, poniendo su mano de obra como pago por la participación en el negocio. Juntos, Bartolomé y el gato negro paseaban por las pedregosas calles, se sentaban en La Flor del Ebro, se los veía en el puente mirando el río. Cuando pasaba frente a ellos, me miraban de reojo, con desconfianza, intuían de algún modo que yo conocía su secreto, sus encuentros amparados por la noche al interior del castillo impenetrable para todos menos para ellos, para sus citas clandestinas.

El primer año desde la llegada de «los ingleses» todo marchó bien, pero al pueblo fueron llegando los amigos de los amigos, los parientes de los amigos de los amigos y así una cadena interminable que convirtió a Dors en un centro de atracción turística, todo lo que había querido evitar. Desde la llegada de Diana, Miles y su séquito todo cambió, la gente «escogida» que buscaba un ambiente de bellas piedras, poco a poco fue trayendo gente menos tranquila, y esa gente menos y menos tranquila y con gustos menos y menos parecidos a los nuestros, aparecieron en vez del estuco color rosa, el horror de las tiendas de *souvenirs*, el pueblo viviendo un destino de tarjeta postal, de pobladores que serían con el tiempo, extraños en su propio pueblo, que serían desterrados sin cambiar de lugar. Snacks bar, hoteles, discotecas, tiendas de artesanía, mucho alcohol, marihuana, prostitución, locura, el crimen, la sangre derramada. Una vida mata a la otra, una muerte resucita a la otra. Seis años desde que llegué y yo era culpable: el que inició el proceso irrevocable de corrupción.

Tercera parte

A medida que se va agotando la luz —que jamás llega a exceder la penumbra en mi estrecho patio interior— todo se va poniendo hostil: observo el hipócrita cambio de expresión de cada objeto al ir conjurándose con el enemigo, hasta que cuando la oscuridad termina de tragarse toda la luz, yo me quedo solo en un bando, y todo lo demás —mi bastón y mis pantuflas; la butaca en que me siento a escudriñar el agujero sucio que es este patio; mi fiel chaleco shetland, y a veces hasta el mismo Tàpies—, todo se ha pasado al bando enemigo y se prepara para agredirme. ¡Qué ineficaz es esta lucha cuerpo a cuerpo que diariamente me agota! Sudo para no ceder ni un milímetro, los músculos tensos y los dientes apretados con el último esfuerzo antes de caer jadeando, derrotado y con todo el peso de la noche encima. Pero sé que es inútil luchar: el miedo es algo que emerge, como el frío de los viejos, desde el fondo de los huesos, no algo que ataca desde afuera.

Tàpies, sin embargo, no es mi enemigo. Nos entendemos porque no exige intimidad: da caricias rara vez, sólo cuando a él se le antoja. Me levanto de mi butaca, vierto un poco de leche en el plato de plástico azul y dejo la puerta de la terracita de la cocina entornada para que entre a tomar leche cuando quiera. Cuando llegué hace poco más de un año, Luisa se fue después de jurarme que en este piso que ponía a mi disposición ellos jamás lograrán encontrarme en caso de que se les ocurra venir por mí a Barcelona, cosa que según ella es improbable. Sin embargo en cuanto salió Luisa, yo eché doble cerrojo a la puerta. Saqué a la terraza de la cocina el coleus que Luisa puso aquí para humanizar el piso, me imagino, pero que a mí no me gusta porque las plantas de interior traen mala suerte, llamé a Tàpies, se acercó. Le pasé la mano por el lomo y le dije:

—Tàpies.

Maulló. Sus ojos amarillos me miraron un segundo como para ficharme, y luego se marchó, trepando por las terrazas y cornisas hasta perderse varios pisos más arriba, en la azotea repleta de antenas de televisión, cajones olvidados, bicicletas rotas y ventiladores malolientes. Si Luisa no hubiera organizado mi vida de modo que la portera de este edificio tiene la obligación de hacerme las compras de alimentos —yo jamás salgo del piso— y desde la primera vez incluyó una botella de leche sin saber que yo detesto la leche, yo no la hubiera comprado, y Tàpies no tendría comida.

El síntoma típico de que se aproxima la hora del miedo es mi urgencia maniática por repetir los últimos rituales del día: antes que mi desgastadora lucha crepuscular se resuelva en la inmovilidad nocturna procurada por tranquilizantes e inductores de sueño, me levanto de la butaca de mi escritorio, y en la cocina veo que Tàpies ha entrado, ha bebido su leche y ha vuelto a marcharse sin siquiera obsequiarme un maullido: ya no es necesario que esa puerta permanezca abierta. Pero antes de cerrarla salgo a la terraza para echarle un poco de agua al coleus ahogado por la polución, y después de este somero acto de piedad cierro la puerta de la cocina con pestillo. Comienzo a caminar por el piso, cerciorándome de que las ventanas que dan a la calle y que jamás abro están bien cerradas, encendiendo todas las luces, hasta la más inútil con el fin de eliminar el temor de la insignificante transición de la penumbra habitual a la oscuridad del atardecer. Lo último es bajar la cortina metálica de la cocina para blindarme. Pero aun así —aunque el patio interior es tan estrecho y está en el fondo de la casa y este es un sexto piso—, antes que la persiana se junte definitivamente, acerco mis ojos a una ranura para escudriñar el patio, por si de alguna manera esos forajidos hubieran descubierto el modo de llegar hasta aquí, trepándose a las azoteas de los edificios vecinos, caminando por las cornisas como los gatos —son albañiles, y en Dors yo admiraba la agilidad con que se encaramaban en los andamios—, y descolgándose por las cañerías, de cornisa en cornisa y de terraza en terraza hasta descubrir la mía. Al reconocerla, esos brutos comenzarán a golpear con picos, con martillos, con azuelas, con llaves, con los puños, con los pies, hasta romper el blindaje de la persiana y quebrar los cristales y entrar a destruirme, como me lo juraron al expulsarme de Dors bajo la lluvia de piedras y garrotazos que abollaron el coche en que Luisa apretando el acelerador para cruzar el puente de San Roque, iba sacándome escondido del pueblo.

Dicen que durante la noche de San Juan recién pasada saquearon mi casa de piedra —alta, medieval, erguida junto a la iglesia en la cima del pueblo—, e igual que en otros años, los quintos que parten por esas fechas organizaron la ritual fogata junto al castillo, esta vez alimentándola rencorosamente con mis libros, mis papeles, mis cuadros, con los muebles y tallas que a ellos mismos les compré cuando todavía se reían de mí porque pagaba «fortunas» por cosas que entonces les parecían trastos inservibles. ¿Por qué, entonces, no van a llevar hasta las últimas consecuencias su venganza contra mi persona corrompida y corruptora? Sí, vendrán y me sacarán de este piso que me guarece, y me arrastrarán hasta Dors para matarme a pedradas en la Plaza de España, mientras las caras que llegué a conocer y a querer tanto y tan bien, transfiguradas por el odio, la venganza, el rencor, contemplan mi lapidación desde los miradores de cristal con que, contra mis más apasionados consejos, Eustaquio hizo afrentar las fachadas de la plaza, intactas desde el Renacimiento.

Luisa, sin embargo, me visita casi todas las tardes, me asegura que no vendrán. Que me tranquilice. Que abra las ventanas. Que salga. Si yo volviera a Dors, dice, sí, entonces mi vida quizás peligraría. Pero sólo quizás: el dolor por la muerte de un muchacho se cura con cierta facilidad en el transcurso de un año, sobre todo si durante ese año las cosas han cambiado tanto que los habitantes de Dors, que a raíz de esa muerte «gracias a Dios» se deshicieron de tanta «gente rara» que los perturbaba, ahora están encantados con el «progreso» que significan los turistas curioseando por la iglesia, en el interior del castillo recientemente abierto al público —interior que yo no conozco—, que dejan vacías las flamantes tiendas de *souvenirs*, que repletan los snack bar, los restoranes, las discotecas. Si están encantados con los extranjeros que desde el puente de San Roque fotografían la perspectiva de la puerta almenada y a través de ella, la abrupta colina de callejuelas y casas de sillares, coronada por la ruina del castillo de los señores de Calatrava junto a la torre gótica de la iglesia. Han «descubierto» Dors, y lo han convertido en el tópico de una tarjeta postal. Desde Londres me escribe Miles que en la nueva edición de la *Guide Bleue* señalan a Dors con varias estrellas, mencionando incluso el paisaje de cientos de terrazas de piedra que achuran las escarpadas sierras del contorno, donde en los escasos metros de tierra que reúnen, los payeses saben hacer vivir olivos milenarios, hileras de viñas, almendros y avellanos. Antes que yo llegara a Dors, el pueblo era sólo un nombre en la *Guide Bleue*.

Sí. Dicen que mis libros, mis cuadros, mis papeles, mis viejas puertas y ventanas claveteadas y parchadas laboriosamente durante siglos, que el «yo» encarnando en mi casa, ha desaparecido. Todo al fuego. Me duele. Creí que ya nada podía dolerme tanto como la pérdida de esos modestos objetos que minuciosamente fui juntando alrededor mío para consolarme, en mi intimidad con ellos, de mis fracasos en otros sentidos. Pero me sorprendo al comprobar que no me destruye. Queda en pie este hombre solitario que sabe que no puede regresar a Dors, carcomido por el viejo dolor del destierro. Jamás conoceré el interior de las ruinas del castillo, que sólo divisaba, en las noches, desde la torre de la iglesia. No volveré a ver, como lo veía desde la solana de mi alta casa de piedra, ese paisaje aterciopelado de olivos grises o verdes, según hacia qué lado pasara su mano el viento. No lo veré más, un momento, al pasar junto a una ventana sin siquiera darme cuenta que lo he visto. Ni subiré hasta las colinas para pasar la tarde tumbado bajo un avellano, leyendo o no leyendo, con el pueblo refugiado en un estrecho abrazo del río y todo el valle a mis pies, dándole forma a ese... ¿ese qué? ¿Contentamiento? ¿Felicidad? ¿Qué fueron esos seis años de Dors? ¿El aplazamiento del castigo merecido cuando publiqué mi diatriba contra la comercialización de las galerías, y el estatismo de los informalistas? ¿O fueron, simplemente, la renovada posibilidad de sentir placer: esa primera visión de Lidia, peregrina medieval caminando descalza sobre le puente de San Roque, y el viento que dibujaba con su largo vestido a parches ese cuerpo que tan bien llegué a conocer? ¿Mi hijo Miles, con el torso bronceado y la barba de oro de vikingo, sentado en un prado de amapolas, solo al sol, tocando Mozart en su flauta vertical, fuera del tiempo, capaz de prescindir de todo menos de Mozart y del sol? ¿O el clásico aroma de tomillo y de romero en mis paseos por los cerros con Bruno, durante los cuales me preguntaba a mí mismo por qué Bruno, que no era tanto más joven que yo, tenía acceso a los ritos exclusivos de la juventud que a mí me vedaban. ¿Qué poseía este hombre flaco y cruel como un gato negro, pero también con algo sedoso en su voz y en su trato que tanto los atraía? ¿O fueron esos años simplemente la seguridad proporcionada por la solidez de las casas de piedra dorada, quizás no particularmente bellas, pero con algo que marca y duele, como la solidez de los rostros de los hombres del pueblo y de las fértiles caderas de las mujeres?

Ahora me he encerrado en este piso porque me niego a ver nada que no sean los cerros de Dors. Es curioso porque jamás antes de Dors fui vulnerable al paisaje, tanto que mi recuerdo desechó a todos los que conocí y ahora no puedo consolarme con la reconstitución en el recuerdo de anteriores paisajes: de pequeño me llevaban a Blanes para que tomara baños de mar, pero en vez de playa y horizonte y pinos, que supongo existirían, recuerdo más bien el interior de la casa, empapelada con sombríos digitales modernistas sobre fondo morado. Después, he despreciado sin problemas, por vociferante y sucia, la vulgaridad de la costa. Podría rescatar, quizás, el parque de La Garriga donde jugué con Luisa y mis demás primos durante casi todos los veranos de mi adolescencia, pero con sus estatuas rotas, sus urnas con agaves en las balaustradas, sus sillones de mimbre bajo los castaños, no era paisaje, sino una extensión de los salones de la casa de mi bisabuela. He sido, y lo fui hasta Dors, un ente urbano, intelectual, de pavimento y café y periódicos y cine y librería, y el silencio que asociaba con la noción de «paisaje» antes de Dors me producía más bien desasosiego: no lograba dormir sin escuchar el ronroneo de los coches y autobuses abajo en la calle. Ningún exterior dejó huella en mi pintura. Durante los años que me dediqué a ella quemé toda mi vitalidad en un esfuerzo de la imaginación, de rigor, de cálculo, de emoción frente al problema sumo de la pintura, eliminando de mis lienzos toda sugerencia de objeto y de paisaje. Era una pintura que bien podía haber hecho sin jamás salir de este piso ni conocer otra cosa que las aborrecidas comodidades proporcionadas por Luisa.

Luisa quiere que vuelva a pintar. Pero yo me niego. Tal vez es por esta esperanza que Luisa trata de introducir en mi vida cuando he aceptado que no soy más que escombros, que siento cierta repugnancia ante sus visitas. No es un rechazo. Si lo sintiera le cerraría la puerta y ella lo comprendería, como siempre ha comprendido todo

Sólo esto no lo comprende, mi refutación de la esperanza. No lo comprende porque Luisa ha perdido su elasticidad y ya no puede ser diferente a lo que siempre ha sido, está, por fin, vieja. Trato de no tocar los objetos de este piso que ella acondicionó para mí, conociendo, como conoce, todos mis gustos y manías, porque estas cosas me repugnan, como ahora me repugnaría tocar su cuerpo mutilado que antes toqué con amor, con cariño, con pasión, con sed, con amistad, con compasión, con afecto, con curiosidad, de mil maneras distintas en mil etapas distintas de nuestra vida, pero que ahora me niego a desecrar tocándolo con repugnancia. En Dors, paseándose desnuda por su dormitorio, disimulando con una toalla colgada del hombro la cicatriz de su pecho arrancado —cicatriz que besé mil veces para asegurarle que no me daba repugnancia, y era verdad—, se paró bruscamente ante el espejo y dijo:

—Mira.

—¿Qué?

—¿Soy tan despreciable?

La miré, pensando por primera vez, con un helado calambre de reconocimiento: ya no sirves para el amor. Estás marchita. La enfermedad que no te mató, mató tu carne, y yo no quiero volver a tocarte. Claro que si se toma en cuenta sus casi cincuenta años, Luisa es todavía una mujer espléndida. En Dors mismo he visto enloquecer por ella a mi hijo Miles, cuando bailaba lentamente en la penumbra pegada a él, alta, morena, atrevida, riente, un poco estática, con su falda de Dior muy corta mostrando desfachatadamente sus piernas estupendas bajo las transparentes medias negras, y luciendo una ramita de albahaca detrás de la oreja, como una gitana. Pero Miles no se daba cuenta que la penumbra, el vestido, la media negra, eran necesidades, no adjetivos de su seducción: desnuda ante mí, parada en medio de la cruda luz del foco bajo el cual se maquillaba para no errar jamás, su carne me pareció leve pero horriblemente marchita, la piel ajada, la admirable finura de sus brazos sin firmeza, arrugados en los codos que ya no servían para morderlos, como tampoco las rodillas ahora disimuladas bajo finísimas medias o por el sol que las había tostado. Triste. La despedida de nuestras mutuas carnes. Imposible volver a tocarnos porque sería engañar con un consuelo, no implantar el rigor como ante todo, porque si bien subjetivamente permanecíamos dignos de amor como objetos —y esto era lo importante—, ya no seguíamos siéndolo: aspiré avergonzado para entrar mi barriga, y Luisa, aquí estaba Luisa, desnuda, llorando. Para distraerla le pregunté:

—¿Te has acordado de hacerte el Papanicolau este año?

—Sí. Hace poco. Estoy bien.

—¿Cuántos te faltan?

—Uno. Son cinco. Pásame esa media.

Y se vistió rápidamente, como con vergüenza. Ella no iba a reconocer jamás que su carne estaba vencida. Ella, que juraba jamás «contarse el cuento» y que era la campeona de mirarlo todo descarnadamente, ahora no tenía entereza para verse. Sentí una horrenda sensación al despreciar esa magnífica mujer de casi cincuenta años, un goce en mi crueldad al negarme a ser pareja de Luisa porque eso ahora era humillante, como relegarme por voluntad propia al territorio que la gente joven y deseable no toca: lo que uno sabe ha vivido pertenece a un tipo de experiencia que no los conmueve ni excita; a uno ni lo miran cuando lo cruzan en la calle. Luisa no siente esta necesidad que yo siento por la juventud, esta sed de asaltar su libertad excluyente, y penetrarla y apoderarse de eso que ya no está a nuestro alcance más que por medio de la fantasía del amor. ¿Cómo no sentir la excitación del hecho de ser joven en Dors, si durante los últimos dos veranos se juntaba allá una colonia de muchachos siempre creciente, para hacer música con Miles y Bill los primeros, y luego, cuando cundió la noticia de que existía este paraíso, Dors se llenaba de jóvenes que acudían a participar en los ritos que a mí me excluían? Cómo caminaban... cómo se vestían... cómo bailaban... las cosas que hablaban, inconexas, incomprensibles, alusiones a seres y a valores tan distantes de nuestro mundo... su indiferencia, su libertad... las variedades increíbles de sexualidad no genital a que se entregaban y de las cuales hacían proselitismo: sí, ese goce por el goce nos excluía a nosotros los mayores, que comprendíamos esas prácticas porque habíamos leído, digamos, a Marcuse, pero no habíamos sobrepasado nuestras sexualidades «liberadas» en el gastado sentido sentimental de la palabra.

Ritos. ¿Hubo ritos propiamente tales en Dors? Mucho hablaban de Jung, de mandalas, del lignum, del él/ella, del sexo con trascendencia religiosa no personal, ideas que conducirían, casi naturalmente, a ritos orgiásticos. Si los hubo, naturalmente no me incluían. En las noches, desde la torre de la iglesia, apostado en la bífora más alta, contemplaba el interior del castillo de los Calatravas, forestado y derruido como un cuadro de Claude Lorrain. Las puertas estaban tapiadas con ladrillos y las ventanas eran demasiado altas para escalarlas. Pero por muy poderosa que fuera mi obsesión por descubrir y finalmente participar en esos ritos, y aunque esta obsesión me llevara a encaramarme con frecuencia al campanario para espiar, no todas las noches podía hacerlo, y era seguramente en esas noches cuando celebraban mi exclusión y su triunfo con sus ritos. Por el pueblo comenzaron a correr rumores: un chica faltó del lecho de la casa de sus padres justamente una noche en que yo no subí a la torre, y su padre le propinó una paliza a su llegada al alba. Un muchacho se liaba con una inglesa y desaparecía. Los padres andaban con las llaves y el garrote en la mano el último verano. Las madres, enlutadas, rezando novenas, implorando la protección de Dios. Hasta que encontraron muerto a Bartolo en el interior del castillo cuya llave por fin fue enviada por la Dirección Nacional de Monumentos Nacionales en Madrid, y que aun a mí y a Luisa, con toda nuestra influencia siempre nos negaron.

¿Y si Luisa tuviera razón y yo deba comenzar a pintar de nuevo? Aunque no sea más que para no verme totalmente dependiente en lo económico. Pero ese es un problema que todavía no tengo fuerzas para encarar. Dice que debo salir a la calle, a pasear. Que Barcelona está alegre, próspera, bella. ¿Pero, y si me reconocen? No sólo mis enemigos de ahora, sino los de antes, los que quieren que vuelva a pintar para lanzarse como lobos a destrozar mi exposición, en revancha. Ahora ciertas sugerencias de paisaje no podrían dejar de introducirse en mi obra: dirán «romántico», «pasatista», se agarrarán del hecho de que no puedo desprenderme de Dors, con el fin de destruirme. Si no pinto —y por mucho que Luisa insista no pienso hacerlo— seguiré cómodamente olvidado. Además, esos enemigos, con los que podría encontrarme en un bar o en la calle y podrían reconocerme y recordar, ya no importan. Son temibles, pero los enemigos nuevos son peores: los que a esta hora comienzan a producir ruidos en el patio. Me acerco a la cortina metálica de la cocina. Compruebo que está bien cerrada. Regreso a mi butaca para lanzarme otra vez, como a un abismo, al fondo de mis obsesiones, pero siento otro ruido afuera como si el patio estuviera poblado, y entonces mi tensión se quiebra: me acerco a la persiana y la abro un poco. Miro. Sombras de unas piernas: ellos. Son ellos que vienen a vengar la muerte de Bartolo. Empuño mi bastón para defenderme de ese ejército de paletos vestidos de pana negra. Me dirijo a las estanterías, lleno un vaso de agua y tomo mi primer Valium 10. Camino un poco por el piso para que el tranquilizante haga efecto, mientras el patio se puebla de las piernas colgantes de los hombres que han venido de Dors para asesinarme. Me acerco otra vez a la persiana de la cocina y miro, con el bastón bien empuñado para defenderme: las sombras de las piernas se mueven, como si marcharan en fila por la pared desconchada. Una ventana se abre y se ilumina el patio: alguien está recogiendo esos pantalones que han colgado en la cuerda para secar. Los pantalones están vacíos: no hay piernas que temer. El Valium es eficaz. Me prepararé un huevo. No tengo ganas de más. Esta noche no quiero café. En cambio, antes de dormirme, tomaré un inductor de sueño para blindarme en la oscuridad hasta mañana, aunque todo vuelva a comenzar igual otra vez, terminando en este mismo miedo.

Cuarta parte

Cuando el portero me telefoneó para preguntarme si podía hacer subir a Miguel debí haberle contestado
que no. Está acostumbrado a las «cosas» de este padre tan
raro que tiene. Es un buen chico, que nunca deja de de-
mostrarme un afecto que no merezco, ya que sabe que yo
a él no lo quiero mucho: el segundo nacido que nació
cuando no debió haber nacido y que desde el principio
careció de las cualidades que me enamoraron de su madre, fue siempre el feo, el tímido, el diligente. Sus visitas
me cargan de culpabilidad, sobre todo porque abyecta-
mente, como consciente de que no pueden ser motivo de
regocijo, nunca deja de traer, como salvoconducto, un regalo: una piña fresca, un queso, una revista que sabe demasiado cara para mi bolsillo, un bolígrafo publicitario de
las firma de ingenieros donde trabaja. Sin embargo sus visitas me procuran un módico placer: se queda un rato
conmigo interponiendo su presencia entre yo y el atardecer y después, cuando ya no tenemos nada más de qué hablar —lo que sucede pronto—, se va. Pero en esta ocasión
yo ya estaba sobre aviso de que algo desagradable se iba a
producir porque Miguel me había llamado para decirme:

—Quiero hablar contigo esta tarde. Tengo algo
bastante interesante que proponerte.

La idea de que alguien, a estas alturas, tuviera «algo
interesante» que proponerme me pareció risible al principio
y, después de colgar el aparato, francamente perturbadora
por ser Miguel el portador de la proposición. Es verdad que
fuera de Luisa él es la única persona que se «preocupa» por
mí. Pero quizás se preocupa demasiado; la solicitud de su
sensibilidad un poco roma sólo me repite que no sirvo para

nada, cosa que ya sé, pero que odio ver subrayada. Luisa alega que no es que yo no quiera a Miguel, sino que le tengo miedo. Sea lo que sea, me doy cuenta que mis sentimientos son injustos con él: cuando tuvo edad para elegir entre su padre y su madre, y a pesar de saber perfectamente a qué se exponía, prefirió abandonar Londres en el momento de Carnaby Steet y los Beatles, y rebelarse contra los lujos de la casa de Diana para acudir junto a un padre que apenas conocía pero que sabía fracasado, y con el cual, al cabo de un par de semanas, era clarísimo que jamás se entendería. Luisa dijo que con su pelo corto y sus camisas blancas parecía hijo único de madre viuda. Recuerdo cómo solíamos reírnos de él con Luisa, que un día le preguntó:

—¿Y tu madre, tiene amantes?

Miguel se puso colorado, mirando sus textos de estudio:

—No... no creo...

—Entonces le deben gustar las mujeres.

—¡Eso es una mentira!

Luisa suspiraba, mostrándose harta con sus prejuicios.

—¿Cómo no va a tener un amante una mujer tan guapa?

Triunfante, Miguel levanta la cabeza de sus libros de cálculo diferencial, de donde creyó extraer la réplica justa, hiriente y vengativa:

—Ya no tiene edad.

—¿Cómo no va a tener edad? Tiene la misma edad mía y yo soy la amante de tu padre.

Miguel, rojo, salió derrotado del cuarto donde Luisa y yo quedamos riéndonos. Sabíamos perfectamente que Diana no tenía amantes. Una vez que Luisa se lo preguntó delante de mí, Diana le contestó:

—Mira, Luisa, a los cuarenta y tres años ya no me queda interés para lamer a un señor de la cabeza a los pies. Lo he hecho demasiadas veces. Ahora dejo eso para las amigas con que se acuestan mis hijos.

Y sin darse cuenta del ligero rubor de derrota en las mejillas de Luisa, le preguntó con su vehemencia habitual:

—¿Pero te das cuenta de las cosas que está haciendo el hijo de puta de Johnson en Vietnam?

De entre el revoltijo de periódicos en todos los idiomas que cubrían el *chaise longue* de seda rococó del que sólo se levantaba en casos extremos, eligió *Le Monde* y se lo pasó a Luisa, señalando un párrafo con su dedo cargado de sortijas. A Luisa, Johnson y el Vietnam no le importaban un rábano, aunque de la boca para afuera demostrara indignación para complacer a su interlocutora, ya que Diana es, diría yo, la única mujer a quien Luisa respeta, e incluso teme. Diana, que había engordado un poco y emblanquecido con los mismos años que dotaron a Luisa de firmeza, actividad y chic, conservaba sin embargo el esplendor de sus cabellos rubios y sucios reunidos con una peineta de concha en un enorme moño desordenado en la nuca. Si Luisa tiene sólo capacidad para una visión interna privada, la visión de Diana, en cambio, es amplia, sólo dirigida a las cosas y acontecimientos exteriores, agotándose en ellos. Solía discutir hasta las cinco de la mañana con los amigos reunidos alrededor de su diván, escribir cartas al *Times*, telefonear a parientas casadas con parlamentarios, a pares casados con primas. Mandaba a sus dos hijos aterrados, entonces niños, a desfilar con pancartas en pro de la paz Trafalgar Square, ordenándoles que la llamaran del teléfono más cercano si había disturbios callejeros y que discretamente ofrecieran su casa en Bloomsbury —inmensa, lujosísima, descuidada— para refugiar a quien necesitara esconderse de esos cerdos de la policía inglesa. Las relaciones con su madre se hicieron intolerables para Miguel cuando llegó a la edad de querer ser un individuo: la falta de una educación organizada, el desorden o ausencia total de comidas, el dinero inagotable que se iba agotando y después, de repente, aumentaba porque ciertas acciones hasta entonces inertes comenzaban a reproducirse en forma obscena, la música insoportable y los músicos ubicuos, la invasión constante por los protegidos de Diana a los modestos predios privados de Miguel, todo esto determinó su deseo de trasladarse a Barcelona, donde, según entendía, podía estudiar con toda tranquilidad su carrera de Ingeniería, ya que España era un país de orden donde las huelgas no cundían. Además, me confió al llegar, quería vivir realmente solo pero vivió un tiempo conmigo no en un piso al cual su madre, desde su teléfono extraviado entre los periódicos del diván, estaría llamándolo a todas horas para que firmara cartas de protesta o usara las entradas para el concierto de Oistrakh que nadie pudo ocupar, o para preguntarle si no le habían alegrado el corazón los primeros narcisos de la temporada con que había hecho llenar su piso por el florista más caro de Londres. No, Miguel no estaba dispuesto a verse privado de una vida privada, ni escarnecido por su fe en las ciencias exactas, ni por su incapacidad de distinguir entre Teleman y Buxtehude, ni por su falta de vocación por las causas políticas. En Barcelona tuvo vida privada. Tan privada que yo ni siquiera supe cuándo se casó con una insignificante compañera de facultad a la que no he visto más de cuatro o cinco veces en mi vida y que no manifiesta ningún interés por verme con más frecuencia a mí. Cuando Diana supo del matrimonio me telefoneó desde Londres para que le contara cómo era la novia:

—Is she beautiful? Dark and beautiful and Spanish, like Luisa?

Su interrogatorio comenzó con esa conocida y cruel exigencia de belleza. Mi respuesta negativa abrevió el interrogatorio: Diana inmediatamente pareció deprimirse, y ya nada de lo que pude decirle le devolvió su curiosidad. Yo ya tampoco le pregunto nada a Miguel. Sólo sé que no se proponen tener hijos hasta que Nury termine Ingeniería, pero no sé cuánto tiempo falta para eso. Yo le digo a Miguel:

—Se van a poner viejos.

—Le tienes demasiado miedo a la vejez.

—¿Qué quieres... con mis cincuenta años?

Entonces alega con calor que un hombre de cincuenta años no es un viejo acabado, que mire a su tío Bertie Russell por ejemplo, que ya debía tener cerca de mil. Son cosas que yo sé muy bien. Pero cuando Miguel me las asegura me muerde más dolorosamente la certidumbre de que sí, que estoy acabado.

Que Miguel, subrepticiamente y sin que el portero me lo anunciara, llegara acompañado con Luisa, significaba la existencia de un complot, lo que me puso en tal estado de agitación que en cuanto me plantearon el propósito de su visita intenté despacharlos con escarnio y con violencia. ¿Huelva? ¿Yo, pintar un mural en el aeropuerto de Huelva? ¿Estaban locos? ¿No sabían acaso que yo no iba a pintar nunca más, que me había cortado mis propias manos y las manos, cuando se cortan, no vuelven a crecer como la cola de un ofidio? ¿Para qué volver sobre el tema? Que me lo propusieran era una vejación. Significaba no sólo que no les importaba lo que yo sentía, y no respetaban el dolor y la lucidez con que fue tomada mi ya vieja decisión. ¿No se acordaba Luisa? ¿No fue ella la mayor instigadora de mi actitud en aquella época? Era verdad que Luisa, después de mi salida de Dors, había sugerido alguna vez que volviera a tomar los pinceles, pero bastaba alguna palabra cargada de siniestros recuerdos para hacerla callar. Ahora, los dos, Miguel y Luisa, el agua y el aceite, se identificaban en un programa común. ¿Por qué este empeño en arrinconarme así? ¿No sabían acaso qué clase de artistas pintan los murales en los aeropuertos, esa mafia oficialista que se reparte el pastel de las ganancias sin tomar en cuenta el rigor estético? Además ya no me interesaba la pintura. Ya ni siquiera sabía qué estaban haciendo los jóvenes. ¿Y por qué Huelva? ¿No era un aeropuerto insignificante, una especie de premio de consuelo, este mural que me ofrecían? Luisa respondió, pasándome un Valium y un vaso de agua:

—Sí. Huelva es pequeño.

—Hay que empezar por algo, papá.

—Yo no voy a empezar por nada, Miguel.

—¿Pero por qué?

—Pregúntale a Luisa, ella es tu aliada y sabe.

Luisa no quería hablar. Evidentemente lo habían hablado todo con Miguel, que con su sensibilidad paquidérmica, insistía e insistía e insistía. ¿Por qué me negaba a pintar, que era lo único que sabía hacer, y permanecía pudriéndome en este piso, viviendo de la caridad de Diana, de Luisa, suya? Y ya que me negaba a hacer pintura «seria», ¿por qué no aprovechar esta comisión que Luisa, con sus amistades en lo que Manolo llamó «las altas esferas», me había conseguido? ¿No me daba cuenta que esto significaba no sólo Huelva, que en realidad era pequeño, sino entrar en el grupo de pintores que se repartían las pingües ganancias de los murales oficiales? Mi actitud le parecía negativa desde todo punto de vista. Al fin y al cabo lo que ocurrió hacía siete años, bueno, la verdad es que ya nadie se acordaba. No tenía ninguna importancia. Yo escuchaba la agresión de Miguel con los ojos y los dientes apretados, como si tuviera que aceptar que me abofeteara en un rincón. Hasta que logré decir:

—Luisa.

Ella se dio cuenta que la llamaba para que me ayudara, y trajo el café y sirvió tres tazas. Después, arrepentida de haberme servido a mí, se bebió la mía de un sorbo y luego se sentó a saborear la suya. Cruzó sus piernas y lentamente comenzó a hablar. No había querido decírmelo antes, me advirtió, pero su situación se estaba poniendo desesperada. Quizás, incluso, iba a tener que pensar en vender este piso.

—¿Por qué?

—Hace tres meses que no sé nada de Lidia.

—Me habías estado mintiendo, entonces.

—No quería que te preocuparas inútilmente. Ni una carta. Ni una tarjeta. Como si la megalópolis de Los Ángeles se la hubiera tragado, a ella y a su amante.

—¿Ese que se dedicaba a hacer sandalias?

—No, otro. Tengo que ir a Norteamérica a buscar a mi hija, no sé por cuánto tiempo... y los detectives privados cuestan tan caros allá. Puede haber sucedido lo peor...

—Sabes que Lidia no toma drogas.

—No, pero...

—¿Pero qué?

Luisa se sirvió otra taza de café antes de poder contestar:

—Lidia se está acercando a los treinta años.

Luisa por primera vez acusando el dolor de los cincuenta, puesto en su hija, que desde el fondo del tiempo se acercaba a la experiencia de su misma edad. Era tan increíble que hubiera pasado tanto tiempo desde que la peregrina en el puente de San Roque dejó de ser una estática imagen de arte medieval; y mediante el simple artificio de ponerse unas gafas contra el sol muy grandes y modernas, transformó su atuendo de parches, su morral, su pelo lacio, su cuerpo delgado, sus pies descalzos, en los de un ser animadamente moderno que cruzó el puente, entró por la puerta almenada, y se sentó a una mesa bajo los arcos de La Flor del Ebro, en la plaza, para beber algo fresco y esperar su enfrentamiento conmigo a los veintidós años, como ya se había enfrentado a los catorce.

Le dije a Luisa:

—No puede ser.

—En fin, cumplirá veintinueve, que es lo mismo.

Crucé hasta la silla de Luisa. La hice reclinar su cabeza contra mi costado y pensé, con ella, en esta Luisa anónima, confundida con mil seres iguales, que avanzaba por la intemperie de las calles de Los Ángeles hacia los treinta, hacia los cuarenta, hacia los cincuenta, hacia la soledad impersonal de pisos como éste, defraudada por amistades nuevas que no bastan, rechazada por la tierra donde no se logra hundir raíces, su desenfado convertido al comienzo en cautela, después en economía, después en miedo no resistido porque yo sé que con los años uno olvida los métodos para resistirlo y entonces es cuando uno se desmorona y ya no se puede volver a pintar nunca más. Lo único que yo quería era que Luisa, siquiera por un instante, dejara de pensar en lo mismo que yo pensaba y le dije:

—Luisa.

—¿Qué?

—¿Qué hiciste para convencerlos?

—¿Qué te importa si no vas a pintar el mural?

—Quién sabe.

Resucitando me miró con los ojos secos y miró a Miguel que entraba de la otra habitación donde se había refugiado para no presenciar la escena. No costaba nada mentirles un rato siquiera, quizás durante unos días.

—Sabes que soy amiga desde hace muchos años del gerente general de Iberia. A pesar de la fama un poco *louche* de que gozo en su ambiente, todavía se me ve como la mujer del dueño del Banco Tenreiro, y es un poquitito servil. Él era entonces un empleaducho cualquiera, que dejaba que el cigarrillo le quemara los dedos amarillentos mientras me contemplaba embelesado cuando yo entraba sin pedirle permiso a nadie al sancta sanctorum de mi marido. Imagínate lo fácil que fue convencerlo.

—Eso no es lo que quiero saber.

—¿Qué, entonces?

—¿Qué credenciales mías presentaste?

—Tu nombre. Antonio Núñez-Roa.

—Yo no tengo nombre.

—Pero Lisandro Pastor hace lo que yo le pida.

—Sí. ¿Pero y el consejo?

—¿Qué entienden ellos de pintura?

—No se trata de eso.

—¿De qué, entonces?

—¿Cómo decidió el consejo?

Pasaron unos segundos larguísimos en que Miguel, que tenía a Luisa fija en la vista, se fue poniendo más y más nervioso. Pero no importaba, porque Luisa ya no estaba pensando en Lidia: después podía defraudar la esperanza que le di, pero la rescaté por el momento, y eso bastaba. Miguel no pudo resistir más:

—Díselo, Luisa.

—Tú no te metas en esto. Tú no conoces a tu padre.

—Dímelo, Luisa. Si acepto voy a tener que saberlo.

Nos quedamos los tres sin hablar hasta que por fin Luisa comenzó muy lentamente a decir la verdad que yo había estado temiendo:

—Les mostré tus cuadros. No sólo los dos que yo tengo sino que recorrí una lista que hicimos con René Metrás de la gente que te había comprado cuadros en tus buenos tiempos y los fui a ver a todos. Y pedí que me prestaran los seis mejores. Claro, ellos, con la esperanza de un *revival* de Antonio Núñez-Roa que hará subir los precios, no titubearon. Y se los mostré a los jerarcas...

—¿Cuáles?

—Tú no conoces a los jerarcas de ahora.

—No. Cuadros.

—Ah, bueno, en primer lugar ese inmenso, azul, en el que parece que no hubiera más que matices del mismo color hasta que uno comienza a descubrir otros colores como disfrazados de azul... y ese otro tan grande que es como una telaraña maravillosamente bien organizada de grafismos hechos en la pintura fresca con una espátula... y después ese más pequeño, ¿te acuerdas?, un poco Vasarely, la mitad rojo y la mitad verde, con aberturas verdes en el rojo y aberturas rojas en el verde...

Miguel y Luisa se desintegraron. Me tapé los oídos, negándome a oír más, nunca más, clausurarme para siempre, cerrar los ojos para no ver nada nunca más, reventármelos, sacármelos, sellármelos... primero la admiración por A.N.R. en los periódicos y dos semanas después los insultos a A.A., la banda de jóvenes barbudos abucheando a A.N.R. en la salida de un cine de arte y ensayo y la piedra que rozó a Luisa, que me acompañaba... las voces conocidas de los de Dau al Set cuchicheando en los cafés, en los teléfonos, en las galerías, bajo los árboles de un chaflán... todos cuchicheando apenas porque prefirieron actuar a través de sus agentes y ellos sólo cuchichear para lavarse las manos frente a «su» público, cuchicheando como ahora cuchichean este hombre y esta mujer mientras yo tengo los oídos tapados, y los insulto a gritos, yo no los he autorizado para resucitar nada, no tienen derecho a agredirme, yo no les pido nada, no me importa morirme de hambre en una esquina o internarme en un asilo con tal que retiren sus inmundas esperanzas no autorizadas. Que se vayan. Tienen que irse, dejarme tranquilo, abran la puerta, y no dejo de insultarlos ni abro los ojos ni escucho lo que imploran. Dejo caer mis manos que tapaban mis oídos, y las contemplo. Ahora vendrán los otros, los de Dors: abrir la puerta de la cocina para que entren a apoderarse de mí, y maniatándome, me metan en un saco para llevarme de nuevo a Dors, donde me martirizarán en público ante los aullidos de satisfacción de todo el pueblo. ¡Qué alivio sentir la dura cuerda anudada alrededor de las muñecas, impidiéndome mover las manos! ¿Por qué no las moví bruscamente cinco centímetros, eso bastaba, para que Bartolomé me las cercenara con su sierra, y entonces el milagro se hubiera operado? Un tractor acababa de subir hasta mi casa por las abruptas callejuelas taponeadas por la primera niebla trayéndome una carga de leña. Bajo los arcos de piedra picada de mi bodega se formó una colina aromática de miembros demasiado largos, que no me servían para combatir el frío de Dors porque no cabían en mis chubesquis. Hice llamar a Bartolo que en esa época aún tenía ambiciones tan ingenuas que para realizarlas le parecía suficiente la sierra a motor recién comprada con sus ahorros. Sí, dijo: cortar los leños por la mitad. Un par de horas y unos cientos de pesetas, pero era trabajo para dos hombres y necesitaba que yo lo ayudara. Nos quitamos los tabardos y nos pusimos a trabajar en la mazmorra helada. El ruido furioso de la sierra detuvo de inmediato toda posibilidad de comunicación por medios que yo supiera manejar. Pero sujetando los troncos sobre el caballete para que Bartolo los cortara, sentí al ver su bello perfil a través del humo y del aserrín que volaba, que era un ser poderoso que se proponía para que yo me uniera a él de algún modo, si me atrevía a llevar hasta sus últimas consecuencias el diálogo entablado por los leños que yo le ofrecía y le volvía a ofrecer, y que él volvía y volvía a cortar con su irresistible sierra hirviente. A través del humo escudriñé sus ojos para cerciorarme de que él estaba sintiéndome como yo a él. Bartolo no estaba totalmente concentrado en su trabajo: sentí terror de que en su distracción me hiriera las manos, a cinco centímetros de la poderosa hoja de su sierra. Pero enseguida me di cuenta de que su margen de inatención era interior, pequeñísimo, suficiente sólo para contener el rechazo a mi persona. Sin embargo, los detalles tan precisos de la carne que moldeaba sus facciones y su cuerpo, como detenidos en la perfección justa de su momento meridiano, se me estaban proponiendo para algo. ¿A mí, ahora? ¿O a todos y todas, siempre? El trueno de la sierra reverberaba en la antiquísima bóveda de piedra, sudando yo, Bartolo sudando. Nos quitamos los jerseys y seguí sustituyendo leño tras leño sobre el caballete: la camisa húmeda de Bartolo pegada a su pecho. Él sabía el peligro de su sierra tan cerca de mis manos, pero no me advirtió nada, ni con una mirada. ¿Y cómo iba a dejar de mirarlo yo, si en su desatención recogí la certeza de que esas dos figuras que desde la torre de la iglesia vi refugiadas una noche en el interior del castillo impenetrable, eran las de Bruno y Bartolo, que conocían el secreto para entrar al castillo, y que Bartolo pertenecía a Bruno como pertenecía a Lidia, y el nudo de esos tres me excluía? Nada de proposiciones por parte de Bartolo cuya inatención era el espacio que ellos ocupaban dentro de él. El aserrín volaba. Saltaban chispas de la sierra. La bodega estaba caldeándose por el roce de la hoja con los troncos que iba cortando limpiamente y sin esfuerzo, a cinco centímetros, a tres centímetros de mis manos ahora. Bartolo se quitó la camisa empapada. ¿Mostrarme el fino ensamblaje de su cuerpo, más poderoso y distinto al de un hombre o de una mujer por ser tan joven y perfecto, no era una artimaña para indicarme que yo, maduro y sedentario, no tenía derecho a tocarlo? ¿Pero... si yo movía las manos bruscamente —cinco, tres centímetros— y él me las cercenaba? ¿No era esa la necesaria consecuencia final del diálogo de mis leños y su sierra? ¿No borraría con el sacrificio de mis manos todas las otras relaciones de Bartolo y al transformarme en su víctima les robaría a los demás el papel protagónico, uniéndome a él, y quedando colgado como un peso eterno sobre su espalda? Tres centímetros. Sentí el calor de la hoja, el veneno de la certeza de que mi sangre lo separaría de los demás. El arco de su torso que se inclinaba sobre el peso encabritado de la máquina dominada que iba cortando tan limpiamente. El brillo de sus ojos y la frescura de su piel y el estallido de su risa me negaban con un rechazo. Tres centímetros con el otro leño y con el otro, y dos, quizás, con el próximo: esa distancia que separaba mis manos del peligro era el abismo en que caería si no usaba una lucidez que se iba haciendo más y más difícil de asir con cada leño que iba sustituyendo. El motor de la sierra se debilitó. Dijo Bartolo:

—Le falta gasolina. Voy a echarle más.

—Basta por ahora. Ya hemos trabajado bastante.

—¿Está cansado, don Antonio?

Reaccioné sólo interiormente ante la herida infligida:

—No. Pero tengo sed y me trajeron un vino rancio estupendo. Probémoslo.

Los Angeles Public Library

Central Circulation

8/5/2016   4:29:50 PM

- PATRON RECEIPT -
  - CHARGES -

1. Item Number: 37244188706155
Title: Lagartija sin cola /
Due Date: 8/26/2016

Yo todavía tengo mis manos: las estoy mirando, inútiles, con las palmas vueltas hacia arriba, una sobre cada rodilla. Y Bartolo está muerto: un arco del castillo se desmoronó sobre su cuerpo desnudo con gran estruendo una noche, y todo el pueblo despertó ante lo que se suponía había estado ocurriendo dentro del castillo tapiado, culpándome a mí de todo, a mí que fui excluido. ¡Qué larga es la línea de la vida en mis palmas! Entre mis piernas, mi bastón cae inerte sobre la alfombra. ¿No hay un asilo para pintores fracasados? ¿Un espacio donde en la miseria del anonimato y el olvido, hambrientos, ateridos, cubiertos de harapos inmundos, entre las rémoras de mi profesión y clase, podamos hacer competir las crueles fantasías de nuestras envidias y omnipotencias? Yo estaría feliz de acogerme a un hospicio así. Son Diana, Miguel, Luisa los que insisten en «mantenerme»: este piso, un poco de comida, una señora que viene a hacer la limpieza... todo superfluo. Pero ellos insisten y aquí estoy. Luisa sabe que si se ve obligada a vender este piso no habrá problemas porque Diana alquilará inmediatamente otro para mí, ya que está dispuesta a mantenerme hasta el fin de mis días sin necesidad de que yo haga nada para justificarme: ella sostiene que la existencia es gratuita y no necesita justificación... como, según ella, no es justificable que ella esté gozando de los millones heredados de un abuelo que nunca conoció: «No están los tiempos para caritas...», le habría contestado el abuelo a sus amigos del club que le sugirieron que en Inglaterra quizás existían otras herederas menos feas que su prometida, pero él, con esa frase desenfadada, se apropió de minas y campos de labranza y manzanas de casas en Londres y de conventillos en Manchester y de negocios indescifrables que manejaban los abogados, y que ella, Diana, usufructuaba ahora. ¿Por qué no habría de usufructuar yo también, siendo que a ella casi todo le sobraba? ¿Por qué no íbamos a gozar de sus millones yo y toda la gente que tocaba su vida? El problema, que en el fondo pertenece a Luisa y Miguel —me duele que Luisa lo comparta—, es el de mi dignidad: el ocio mina la entereza del ser humano; todos los psiquiatras están de acuerdo que no hacer nada es peligroso; el trabajo levanta el espíritu; ponerme en contacto con mi antiguo trabajo volverá a levantar en mí al hombre competitivo y arrogante que fui... En fin, toda esa retahíla de clichés inadmisibles, que yo les permito repetir para que tengan compasión por mí, ya que yo no puedo sentirla por mí mismo. ¿Por qué Luisa no puede aceptar que soy distinto a ella, infinitamente vulnerable? ¿Para qué hacer cuestión de dignidad, si el problema —si lo hay— es tanto más oscuro? ¿Por qué no acepta que si bien es imposible derrotarla a ella, a mí Dors me derrotó?

Lo peor de todo es que estoy seguro que la próxima vez que venga a visitarme traerá pinceles y colores, y sin que yo la vea lo esconderá todo en algún cajón para que yo, de pronto, días después, al abrir ese cajón, encuentre esas cosas casualmente guardadas allí. Se niega a reconocer que el aliento es extinguible y que en mí se acabó. Lo curioso es que Luisa no admiraba mi «genio», ni mucho menos, ya que en el fondo es una filistea que termina por apreciarlo todo en términos de valor, de «buen gusto», y como decoradora, sólo ve un cuadro en su relación adjetiva al resto del cuarto en que está, jamás a la pintura en sí, en su esencia, en su vocabulario, contenida en el imperio de sus propias leyes. Sin embargo, fue ella quien organizó mi primera exposición donde René Metrás. Y ella quien, ya separada del padre de Lidia, y también de Tenreiro, me presentó a Cuixart, a Tàpies, a Tharrats. Fue ella la que me urgió a que me uniera a ellos, que aspirara la pasión que se estaba creando en Barcelona, enloquecida de certidumbre, de que la pintura informalista era grande y la «cosa» de ahora. A Luisa le daba igual lo figurativo, lo concreto, lo informalista: lo que le importaba era —y es— lo que importa. Y entonces estaba importando el informalismo. Yo había regresado de Londres hacía seis meses, dejando allá a mis dos hijos y a mi mujer, para instalarme en un piso de Gracia donde, porque no se me ocurría otra cosa que hacer, había comenzado a pintar. Aunque en Londres y en París frecuentaba las exposiciones y galerías, mi vieja tentación por lo plástico no llegó jamás a tomar la forma de una actividad, como jamás, tampoco, se me ocurrió comprar un cuadro ya que hacerlo era reconocer que mi única relación posible con la pintura era la derrota que se manifiesta en la sed de posesión. Y en casa de Diana, donde todo parecía producirse por generación espontánea, desde el delicioso desayuno inglés hasta las conversaciones apasionadas y el coche a la puerta para asistir al *vernissage* de Nicholson, toda sed de posesión era superflua, así como toda actividad. En la soledad un poco incierta de mi piso en esta Barcelona, de la cual después de tantos años estaba completamente desconectado, sin embargo, comencé a dibujar, desganadamente al principio, y luego a pintar, acuarela, guasch, óleo, muchos óleos, muy grandes, muy entusiastas, hasta que al cabo de seis meses ya casi no salía de mi piso, desechando todos los posibles contactos que no le había aceptado a esta Barcelona distinta, ruidosa, hipertensa, que no me reconocía ni me aceptaba. Hubo un momento que fui vulnerable a ese rechazo y me proponía aceptarlo, dándome por vencido en mi tentativa un poco tardía de encontrar mi propio ser, para regresar a Londres a acogerme a la encantadora alternativa de la casa de Diana, y pasar el resto de mi vida jugueteando feliz con ese ovillo de oro que era mi hijo Miles. Ahora ya no necesitaba ni contactos ni razones para permanecer: podía darme el lujo inmoral de no hacerme preguntas. Y un día que iba saliendo de una Mantequería Leonesa con mi nostálgico paquete de té Twinings orange pekoe, me encontré con Luisa. Nos sentamos a tomar una copa en una terraza de la Diagonal. ¡Qué bella estaba! Más alta —si eso es posible— y más derecha y delgada, toda su efervescencia morena, en los diez años que no la veía, parecía haberse consumido en su propio fuego lento, dejando una atrevida estilización de lo esencial: la clase de mujer que no me atraía. Pero Diana tampoco me había atraído, con su cutis de flor de durazno y su cabeza prerrafaelista: mi fatalidad fue siempre enamorarme de mujeres que no me gustaban, como el pobre Swann. Era fácil hablar con Luisa. Los temas compartidos se nos ofrecían maduros como la fruta en el verano: la gente, la legión de primos dispersados después de La Garriga, mi Diana y su Manuel y su Tenreiro y nuestros fracasos, y lo difícil que era vivir, ahora. Sin embargo, como si ambos quisiéramos tocar tierra en alguna parte, volvíamos y volvíamos a nuestra adolescencia en La Garriga, circunnavegando, naturalmente —más que nada por una conciencia compartida, como lo confesamos después, de que este momento era prematuro—, el hecho de que habíamos sido amantes desde los dieciséis hasta los veinte años. Ahora era el momento para decir otras cosas; que Manuel al fin y al cabo no era tan buen jinete y que ni en eso se había lucido en forma internacional; que Lidia era bella; que Miles era bello; que no le cortamos la cola a la lagartija y luego la guardamos en una caja alimentándola para ver si era verdad que la cola podía volver a crecerle. En la terraza de la Diagonal, ese nuevo «primer día», sostuve la tesis contraria: no le cortábamos las colas a las lagartijas, sino que las asustábamos para ver si era verdad que estos animalitos, con el terror, se desprendían de su cola, que quedaba bailando sola. Me contó el fin de su matrimonio con Manuel, que yo sabía porque Manuel era de la familia y los tentáculos de las noticias familiares, como una yedra excepcionalmente vivaz, tienen la facultad de recruzar mares y años para reverdecer en el encuentro con un amigo de un primo, en una ciudad de las antípodas, que a uno lo pone al día.

Y me cubrí los oídos porque no quería oír más, más nunca, y cerré los ojos porque no los quería ver, y que no me hablaran más porque no los quería oír, que se fueran, que yo no los había autorizado, que cómo creían que tenían derecho, que aunque me muriera de hambre, que se fueran, que se fueran... y no abrí los ojos hasta que se fueron, hasta que oí cerrar la puerta, sus voces detrás de la puerta esperando el ascensor, el ruido del ascensor que baja, el auto que se pone en marcha seis pisos más abajo... y sólo entonces destapé mis oídos que lo habían oído todo, y abrí mis ojos que lo habían visto todo, mis cuadros, de nuevo, las ventanas rojas y verdes vibrando que penetraban hasta el fondo mismo porque no eran ventanas, y la telaraña que había capturado la enorme mosca azul del cielo...

Ellos tendrán que mantenerme. Que se las apañen. El problema, por lo demás, no es grave, ya que Diana con su inconsciencia habitual está dispuesta a seguir manteniéndome hasta el fin de mis días sin necesidad de que yo haga nada para justificarme. Porque según ella la existencia humana, la vida no es explicable ni justificable, como no es explicable ni justificable que ella tenga los millones heredados de un abuelo que no conoció y que no le importa. El problema para Luisa y para Miguel —me duele que lo sea para Luisa— es el de mi propia dignidad. «Ponerlo en contacto con su antiguo oficio volverá a levantar en él al hombre competitivo, arrogante, que fue». Una serie de clichés inadmisibles en Luisa, que sabe que todo es imposible, y se niega a admitir que yo soy distinto a ella, pero que sí, que es posible derrotarme a mí, como Dors me derrotó, porque soy una persona distinta a ella, y porque, además, creo que la fuerza mayor de los hombres es contemplarse desnudos, sabiéndose y confesándose derrotados, mientras que las mujeres siempre continúan contándose el cuento, reencarnándose en otras vocaciones y otras posibilidades de existencia en que yo no creo. Supongo que por eso hay más mujeres que hombres que creen en Dios.

Sólo después que partió Luisa pensé en La Garriga. Doce primos hermanos y primos segundos es mucho, es verdad, pero si hacen la urbanización que se tiene pensado, el parque de mi abuela convertido en pequeñas casas de muros tan endebles como éstos, y con jardincitos copiados inútilmente de los jardines de las películas de Doris Day, será un negocio redondo, que dará mucho dinero, por lo menos suficiente dinero como, incluso, para que yo no tenga que depender de nadie, con mi modesta necesidad de no vivir, sino de sobrevivir. Pero Sergio de Noyá, el primo que lleva los asuntos de la sucesión, dice que esperemos, que todavía no, que en uno, en dos, en tres años, el terreno se habrá valorizado tanto, que todos estaremos ricos. El hecho es que todos están ricos. Y Luisa y yo, no. Es decir, Luisa sí, además enriquecerá mucho más si espera, como todos quieren esperar, ya que seguramente la familia le encargará a ella los detalles de decoración, ya que esa es la profesión en que la vida la ha llevado a especializarse, y entonces, con Luisa en el timón, la urbanización no será tan horrorosa como todas las demás urbanizaciones suburbanas de España. Me tengo que esperar, entonces, dos, tres años, y Luisa me ruega que no venda mi parte, como alguna prima ha intentado comprármela, porque eso es un capital que crecerá y esa prima lo sabe, y por eso, como un ave de rapiña alrededor de un cadáver, al saber de mi fracaso y de mi pobreza, me ronda, me ronda, para pegar el picotazo cuando pueda.

Pero incluso el problema de La Garriga me da angustia, aunque sólo sea porque tendré que salir a la calle, a firmar cosas, a entrevistarme con personas. No, no le tengo hoy miedo a que los de Dors vendrán a matarme: no se darán el trabajo porque saben que soy hombre condenado, y que poco a poco iré pudriéndome cruelmente en vida de otra manera, y terminaré mis días más dolorosamente que lo que ellos, con sus cortas imaginaciones, podrían proporcionarme como muerte. Le tengo miedo a otros, a los que Luisa ha ido a despertar en el fondo de sus mentes el recuerdo de mis cuadros y de mi persona, ha ido a levantar un muerto en sus mentes, y quién sabe si en la calle me reconocerán, y se acercarán, y me dirán cuánto me admiran, que por qué no seguí pintando, que de todos los informalistas del primer momento yo sin duda fui el de más talento, que por qué dejé que Tàpies, Cuixart, Canogar, Saura, Millares, esa pandilla tomara el primer puesto, que sólo pudieron tomar porque yo me retiré...

¿Me retiré? ¡Cómo me gustaría saber la verdad! Luisa la sabe indudablemente, pero es una verdad intransferible, incomunicable, una verdad que hay que vivir juntos y morir por ella. ¿Me retiré? ¿Puede ser verdad? Al comienzo, hace quince años, éramos todos el mismo, un animal que tenía el motor, y cinco, diez cabezas distintas, diez talentos distintos. Pero existía la convicción que la pintura informalista española era la verdad *total* de la que no podíamos hurtarnos y no existía otra forma de hacer pintura. No éramos un cenáculo. Nos conocíamos apenas, por lo menos muchos de nosotros, y muchos, incluso, nos negábamos a que nos agruparan bajo una misma categoría, o denominación. Éramos individualistas acérrimos, que descubrimos al mismo tiempo algo que estaba en el aire. ¡El aire de entusiasmo, de descubrimiento de un continente nuevo, que sentíamos los informalistas, a fines de la década del cincuenta y a comienzos de los sesenta! Qué lejana es hoy esa jugosidad, ese aroma, esa materia viva, autóctona, que era la pintura para nosotros en esos años. Las exposiciones se sucedían unas a otras. Nos encontrábamos en los cafés para charlar con críticos, con amateurs. Y luego, el conjunto: la gran exposición que reunió Gaspar, y que envió a todos los países de Europa, luego a USA, que fue la consagración, y más tarde la Bienal de São Paulo: habíamos trascendido nuestro destino, estábamos lanzados al mundo entero, nuestro mensaje de rigor no era un antojo provinciano, sino un idioma que entendía la gente que sabía en el mundo entero. ¡La excitación, ante la venta del primer cuadro al Museo de

Arte Contemporáneo de Nueva York, de uno de nosotros! Era como si todos hubiéramos vendido, como si todos hubiéramos triunfado por igual, y significaba que todos venderíamos y nos haríamos ricos.

[Epílogo]

—No estás estudiando.

Estaba pintando, como ahora. Era raro que se reunieran muchos primos durante Semana Santa en La Garriga, pero a Luisa la habían mandado por alguna razón no especificada diciendo que se había «portado mal» en las monjas, y a mí me mandaron para que preparara un examen de matemáticas que debía rendir pronto, después de varios fracasos vergonzosos. Estaba lloviendo en ese parque de pronto helado, desierto, inmenso, y la casa entera crujía con esa hinchazón que, igual que las plantas, experimentan las casas viejas en la primavera. Luisa se sentó a leer cerca de mí, en un camastro desvencijado y revuelto igual que el de mi piso en Gracia, arrellanada como un gato junto al fuego, y yo era el fuego, el único encendido en ese caserón donde otros primos jugaban al pingpong abajo y las madres urgían a la telefonista que apresurara las conferencias con Barcelona para implorar a sus maridos que fueran a reunírseles el fin de semana. Yo no quería que Luisa viera lo que pintaba. No quería que nadie supiera que pintaba y Luisa no debía arrinconarme, buscarme así como lo había estado haciendo a pesar de mis subterfugios para evitarlo, desde que llegó. Los jesuitas, en el confesionario, me habían asegurado que lo ocurrido dos años antes, cuando Luisa y yo teníamos catorce, era pecado, y que nos iríamos al infierno sin siquiera hacer una decente antesala en el purgatorio: todos habían salido a hacer una excursión en el Montseny, abuelos, abuelas, padres, madres, tíos, tías, primos, primas, criados, y nos dejaron convaleciendo de la varicela, aislados y en dormitorios contiguos justamente en esta buhardilla donde ahora yo pintaba, para que no contagiáramos a los demás primos. Luisa y yo hablábamos a gritos a través del tabique. Nos habían advertido, sobre todo, que no nos rascáramos las costras porque de hacerlo quedaríamos marcados para siempre. Era difícil contenerse, en esas buhardillas caldeadas por el aire en que ronroneaban las moscas: uno no sabía si lo que le picaba entre las cejas era aquella gran pústula ya casi seca, o una mosca, y se rascaba para comprobar y salía sangre y le grité a Luisa a través del tabique que estaba sangrando. Ella apareció en mi habitación descalza y manchada por la peste: también sangraba. Se había arrancado una pústula cerca de la línea del pelo, en la sien. Se dirigió al espejo nublado sobre la jarra de porcelana blanca del tocador y dijo:

—Mira. Voy a quedar hecha un monstruo con este hoyo aquí. Nadie va a querer casarse conmigo. Eso me dijo mi mamá. ¡Qué me importa!

—Yo también voy a quedar manchado.

Vino a la cama para examinarme y se sentó al borde, y comenzamos a mostrarnos nuestras pústulas, y a comparar la cantidad y el porte de las manchas. Luisa abrió mi pijama y me tocó el pecho. Se arremangó el camisón para mostrarme las pústulas de las piernas y las caderas: que yo las tocara, y toqué, y toqué más arriba, su vientre, su vello nuevo y recio, su cuerpo manchado y ensangrentado y ella metió su mano debajo de mi sábana a buscar en el calor pegajoso de mi cama donde hervía mi cuerpo, y luego se metió ella y todo sucedió con la urgencia de los adolescentes, pero con esa destreza que Luisa había nacido conociendo:

—Tócame aquí.

Y luego:

—Ahora con tus dedos ahí, no, más abajo... ¿Te gusta así?

Y después:

—Déjame encima ahora un rato.

La lluvia que caía sobre los castaños cuyas ramas entreveíamos por el ojo de buey de la mansarda coronada con volutas y coruscaciones y pararrayos de fierro, no era una lluvia cualquiera, sino la lluvia definitiva, la del fin del mundo, que estaba partiendo el cielo en relámpagos y rayos que lo inundaría todo como el diluvio universal que castigó a los pecadores, pero que salvó a una sola pareja, que en este caso no éramos nosotros porque éramos los más impuros de todos, según nos amenazaron nuestros confesores en nuestros colegios de Barcelona. Sabíamos que íbamos a ahogarnos. Lo que siguió ocurriendo diariamente entre Luisa y yo hasta que terminó nuestra convalecencia en los aislados cuartos de la mansarda ese verano, no era sólo el pecado de la impureza. Nuestra carne, en apariencia, se había sanado de sus lacras: pero a mí me había quedado un agujerito entre mis espesas cejas negras, y a Luisa otro igual en la sien... las manchas, nos aseguraron, del incesto, ese pecado tremendo, debilitador de razas, tan inmundo que la Iglesia prohibía el matrimonio entre primos de modo que ni siquiera bajo la protección del Señor era permitida una unión tan terrible como la del incesto. Luisa silabeó la palabra a mi espalda mientras yo pintaba, arrellanada sobre mi camastro, gozando del calor que de mí emanaba, después de casi dos años de evitarnos por miedo a que las pústulas del alma reclamaran nuestra piel, en apariencia tan limpia: cuando yo le pregunté, sin darme vuelta, qué estaba leyendo, me contestó:

—*La vida de Lucrecia Borgia*. Es sobre el incesto.

Yo ya la había leído. Era un libro rojo perteneciente a una colección de biografías alineadas en los anaqueles más altos de la biblioteca de mi bisabuelo. Mi confesor me dijo que ese libro se hallaba allí porque mi bisabuelo fue uno de los más connotados herejes catalanes, esa colección entera debía quemarse. Pero mis primos ya habían leído todos esos libros prohibidos. De los mayores a los menores se había ido transmitiendo el acopio de toda una erudición acerca de ellos. *La vida de Lucrecia Borgia* era uno de los preferidos, garantizado causante de masturbaciones tempestuosas, de sueños agotadores, de confesiones incapaces de lavar pecados porque ninguna penitencia formulaba un arrepentimiento completo, de descubrimiento de nuevas zonas autoerógenas en mis primas mayores bajo su faz de pudibundas doncellas casaderas, de encuentros secretos, silenciosos, vergonzantes entre mis primos más viriles, realizados en la clandestinidad presurosa de cuartos poblados por maniquíes devorados por las ratas y por cuchicheos, o bajo la protección temblorosa de arbustos vívidos de insectos y corimbos durante el largo crepúsculo veraniego en las zonas más inaccesibles del parque. Siento todavía el perfume de esas páginas amarillentas, del cuero de sus encuadernaciones, los muelles rotos de los divanes en que nos tendíamos para leerlos, el aire caldeado de las habitaciones donde debíamos estar estudiando, o convaleciendo o durmiendo siesta. Pero Luisa y yo no hablamos más de incesto: esta vez nos fuimos enamorando en secreto pero sin prisa, hablando mucho de cosas que apresaban nuestra imaginación para así pasar por encima de confesiones y familia, de monjas y sacerdotes, y acudir a cines prohibidos en Barcelona y recorrer juntos a plena luz zonas de la ciudad que a otras horas, lo sabíamos, estaban infestadas por lo que llamaban «vicio». Yo había dejado de tener amigos en los jesuitas, y Luisa en el internado, y en cuanto llegábamos a nuestras casas los fines de semana nos llamábamos por teléfono para encontrarnos, sin que nadie supiera de nuestro lazo, para salir a recorrer la ciudad.

Este libro
se terminó de imprimir
en el mes de octubre de 2007,
en los talleres de CyC Impresores Ltda.,
ubicados en San Francisco 1434,
Santiago de Chile.